CRONACHE MAGICHE

Giunti Editore è socio di IBBY Italia

IBBY ITALIA
Leggere per crescere liberi

Sostieni anche tu IBBY Italia, i libri per ragazzi, la lettura e il diritto a diventare lettori.
www.ibbyitalia.it

Testo: David J. Moreno
Traduzione: Alessandra Benabbi
Coordinamento editoriale: Gianfranco Troso

Realizzazione editoriale: Pagina49, Torino
Illustrazioni: Consuelo Pecchenino

Via Bolognese, 165 – 50139 Firenze – Italia
Via G. B. Pirelli, 30 – 20134 Milano – Italia
Prima edizione: marzo 2020

FSC www.fsc.org
MISTO
Carta da fonti gestite in maniera responsabile
FSC® C115118

Stampato presso Elcograf Spa, stabilimento di Cles

David J. Moreno

CRONACHE MAGICHE

LO SPECCHIO EVANESCENTE

GIUNTI

A mia madre, Yamille Mayorga,
che la sua forza sia di esempio in questa storia.

A mia nonna, Ana Elvia Bello de Mayorga.
In queste pagine ci sono la tua forza e il tuo amore,
e la tua lotta per la vita.
E anche se non abbiamo potuto viaggiare per il mondo assieme,
lo farai con i miei libri,
tu che sei e sarai sempre una parte essenziale delle nostre vite.
Perché, come canta Regina Spektor in The Call,
"non c'è bisogno di dirsi addio".

Premessa

Erano trascorsi ormai cent'anni, cent'anni di libertà. Il buon popolo di Bogotá desiderava celebrare il suo primo centenario di indipendenza e stava preparando grandi festeggiamenti per la commemorazione di quel giorno, che prevedevano anche l'inaugurazione del Parco dell'Indipendenza. Un giorno che forse sarebbe rimasto nella memoria di molti grazie a quella celebrazione, o sarebbe caduto nell'oblio con il passare degli anni, ma che per tre bambini sarebbe stato l'inizio di una straordinaria avventura...

Capitolo I

Il Chiosco della luce

Santafé de Bogotá, Colombia, 23 luglio 1910

Il frastuono dei tamburi copriva qualsiasi altro suono, eccetto gli applausi della folla, che facevano battere forte il cuore di Simón. Sua madre Alicia aveva dovuto fare grandi economie per riuscire a comprare un bel vestito per sé e per lui, e adesso se ne stava a chiacchierare con le amiche nel suo bell'abito bianco a balze, con un cappello che le pendeva sulla schiena e un mazzo di fiori gialli in mano. Accanto a lei Simón, che per l'occasione indossava un pantalone marrone e un gilet in tinta, con una borsa di panno a tracolla e un berretto ben calato in testa, cercava di vedere la sfilata nonostante fosse piccolino, saltando nel tentativo di scorgere i soldati e i poliziotti che marciavano al ritmo dei tamburi.

Erano tutti diretti al nuovo parco che sarebbe stato inaugurato quel giorno, il Parco dell'Indipendenza, tanto che era quasi impossibile farsi largo tra la folla, già troppo numerosa e in continuo aumento, poiché il tram si fermava a ogni angolo scaricando fiumane di persone arrivate per assistere alla cerimonia e alla sfilata. Per Simón e sua madre l'ingresso al Parco era stato un regalo del signor García, il padrone della casa dove Alicia lavorava come domestica, che si trovava non lontano da lì. Mentre avanzavano facendosi largo nella calca, Simón si voltò per cercare di vedere un po' meglio, ma sua madre lo prese per mano per fargli cambiare direzione.

«Ma mamma!... La sfilata è da quella parte!» protestò il ragazzino indicandole la folla.

«Non puntare il dito, è maleducazione. Noi andremo a vedere delle altre cose, quindi sistemati bene e non parlare ad alta voce» gli disse la signora Alicia lisciandogli la borsa.

«Non capisco perché dobbiamo andare da quegli spocchiosi. Perché non restiamo qui a vedere la sfilata?»

«Perché no. E smettila di voler decidere tutto tu: sei un bambino e i bambini non parlano in questo modo. Da adesso in poi non voglio più sentire una parola».

Il ragazzino si voltò un'ultima volta con rammarico, dando l'addio alla sfilata, mentre si allontanavano dalla baraonda della strada. La prima cosa che videro entrando nel parco fu un edificio altissimo, di un bianco candido, sullo sfondo di una bellissima cornice verde formata da una grande quantità di alberi, di fronte al quale una fontana sprizzava acqua verso il cielo.

Nella grande veranda che si apriva sulla facciata del palazzo erano radunate parecchie persone, che lo avrebbero sicuramente ignorato, dal momento che lui non apparteneva alla loro stessa classe sociale. Tutti lì – uomini, donne e persino i bambini – avevano un'aria piuttosto scostante: alcune signore raggrinzite indossavano cappelli a tesa larga e lunghe collane, tanto da apparire a Simón come degli spaventapasseri, e gli uomini portavano dei grandi baffi che conferivano loro un aspetto austero. Alcuni li sbirciavano, oppure si fermavano a osservarli con gli occhi spalancati, mentre i bambini che scorrazzano tutt'intorno non li degnarono neppure di uno sguardo quando entrarono.

«Ah, il palazzo di Versailles!» esclamò uno di quei distinti signori alzando le mani al cielo. «Se volete ammirare quella meraviglia, non è necessario fare un viaggio, basta venire al Parco dell'Indipendenza».

Accanto a lui, dopo un altro signore basso e grasso, videro Manuel García con la moglie, la signora Angelica, e le sue due figlie, Ema e Ana. Ana, la maggiore, che aveva i capelli castani ondulati a caschetto e indossava un abito verde oliva con troppi volant, era una ragazzina viziata. Simón la vedeva sempre entrare nel salotto accanto alla sala da pranzo assieme al suo professore di pianoforte. Suonava molto bene, ma era anche molto arrogante: lui sapeva benissimo che lei lo vedeva mentre aiutava sua madre a spolverare, ma lo evitava regolarmente con un gesto molto scortese. Doveva avere circa dodici anni, la sua stessa età, anche se era un po' più bassa di lui. Sua sorella Ema – una bambina di dieci anni piuttosto bassa, con i capelli ricci di un castano chiaro che al sole virava al biondo, e che per l'occasione indossava un abito rosso e un bellissimo mantello – era molto diversa, perché era gentile con lui e giocavano spesso insieme. Lei gli raccontava le storie che le leggeva suo padre tutte le sere, ed era anche molto intelligente: sapeva tutto sui fiori e sulle piante, perché ogni mattina andava a curare il giardino con sua madre, che le insegnava un sacco di cose. Simón le vedeva sempre, mentre se ne stava seduto sotto il portico della casa, un po' in disparte, a disegnare gli uccelli e i fiori del giardino, e anche se aveva imparato ad apprezzare la lettura, preferiva uscire all'aria aperta a divertirsi, a creare dei pupazzi con i rami e le foglie del giardino e a giocare con la sua amica.

Ormai era abituato all'atteggiamento scontroso di Ana e non ci faceva più caso, ma quando, entrando nel parco, si sentì osservato da tutta quella gente, provò molto imbarazzo. Sua madre si allontanò per avvicinarsi con discrezione al signor Manuel, che stava chiacchierando con un gruppetto di uomini, mentre sua moglie ammirava il bellissimo atrio del palazzo.

«Buonasera signor García, non so come ringraziarla per gli ingressi, è davvero bellissimo» disse la signora Alicia.

«Di nulla, si figuri!» ribatté lui con un sorriso. «Si goda piuttosto questa meraviglia, che tra poco sarà aperta al pubblico. Ah, eccoti qui, giovanotto» proseguì rivolto a Simón. «Come stai?»

«Molto bene, signor García» rispose il ragazzino, come gli aveva insegnato sua madre. «Grazie mille per questa opportunità».

«Non c'è di che» replicò il signor Manuel. «Devo riconoscere che lei ha un figlio molto educato, Alicia».

«La ringrazio. Vedo che il suo contributo è stato di grande aiuto per portare a termine queste meravigliose opere» aggiunse sottovoce la madre di Simón.

«Meravigliose davvero, e destinate a durare perché ne possano godere i nostri nipoti e bisnipoti».

In quell'istante le due ragazzine raggiunsero la madre, giusto in tempo per l'inizio della cerimonia d'inaugurazione del parco.

«Buonasera a tutti,» disse il signor Manuel García «sono onorato di poter presentare il simbolo di una nuova era, dimenticando il passato ma ricordando i nostri eroi. Ringrazio quindi i nostri meravigliosi architetti, Tomohiro Kawaguchi, senza il quale non avremmo potuto terminare i giardini, e Pietro Cantini, che ha reso magnifico questo luogo, oltre a Mariano Santamaría ed Escipíon Rodríguez, che si sono rivelati degli autentici geni con le loro idee e la loro grande ispirazione. E adesso,» aggiunse in tono solenne «senza ulteriori indugi, ecco a voi il Parco dell'Indipendenza».

Dopodiché si aprirono le porte. Il primo padiglione era dedicato all'industria e vi era esposta la produzione delle principali aziende tessili e farmaceutiche, oltre a quella del settore della selleria, della calzatura e della falegnameria. Nonostante non fosse particolarmente interessato, Simón lasciò la mano di sua madre e percorse tutti i padiglioni, uno per uno, passando per quelli dell'industria e dei macchinari, per quello egizio e quello delle belle arti. Camminò tra i recinti per il bestiame e i cimeli di guerra, ammirando orologi e altri oggetti, e quando ebbe finito chiese a sua madre il permesso di andare al Chiosco della Luce.

Uscì tra la folla intenta a osservare tutte quelle meraviglie e si mise a fischiettare dando calci per terra, diretto al chiosco che era rimasto deserto, dal momento che la gente si stava dirigendo in massa al padiglione delle arti. Si avvicinò e lo osservò: era un po' strano, sembrava una capanna, ma fatta di cemento. Lì trovò le figlie del signor García che stavano uscendo in quell'istante.

«Te l'avevo detto che era reale!» disse Ema a sua sorella. «I castelli esistono per davvero».

«Ma non è un castello! È troppo basso!» le rispose Ana in tono stizzito.

«Perché non lo guardi come dovresti» ribatté la ragazzina sistemandosi i fiori rossi che portava tra i capelli.

«Ma cosa c'entra? Io vedo solo un piccolo chiosco pieno di lampadine. Torno dalla mamma, perché non vieni anche tu? Questa compagnia... non va bene per una signorina come te» disse Ana, guardando con disappunto Simón.

«No, voglio restare ancora un po' qui. Quello che stanno facendo papà e mamma è noiosissimo».

«Fa' come ti pare» tagliò corto sua sorella, lanciando ancora uno sguardo al ragazzino, che non disse una parola vedendola fare dietro front con un'espressione imbronciata.

Ana si allontanò a grandi passi, con i pugni stretti e rossa in volto come una mela. Era evidente che sarebbe stata acida per tutta la vita, pensò Simón, che non riusciva comunque a capire perché lo trattasse così. E, accompagnato da Ema, entrò nel chiosco, che era tutto illuminato dalle lampadine che pendevano dal soffitto.

«Non farle caso: è arrabbiata perché sa che quando arriverà a casa dovrà sedersi da sola a suonare il piano mentre noi stiamo fuori a divertirci. Non so perché non gioca con noi...» sussurrò Ema avvicinandosi alla finestra a cui nel frattempo si era accostato Simón.

Per un'ora i due ragazzini trasformarono il chiosco in un bellissimo castello circondato di boschi e di splendidi fiumi, dove loro potevano essere ora soldati ora sovrani. Ma il gioco si interrompeva ogni volta che entrava un adulto, il quale puntualmente chiedeva cosa stessero facendo. A un certo punto, immaginando di entrare in un grande castello, Ema si mise al fianco del suo amico, che si era piazzato al centro del chiosco, con il petto gonfio come un vero cavaliere che si prepari alla battaglia.

«Dovete arrendervi, signore!» esclamò Simón.

«Arrendetevi e potrete andarvene via in pace» continuò Ema. «Aprite la porta!» intimò, immaginando un grande ponte levatoio davanti a sé.

«Così ci costringerete a uccidervi» incalzò Simón.

«Con questo verrà fuori... *Llum*!» urlò la ragazzina alzando la mano.

A quelle parole tutte le lampadine del chiosco si fecero sempre più luminose finché non scoppiarono, lasciando cadere una pioggia di scintille. Ema sussultò socchiudendo gli occhi a quella vista. Simón abbassò lo sguardo, quindi, vedendo tutti quei frammenti di vetro, lo rivolse di nuovo al soffitto, nel centro del quale campeggiava un piccolo scudo con due cavalli che guardavano in direzioni opposte.

«Cos'è successo?» chiese Ema.

«Non lo so. Credo che abbiano avvitato male le lampadine» le rispose Simón distogliendo lo sguardo che era rimasto catturato dal bel sigillo sul soffitto. «Adesso però credo che sia... meglio andar via...» aggiunse, trascinandosi dietro la sua amica.

Ritornarono in fretta dai rispettivi genitori e si separarono, dimenticando l'accaduto. Terminata la visita al parco, la madre di Simón lo portò a mangiare e poi a far visita alla nonna e alla tomba del papà, a cui portarono dei fiori. Quindi ritornarono a casa del signor García, dove madre e figlio vivevano in una delle stanze riservate al personale di servizio, accanto al giardino.

Ema aveva la camera nella parte alta della casa, e così, finiti i compiti, i due amici avevano l'abitudine di scendere a giocare a nascondino in giardino, mentre Ana si sedeva in salotto a guardare fuori dalla finestra, osservando i fiori che sbocciavano e diventavano sempre più grandi. Anche quel pomeriggio la ragazzina se ne stava appoggiata al davanzale, tutta sola.

«Vuoi giocare?» le chiese Simón.

«Certo che no. Sono giochi sciocchi, voi siete sciocchi e io non gioco con gli sciocchi» rispose rialzandosi.

Simón aggrottò le sopracciglia e si strinse nelle spalle. Non lo stupiva: Ana era quasi sempre arrabbiata, ma non gli sembrava giusto che, mentre loro si divertivano, lei se ne stesse seduta a leggere o a guardare i fiori da sola.

«Perché fa così? Credo di essergli antipatico, ma è proprio ingiusto: come si fa a detestare una persona che non si conosce nemmeno?» chiese a Ema, voltandosi e andando a sedersi sul prato all'inglese, da cui strappò un ciuffo d'erba che sminuzzò tra le mani.

«È stata sempre così, o meglio, quasi sempre. In realtà è diventata così perché un ragazzo a scuola le ha detto che...» Ema sussurrava camminando intorno a Simón «... che la fatina dei denti non esiste, e neppure Babbo Natale».

Ema pensava che fosse una vera stupidaggine smettere di credere alla magia solo perché un bambino sciocco te lo urla in faccia. Da allora Ana era diventata irritabile e quasi sempre finiva per farla piangere, gridandole la stessa cosa che quell'antipatico di Roberto Fernández aveva detto a lei. Ma Ema si era ripromessa di non credere a una parola di sua sorella né di quello stupido di Roberto.

«Ma non ha senso! Come si può decidere che qualcosa non esiste se non lo hai mai visto? È come dire che lo spazio non esiste solo perché non ci sei mai stato!» e Simón sentì un brivido al solo pensiero che forse un giorno avrebbe potuto smettere di credere alla magia. Dopodiché si alzò in piedi e si rimise a giocare con Ema, senza pensarci più.

Quando fu sera, si mise il pigiama e si coricò. Sua madre dormiva nel letto accanto, nella stessa stanza. Simón si mise a osservare la candela davanti a sé, con la fiamma che oscillava da una parte all'altra.

«Mamma?» chiamò, continuando a fissare la candela.

«Sì?» rispose lei.

«Tu pensi che papà sia volato in cielo?» le chiese sussurrando.

Suo padre era morto quando lui aveva appena compiuto cinque anni e non se lo ricordava. Tutto quello che gli restava di lui, ormai, erano le visite domenicali che faceva con la mamma al cimitero, per portare i fiori sulla sua tomba.

«Certo che lo penso. Tuo padre diceva che, quando agisci bene e con amore, il cielo ti tiene aperte le porte, qualsiasi cosa accada».

«E papà in cosa ha agito bene?»

«Ti ha trasmesso l'umiltà e l'amore per le cose semplici. Non te lo dimenticare mai, tesoro, perché, anche quando sembra che vada tutto male, questo ci aiuta a non inasprirci».

«Non lo dimenticherò» disse il ragazzino soffiando sulla candela.

La mattina seguente Simón aiutò sua madre a fare le pulizie in tutte le stanze, così più tardi sarebbe potuto uscire a giocare con Ema. Passava lo straccio su ogni singola ceramica e ogni decorazione di legno dell'elegante casa, mentre in sottofondo si sentiva il suono del pianoforte. L'orologio da terra che si trovava in uno degli angoli della stanza faceva oscillare il pendolo molto lentamente. Sarebbe potuto uscire a giocare solo dopo mezzogiorno e quando mancavano cinque minuti il tempo prese a scorrere più lento, facendogli montare l'impazienza. Sua madre terminò il lavoro e si voltò verso di lui, che continuava a spolverare i mobili.

«Puoi andare a giocare adesso, ma ricordati di non allontanarti troppo da casa: sai che non voglio che scorrazzi per le colline. E torna prima delle tre» gli disse dandogli un bacio sulla fronte.

«Ti voglio bene, mamma» le gridò il ragazzino correndo in giardino, dove Ema lo stava aspettando con un cestino in una mano e un ombrellino nell'altra, pronta a partire.

«Ci hai messo un secolo!» gli disse la sua amica, aprendo il parasole.

«È che stavo aiutando la mamma, adesso però possiamo andare» e le prese il cestino, per aiutarla a portalo.

Camminarono fino al confine con il bosco, dove gli eucalipti erano talmente fitti da non lasciar scorgere altro che centinaia di alberi. La signora Angelica non permetteva a Ema di allontanarsi troppo dal giardino, ma quel giorno era occupata con Ana, che stava aiutando con le lezioni di piano, e quindi riuscirono a spingersi più in là, dove non era più possibile scorgere la casa. Non era la prima volta che Simón esplorava il bosco, ma era la prima volta che lo faceva con Ema, perciò camminavano lentamente, restando nei pressi dei querceti non troppo distanti da casa.

«Cerchiamo un posto dove sederci a mangiare i panini» propose la ragazzina, correndo verso le querce.

Stesero una tovaglia sull'erba e tirarono fuori quel che si erano portati per il pranzo. Era una giornata bellissima, con il cielo azzurro e poco vento. Simón addentò il panino scrutando il fitto del bosco.

«Dovremmo spingerci un po' più in là, verso gli eucalipti. Ho sentito il rumore di un ruscello da quelle parti...» disse.

«E se poi ci perdiamo? Io non ho il senso dell'orientamento, potrei non sapere più dove sono… e ho paura degli orsi» rispose Ema, timorosa.

«Agli orsi non piace avvicinarsi troppo alle case, al massimo potremmo trovare delle lucertole o qualche coniglio» ribatté Simón dando un altro morso al panino.

«Va bene, però promettimi che, se arriva un orso, torniamo a casa il più in fretta possibile».

«Promesso» le assicurò. «Questo panino è delizioso!»

«Grazie, l'ho fatto io. Avrei dovuto portare anche qualcosa da bere, ma...» rispose Ema alzandosi per andare a frugare nel cestino.

«Potremmo bere l'acqua del ruscello, ma dobbiamo camminare un po'».

«Non importa; penso che aspetterò di essere arrivata a casa».

Finito il pranzo, i due ragazzini si addentrarono nel bosco, tra eucalipti altissimi che svettavano sopra le loro teste come dei veri giganti. Simón accelerò il passo, raccolse un ramo da terra e si mise a colpire gli alberi, guardando in alto e tirando calci alle pietre, mentre Ema raccoglieva i lillà e le margherite che crescevano ovunque. Si fermarono un attimo: su una roccia, una lucertolina verde avanzava con grande lentezza. Simón tirò fuori la fionda, cercò un sasso e prese la mira.

«Non farlo!» gli intimò Ema abbassandogli le mani.

«Ma è solo una lucertola!» ribatté sorpreso il ragazzino.

«Certo, ma a me non piacerebbe che mi tirassero un sasso mentre sto cercando qualcosa da mangiare» rispose lei chiudendo l'ombrellino.

«Effettivamente non deve essere un granché. D'accordo, la lascio stare».

Normalmente Simón ne catturava un paio per dare loro delle mosche, ma non aveva mai pensato a quanto fosse orribile essere colpiti da qualcuno. Improvvisamente un enorme gufo apparso dal nulla passò sulla roccia e afferrò la lucertola, portandosela via. E quando lui alzò lo sguardo verso l'uccello, quello ormai volava sopra il bosco.

«Ma guarda questo!» gridò vedendolo allontanarsi.

«Che meraviglia! Un gufo!» esclamò Ema, che si mise a rincorrerlo.

«Aspettami, Ema! Voglio vederlo anch'io!»

I due amici si misero a correre dietro al rapace, schivando i rami e gli alberi che si trovavano sul cammino. Non si erano mai addentrati tanto nel bosco, ma che cosa avrebbe potuto succedere? pensò Simón.

In quel punto c'era un sentierino, e il gufo volava come se lo stesse seguendo, muovendo lentamente le ali. Simón raggiunse Ema, ma non la superò, continuando a correrle accanto. Improvvisamente il gufo svoltò dietro a un albero, allontanandosi, e i due ragazzini dovettero accelerare. Il vento scuoteva forte i rami, sollevando le foglie da terra e scompigliando i capelli a Ema. Finalmente riuscirono a raggiungerlo, ma quello continuò a volare, scomparendo di nuovo.

«È troppo veloce» disse Ema con il fiato corto, senza fermarsi.

«Ehi, aspetta!» gridò Simón al gufo, che continuò imperterrito il suo volo. «Non dobbiamo perderlo...»

«Io ci provo, ma quello deve andare un po' più piano» rispose Ema mettendocela tutta.

Si stavano addentrando nel bosco sempre di più. Lì tutto era verdissimo, si sentiva il canto degli uccelli e il rumore del ruscello che scorreva poco lontano. Tutt'a un tratto, in mezzo a un prato, videro una vecchia casa con il tetto a punta. Il gufo volò proprio lì, andando ad appoggiarsi sul davanzale di una finestra rotta. I due ragazzini si fermarono. La casa era interamente ricoperta di foglie e di rami, sembrava che la natura se ne fosse completamente impossessata. Da lì il gufo li fissava; aveva il piumaggio chiaro, occhi color del miele e sulla sommità della testa un paio di orecchie o forse di corna di piume. I ragazzini avanzarono lentamente verso la casa.

«È incredibile...» esclamò Simón alzando lo sguardo al tetto.

«Pensi che sia abbandonata?» gli chiese Ema.

«Così sembra. Del resto, chi vorrebbe una casa in mezzo al nulla? Tanto più che è molto difficile arrivarci, sia in carrozza che a piedi, e persino a cavallo».

Era davvero troppo vecchia e malconcia perché qualcuno potesse viverci, con i muri ricoperti dai rampicanti che si infilavano dentro alle finestre. Si riusciva solo a vedere che dal tetto entrava molta luce, illuminando l'interno. Simón fece un passo per avvicinarsi al gufo, ma quello con un salto entrò in casa. Il ragazzino si voltò a guardare Ema, che lo fissava sbigottita. Allora si misero a correre e si fermarono di fronte alla porta. Lì si presero per mano ed entrarono, seguendo il rapace.

All'interno si ritrovarono in una grande stanza senza mobilia, piena di rami e di foglie di ogni tipo; c'era persino un arbusto che cresceva tra le assi del pavimento. Dal soffitto pendeva una lampada a forma di ragno, che sicuramente in passato era servita a illuminare la casa, e le pareti dipinte di bianco ormai erano diventate verdi per tutti quei rampicanti. Ema lasciò la mano di Simón e andò al centro della stanza, dove cresceva dell'erba che sembrava un tappeto disseminato di denti di leone. Del gufo non c'era traccia. Simón lo cercò con lo sguardo ma non lo vide.

«È bellissima!» esclamò.

«Sembra che sia abbandonata da un sacco di tempo. E chi vorrebbe vivere in un posto così? Non riesco neanche a immaginarlo...» Ema avanzò con cautela sulle vecchie travi fino a quella che sembrava una scala di legno. «Saliamo, il gufo è sicuramente andato di sopra».

Simón si avvicinò e alzò lo sguardo: la scala conduceva alla parte più alta della casa. Il corrimano di legno marrone era in perfette condizioni e quindi potevano servirsene tranquillamente. Dal tetto, bucato in diversi punti, entrava la luce del sole, che illuminava le scale, evidenziando il pulviscolo che fluttuava ovunque. Simón, seguito da Ema, mise un piede sul primo gradino e per tutta la casa si sentì lo scricchiolio del legno. I due ragazzini salirono saldamente aggrappati al corrimano con entrambe le mani finché non arrivarono al secondo piano. Il corridoio era completamente buio, ma in fondo una porta chiusa lasciava filtrare un raggio di luce sul pavimento.

Simón continuò ad avanzare, mentre Ema lo seguiva timorosa di quel che avrebbero potuto trovare. Non si sentiva nient'altro che i loro passi malfermi. Quando giunsero di fronte alla porta, il ragazzino afferrò la maniglia e la girò, quindi lentamente aprì.

Entrarono nella stanza senza dire una parola. Non c'era nulla dentro, solo una grande finestra sul bosco, da cui entrava la luce del sole, assieme ai rampicanti che invadevano le pareti. Ema fece un passo avanti e si fermò a guardare fuori. Non aveva mai avuto modo di vedere il bosco da quella prospettiva: in lontananza si scorgevano gli eucalipti e anche il sentiero che li aveva condotti lì. Si voltarono per esaminare la stanza e su una delle pareti videro una cosa che non avevano ancora notato: un grande specchio.

Si avvicinarono e lo osservarono attentamente. Era alto, con una cornice intagliata a fiori e arabeschi che aveva al centro una grande stella a quattordici punte. Simón toccò il bordo e vide la propria immagine riflessa. Anche il sole ci si rifletteva, inondando la stanza di luce al punto da costringere Ema a socchiudere gli occhi.

«Che meraviglia!» esclamò la ragazzina passando la mano sullo specchio.

«È un vero peccato che lo abbiano lasciato qui» disse Simón, osservando di nuovo la cornice.

Questa era ricoperta di polvere, mentre la superficie dello specchio brillava come se qualcuno l'avesse pulita. Simón fissò la propria immagine riflessa: gli occhi castani erano quelli di suo padre, mentre il naso sottile lo aveva preso dalla madre e i capelli ricci dal nonno, stando a quel che gli aveva detto la mamma. Ema invece continuava ad ammirare il delicato intaglio della cornice, passando le dita sugli arabeschi. Del gufo si erano già dimenticati e ormai non si chiedevano nemmeno dove potesse essere.

«Sarà il nostro segreto. D'ora in poi questa sarà la nostra casa dei giochi» disse Simón. «Facciamo un giuramento».

«Un giuramento? E cosa dovremmo giurare?» chiese Ema.

«Nessuno, nessuno al mondo deve venire a sapere della casa e tantomeno dello specchio. Giura che non lo dirai a nessuno» rispose il ragazzino alzando il mignolo.

«Non essere sciocco, certo che non lo dirò a nessuno» sbuffò Ema.

«Devi prometterlo, è un giuramento di mignoli, nessuno può infrangerlo» disse Simón in tono solenne.

Ema guardò prima lo specchio e poi il suo amico, che sembrava serissimo, sospirò e acconsentì allungando il dito. I due ragazzini si presero per i mignoli e giurarono.

«Prometto che mai e poi mai dirò della casa e dello specchio, o che i capelli mi diventino verdi» disse Ema.

«E io prometto che mai e poi mai dirò della casa e dello specchio, o che mi cadano tutti i capelli che ho in testa» giurò Simón ridendo.

Trascorsa un'ora, tornarono a casa. Ema era stanca da tutto quel camminare e Simón era affamatissimo, ma l'emozione non li abbandonò, nemmeno quando andarono a dormire, e per tutta la notte continuarono a pensare alla casa e al suo meraviglioso specchio.

Capitolo II

Il vento dello specchio

Passavano tutti i momenti liberi a giocare nella casa, immaginando che questa fosse un castello. A volte si sedevano addirittura a mangiare nella stanza, fissando lo specchio. Altre volte Ema doveva studiare, e allora era Simón ad andare, giusto per controllarlo. Ma quella mattina d'estate, dato che lui doveva aiutare Alicia a sbrigare le faccende di casa, fu Ema a decidere di andare da sola, affrontando la parte più fitta del bosco, nonostante le facesse un po' paura.

Ana stava suonando il piano quando Ema scese in salotto per chiedere a sua madre se poteva andare a giocare un po' in giardino. Si sedette sul divano dietro a sua sorella, che teneva gli occhi fissi sulla tastiera, e iniziò a dondolare le gambe avanti e indietro, osservando i quadri. In quel momento entrò la signora Angelica, con un quaderno in mano e lo sguardo fisso su Ana, pronta ad aiutarla nello studio. Una volta che si fu seduta accanto alla figlia maggiore, Ema sospirò. La madre la sentì, ma non le diede molta attenzione, mentre esortava Ana a iniziare a suonare. Ema allora sospirò di nuovo, questa volta più forte. La madre si girò verso di lei e senza dire una parola le sorrise. Avrebbe potuto uscire di casa senza dire nulla a sua madre, ma non sarebbe stata una buona idea, perché si sarebbe messa nei pasticci. Del resto, non poteva nemmeno confessarle che sarebbe andata da sola nel bosco, e così decise di dirle semplicemente che sarebbe uscita in giardino: non ci avrebbe messo molto per andare a controllare lo specchio e tornare a casa senza che lei si accorgesse che in realtà si era allontanata. Sospirò di nuovo, rumorosamente, in modo che sua madre e sua sorella si voltassero verso di lei.

«Cosa c'è, Ema?» le domandò la signora Angelica.

La ragazzina sorrise e si strinse nelle spalle, dondolando lentamente le gambe.

«Mi sto annoiando, mamma. Ho finito i compiti, posso andare un po' in giardino?» le chiese.

Ana scosse testa e alzò gli occhi al cielo, rimettendosi a suonare.

«Va bene, ma non allontanarti. Lo sai che non voglio che tu vada in giro da sola per la collina».

Ema assentì con il capo e corse verso la porta che dava sul giardino. Si assicurò di non essere vista e uscì. C'era un bel sole, non tirava un alito di vento e il giardino era inondato di luce. Raggiunse il confine con il bosco e sparì sotto gli eucalipti. Allora cominciò a saltellare mentre guardava gli alberi sopra la sua testa. Non riusciva a capire come potesse avere avuto paura di andarci da sola: era un luogo veramente bellissimo, gli alberi di alloro erano cresciuti a sufficienza da spandere il loro profumo in tutta quella parte del bosco, e mai nessuna delle volte in cui ci era andata con Simón aveva visto un orso. Arrivata al ruscello, si avvicinò per bere: si chinò sulla riva e prese un po' d'acqua tra le mani. Era talmente fresca che la bevve tutta d'un fiato. L'unico rumore che si sentiva era quello delle foglie sulla cima degli alberi e il fruscio delle ali di qualche uccellino. Si rialzò e riprese a camminare finché non arrivò alla casa, che se ne stava lì in mezzo al prato, con le sue finestre rotte e il legno malconcio, circondata di erba verde e denti di leone. Corse verso la porta e gettò uno sguardo all'interno, che era tutto illuminato dalla luce del sole. Con il fiatone per la corsa salì in camera a controllare lo specchio: era ancora lì, con la sua cornice luccicante e la superficie pulitissima. Si avvicinò e guardò la sua immagine riflessa. Si lisciò la gonna notando che faceva una grinza, ma qualcosa sulla superficie attirò la sua attenzione. Sembrava che ci fosse una specie di graffio, o un luccichio, in mezzo allo specchio, come se la luce lo attraversasse. Ci passò sopra la mano, per vedere se il graffio fosse profondo, ma la superficie non sembrava danneggiata. Allora si sollevò sulla punta dei piedi e, chinandosi in avanti, lo osservò più da vicino. Solo allora vide un turbinio di forme e di colori: era come se stesse guardando in un caleidoscopio, che sembra attraversato da una quantità di sagome colorate, anche se in realtà è solo la carta stagnola a creare una serie di giochi di riflesso. Si allontanò e fissò il bell'intaglio della cornice, con tutti quei fiori e quei rami, e la grande stella nel mezzo: il legno non sembrava in cattivo stato, anzi, sembrava nuovo.

Indietreggiò per osservarlo meglio, e nel farlo notò che sul pavimento c'erano troppe foglie. Prese la scopa che aveva portato lì con Simón e si mise a spazzarle fuori dalla stanza, depositandole in corridoio. Quindi rientrò per cercare di capire da dove potessero essere entrate. Si sollevò sulla punta dei piedi ed esaminò attentamente pareti, soffitto e pavimento, ma non trovò niente. "Sarà stato sicuramente un animale a portarle qui per farsi la tana", pensò sedendosi per terra, di spalle allo specchio.

Fuori gli alberi erano immobili, non tirava un alito di vento e faceva molto caldo. Ema sapeva che ben presto sarebbero iniziate le piogge e poi sarebbe arrivato l'inverno, quell'inverno che suo padre chiamava "l'addio all'azzurro", perché il cielo era quasi sempre grigio e la città e la collina erano avvolte dalla nebbia, il che non le piaceva per niente. Del resto, a chi piacciono i giorni freddi e grigi? Ma per il momento era ancora autunno, c'era un bel sole e non faceva per niente freddo.

Poco a poco sentì sui capelli una brezza tiepida, di quelle estive. Portò le mani all'altezza del viso e sentì l'aria passarle tra le dita. Lentamente una foglia si sollevò dal pavimento dietro di lei, come sospinta dal vento. E poi un'altra e un'altra ancora, finché il venticello non diventò un vento fortissimo, che sollevava centinaia di foglie all'interno della stanza. Ema si alzò in piedi cercando di scorgere qualcosa attraverso quel turbinio, riuscì a guardare fuori dalla finestra e vide che all'esterno tutto era tranquillo come quando era arrivata. Spaventata, uscì di corsa dalla stanza, con i capelli arruffati e il cuore che le batteva forte. Poi sbirciò dentro, giusto in tempo per veder cadere le ultime foglie. Non riusciva a capire come fossero potute entrare: era sicura di avere controllato bene tutta la stanza, ogni singola parete e il soffitto. La finestra era chiusa e la giornata troppo bella perché potesse succedere una cosa simile. Si sistemò i capelli, che sembravano un nido d'uccello pieno di foglie, e ritornò di nuovo nella stanza, questa volta a piccoli passi, cercando di non fare scricchiolare il legno delle travi. All'interno, il pavimento era ricoperto di foglie: foglie verdi e qualcuna gialla, come petali di un girasole. Si accucciò e ne raccolse una, se la rigirò sul dito, volse lo sguardo allo specchio e si lasciò sfuggire un sospiro.

«Simón, dove sei, proprio adesso che ho bisogno di te?» sussurrò. Quindi prese la scopa e si mise a spazzare, questa volta tenendo d'occhio lo specchio.

Questo se ne stava lì dov'era sempre stato, a riflettere la sua immagine, con tutto il resto della grande stanza. Quando terminò di spazzare, si sedette di nuovo di fronte allo specchio. Trascorsero alcuni minuti senza che accadesse nulla. "Forse dovrei pensare ad altro" si disse, e si mise a ripensare all'estate e al bel sole. Ma anche così non accadde nulla. "Forse sono stanca; dovrei dormire un po'".

Allora si rialzò, stese a terra il soprabito e ci si sdraiò sopra, accarezzata dal sole del pomeriggio. Non c'era alcun rumore che potesse disturbarla, solo il cinguettio degli uccellini e dei merli sugli alberi. Si sentiva bene lì, anche se il pavimento era duro: regnava una calma assoluta e il canto del bosco sembrava non smettere mai. Era tutto molto leggero, e anche Ema si sentiva più leggera, più a suo agio, come se non stesse dormendo per terra, ma su un soffice materasso. Si rigirò pigramente sul pavimento, il venticello le accarezzò di nuovo il viso, tiepido come quello estivo.

Sognò di quel giorno trascorso al parco con i suoi, si rivide giocare con la palla di cuoio che il padre aveva regalato alle figlie, tra le farfalle che le svolazzavano accanto, mentre la madre sorseggiava una limonata. Si stiracchiò con gran piacere, poi aprì gli occhi. Il sole stava calando e sicuramente sua madre si era già accorta che lei non era in giardino. Balzò in piedi, e solo allora si rese conto di essere coperta di foglie, così come lo era il pavimento. Alzò lo sguardo allo specchio, perplessa e un po' stizzita, prese di nuovo la scopa e spazzò tutta la stanza. Quindi chiuse la porta ripensando al vento dello specchio, uscì di casa e si diresse verso il giardino. Questa volta corse veloce, oltrepassò il confine del bosco giusto in tempo e si accasciò davanti alle rose, fingendo di osservarle. Proprio in quel momento, sua madre uscì di casa.

«La cena è pronta, vieni a lavarti le mani e la faccia, tesoro» le disse.

Ema si alzò e si voltò un momento per dare un'ultima occhiata al bosco; poi entrò in casa.

Capitolo III

Lo specchio che non riflette

La mattina seguente Simón si alzò presto e diede una mano nelle faccende di casa con Ema, che ne approfittò per raccontargli quello che era accaduto nella casa del bosco. Il ragazzino la lasciò parlare, poi incrociò le braccia.

«Non riesco a credere che sia successa una cosa del genere» disse serio.

«Ma è la verità: io spazzavo e continuavano a entrare foglie. Lo giuro sulla luce del sole che sta illuminando il giardino» asserì Ema in tono solenne.

«Non so, mi pare impossibile: le foglie non compaiono così. Deve esserci un buco nel tetto» ribatté Simón, e si chinò per continuare a spolverare le porcellane della sala.

«Ti dico di no: ho guardato dappertutto e non c'è. È la verità, te lo giuro» insistette Ema aggrottando le sopracciglia e scuotendo violentemente il capo.

Come osava darle della bugiarda! Lo aveva visto con i suoi occhi. La ragazzina non poté evitare di fare un gesto di stizza e quando sentì spuntare le lacrime agli occhi, si girò, uscì dalla sala e salì in camera sua. Simón rimase di stucco; non l'aveva mai vista così arrabbiata.

«Non c'è niente da fare: ogni volta che mi pare di avere capito una ragazza, succede qualcosa che mi smentisce subito...» disse tra sé e sé, finendo di spolverare la mensola del caminetto.

Terminate le faccende, fece velocemente i compiti, poi salì di corsa alla stanza di Ema e bussò leggermente alla porta.

«Chi è?» chiese la ragazzina con un filo di voce.

«Sono io, Ema, Simón. Ti chiedo scusa. Non essere arrabbiata con me. Andremo assieme alla casa per vedere cosa sta succedendo». Simón aprì la porta e la vide seduta per terra davanti alla casa delle bambole. Ma in mano, invece di una bambola, teneva un libro.

«Non mi va di venire. Devo fare i compiti» bofonchiò la ragazzina senza alzare gli occhi dal libro.

«Stai dicendo un'assurdità» ribatté Simón entrando nella stanza. «Io ho espresso solo quello che pensavo, non intendevo darti della bugiarda».

«E-io-non-ti-creeeedo» gli rispose Ema cantilenando.

La stanza era piena di giocattoli, anche se non erano certo quelli a interessare Simón: c'erano moltissime bambole con tutti i loro accessori, oltre a diverse marionette.

Il ragazzino rimase piantato davanti a Ema con le mani in tasca, nella speranza che lei lo guardasse.

«E va bene. Se non mi credi, andiamo alla casa e vediamo se è vero quel che dici» le propose.

Ema non rispose. Anche se aveva ragione, il miglior modo per provare che non raccontava delle frottole era andare con lui alla casa e dimostrargli che quel che diceva era vero. Si alzò in piedi, posò il libro sul letto e si parò davanti a Simón, a cui disse con una voce fredda, che ricordava vagamente quella di Ana: «D'accordo. E dovrai scusarti».

Simón assentì. Uscirono dalla stanza e scesero in giardino. Non c'era nessuno. Ema si dimenticò completamente di sua madre: non le importava se l'avrebbero castigata per essere uscita in giardino. Camminò con passo fermo fino al bosco, senza voltarsi, sentendo i passi di Simón dietro di sé. Faceva freddo, il cielo era grigio e tirava un forte vento: era arrivato l'inverno. Ema scavalcò un tronco abbattuto, si ripulì la gonna e riprese il cammino. Solo allora vide in lontananza la casa e accelerò il passo, lasciando indietro Simón. Il ragazzino fischiettava, senza curarsi troppo di lei. Sapeva che Ema era una di quelle persone a cui non piace passare per bugiarda, anche se era evidente che nessuna persona sana di mente può credere che le foglie spuntino fuori dal nulla. Arrivati alla casa salirono di corsa le scale ed entrarono nella stanza: ebbene sì, c'erano di nuovo le foglie, anche se Ema aveva spazzato prima di andarsene. La ragazzina incrociò le braccia, arricciò le labbra e aggrottò le sopracciglia: era felice che ci fossero.

«Ti ho detto che era vero» ripeté per l'ennesima volta.

Simón si accovacciò e ne raccolse una. Quindi si mise a esaminare ogni parete per vedere se ci fosse un buco o un pertugio, ma non c'era niente. Passò al soffitto e poi al pavimento, ma neanche lì trovo qualcosa. Si grattò la testa osservando la direzione da cui erano cadute le foglie: puntavano tutte verso il vetro della finestra, come se un forte vento le avesse sospinte da quella parte. Quindi il vento doveva venire dallo specchio. Simón gli si avvicinò e ne osservò i bordi con molta attenzione: non c'era nient'altro che il muro.

«È davvero molto strano» disse posizionandosi davanti allo specchio per fissarlo.

Tutt'a un tratto sentirono dei passi in corridoio, provenienti dalle scale. Ema si avvicinò a Simón ed entrambi si voltarono verso la porta.

«Sta arrivando qualcuno. Meglio stare zitti, magari se ne va via subito» sussurrò il ragazzino mettendosi un dito sulle labbra per fare segno a Ema di non parlare.

Lei strinse i pugni nervosa, mentre i passi si facevano sempre più rapidi e vicini. Finché dalla porta non spuntarono un vestito viola e una testa di ricci castani: era Ana, che li fissava con gli occhi spalancati. Ema pestò un piede a terra.

«Sei veramente cattiva a spaventarci così!» esclamò stizzita.

«Non è colpa mia se siete paurosi» ribatté sua sorella.

«Cosa ci fai qui?» le chiese Ema.

«La mamma è uscita con papà e non è ancora tornata; tu sei sparita con... lui. Allora mi sono detta che, se non ti avesse trovata, mi avrebbe sicuramente messo in castigo per colpa tua. Quindi adesso vieni con me» le disse, e si avvicinò allo specchio guardandosi attentamente attorno.

«Non posso, altrimenti l'avrà vinta Simón. Prima deve rendersi conto che non mento» le rispose Ema, che sapeva benissimo che, se fosse andata via con sua sorella, Simón l'avrebbe tormentata per tutto l'inverno.

Faceva molto freddo e fuori si era anche messa a cadere una sottile pioggerellina. Ana sospirò e si avvicinò alla sorella, pronta a trascinarla a casa, se fosse stato necessario. Ema indietreggiò e guardò Simón.

«Devi sederti, così arriverà il vento e capirai che non ho mentito» gli disse.

Simón distolse lo sguardo dall'amica per mettersi a sedere, ma nel frattempo Ana le si era avvicinata e l'aveva afferrata per la mano.

«Non ho intenzione di giocare ai vostri stupidi giochi. Adesso si va dritti a casa!» le ordinò.

«No! Deve vedere. Non capisci? Io non sono bugiarda» singhiozzò Ema, divincolandosi per non farsi portare via. «Ma... lo specchio...» riuscì ad articolare a stento tra le lacrime.

Ana lo guardò, soffermandosi sulla stella che ne decorava la sommità, e non ci vide nulla di speciale: era un'anticaglia, niente di speciale.

«È solo un vecchio specchio. E adesso an-dia-mo!» disse trascinando con forza sua sorella.

«Lasciami verificare quel che dice Ema e poi potrete andare» ribatté Simón, cercando di convincerla.

«Neanche per sogno! Vi ho già detto che non gioco a queste stupidaggini. Quindi adesso andiamo e basta».

Con una certa esitazione, Simón si sedette per terra di fronte allo specchio, sperando che succedesse quel che doveva succedere. Ana lasciò la mano di Ema. Non doveva lasciarsi convincere, pensò: era abbastanza grande da sapere che quella era solo una perdita di tempo. Si accovacciò e raccolse un sasso, il che era piuttosto strano, dal momento che Ema aveva spazzato la stanza più volte.

«Se il problema è questo pezzo da museo, me ne sbarazzerò seduta stante» disse, alzando il braccio e mirando verso lo specchio, pronta a colpirlo.

Simón balzò in piedi e le afferrò la mano, ma Ana si dibatté nel tentativo di liberarsi dalla presa. Nel frattempo, Ema si era avvicinata ai due ragazzini che stavano lottando.

«Non farlo, Ana! Questo specchio è unico!» la supplicò.

«Ma figurati! Non vale niente. Adesso lo rompo, così la facciamo finita» le rispose sua sorella.

«Fermati, Ana. Non farlo» ripeté Simón, cercando di toglierle il sasso dalla mano.

Nel parapiglia i due si avvicinarono allo specchio ed Ema afferrò per la vita sua sorella, che continuava a cercare di colpirlo. In quell'istante il cielo fu squarciato da un lampo e quella che fino a poco prima era una semplice pioggerellina si trasformò in un violento temporale che scuoteva gli alberi, si abbatteva sui muri e infradiciava il tetto. I tre ragazzini lottavano, ognuno nel tentativo di fermare l'altro, finché non inciamparono andando a urtare la superficie dello specchio. Tra spintoni e rimbrotti, a un certo punto si sentì il vetro scricchiolare, e prima ancora che si potessero rendere conto di quello che stava succedendo, caddero tutti e tre dentro lo specchio.

Si separarono, avvolti da un forte vento, che li sbatacchiava di qua e di là, in un turbinio di foglie e di petali.

«Ah! Ma cosa sta succedendo?» urlò Ema fissando il mulinello.

«Non lo so!» rispose Simón.

Ana non riusciva ad aprir bocca. Si stava ancora guardando intorno: riusciva a scorgere solo una forte luce proveniente dal centro del mulinello, che appariva come una specie di tunnel. Il ruggito del vento era assordante e le foglie non permettevano di vedere niente. Girarono ancora più velocemente e alla fine si accorsero che la luce si faceva più forte, come se fossero atterrati di fronte al sole. Il primo a uscire dal mulinello fu Simón, catapultato su quello che gli sembrò un bellissimo prato: atterrò bocconi e un po' d'erba gli finì in bocca. Poi fu la volta di Ana, che planò a due metri da lui, supina, sotto un terso cielo azzurro. Quindi arrivò anche Ema, che toccò terra da seduta, e si trovò di fronte Ana e Simón.

Dopo essersi tolti le foglie dai capelli, i tre si alzarono in piedi per guardarsi intorno: il sole splendeva sopra di loro, irradiando un caldo manto di luce che illuminava tutto a perdita d'occhio. Si trovavano su una collina scoscesa, con una vista che arrivava fino all'orizzonte. Il cielo era limpido, limpido come il mare d'estate, e il sole splendeva come un'aureola attorno alle loro teste. Più in là si vedeva quello che sembrò loro un fiume dorato, tanto erano gialle le sue acque, che scorrevano leggermente increspate sulla superficie. Più in là ancora era tutto un grande bosco di cui non si riuscivano a scorgere i confini. Simón cercò di camminare, ma barcollò: aveva la nausea, era come se l'aria lì fosse più sottile. Ana si voltò per cercare di capire dove fossero finiti, ma vide solo il bel fiume d'oro che scorreva lungo la collina. Ema, invece, si chinò e strappò un ciuffo d'erba, per vedere se fosse vera o finta.

«Dove siamo?» chiese.

«Non lo so» rispose Simón.

«Ma se sei stato tu a provocare tutto questo!» brontolò Ana.

Simón si girò verso di lei e si strinse nelle spalle.

«Io non ho fatto niente. È stato lo specchio, non io...»

«Non vorrai mica farmi credere che siamo arrivati qui per magia!» ribatté Ana pulendosi il vestito.

«Non mi pare proprio il momento di mettersi a litigare. Perché non ritorniamo allo specchio invece? Così potremo andarcene da qui il più in fretta possibile» suggerì Ema a mezza voce, risalendo la collina.

Simón non diede troppa importanza a quel che gli aveva detto Ana, e si limitò a seguire Ema in direzione dello specchio. Questo era diverso da quello della casa: la cornice era di pietra, con al centro la stessa stella, e su ogni lato si leggevano delle parole in una lingua che nessuno di loro era in grado di decifrare. Accanto c'era un grande albero, che lo copriva. I tre ragazzini guardarono lo specchio con attenzione: videro riflesso il bellissimo paesaggio, ma nessuno dei tre ci vide la propria immagine. Era come se non si trovassero in piedi davanti allo specchio. Simón toccò la superficie, per vedere se per caso riuscisse a farlo funzionare, ma non cambiò niente. Ema ci girò intorno, ma il retro era rivestito solo di una spessa lastra di pietra.

«Perché non riusciamo a vederci allo specchio?» chiese.

«È rotto, l'hai rovinato tu» rispose Ana puntando il dito contro Simón.

«Ma se sei stata tu quella che ha cercato di colpirlo! Io volevo solo vedere se era vero quello che mi aveva detto Ema» ribatté il ragazzino avvicinandosi.

Il vento riprese a soffiare forte, scuotendo l'albero, che fece cadere una pioggia di foglie, e sollevando i petali gialli di quello che in un primo momento era sembrato loro un fiume e che invece si rivelò essere un grande campo di girasoli. Petali e foglie andarono a sbattere sulla superficie dello specchio.

«Vedi che era vero?» disse Ema.

«Adesso sì che ti credo, mi dispiace davvero moltissimo di non averti creduto subito» si scusò Simón, guardando le montagne che si ergevano in lontananza, altissime e molto più verdi delle colline intorno a casa.

«Va bene,» disse Ema in tono solenne «sei perdonato».

«E adesso cosa facciamo?» chiese Ana, guardando lo specchio. «E dove siamo?»

Si voltarono e osservarono la valle sottostante: i colori erano ancora più brillanti alla luce del sole, era come se assorbissero il calore, e il prato adesso era tutto ricoperto da un leggera coltre di foglie e di petali. Per quel poco che potevano capire, era chiaro che si trovavano molto lontano dal freddo di Bogotá e dalla pioggia battente, sperduti in quello strano luogo.

Capitolo IV

Quando scoprirono che i mostri esistono davvero

Scesero dalla collina e arrivarono a un sentierino che correva tra i girasoli. Dei girasoli altissimi, un metro e mezzo di gambo più i petali, che la brezza faceva cadere a pioggia tutt'intorno, formando una sorta di lungo muro giallo. Simón si fermò e guardò prima da una parte e poi dall'altra. I luoghi chiusi e angusti non gli erano mai piaciuti; se avesse potuto fuggire lo avrebbe fatto, ma quella era l'unica via percorribile. Ana fece un passo avanti e con coraggio, o forse per orgoglio, aprì la strada, e Ema la seguì. Simón non ebbe altra scelta che imitarle.

Si trovavano in un vero e proprio labirinto: non c'erano vie di fuga, se si voleva uscire di lì, si poteva solo avanzare, il che a Simón non piaceva affatto. Del resto, a chi piacerebbe camminare in un luogo che potrebbe condurre a un pericolo? Ed era esattamente quel che pensava il ragazzino, che continuava a guardarsi intorno cercando di vedere qualcosa tra gli altissimi steli dei girasoli.

Anche se tentava di mantenere la calma, Ana sapeva che tutto ciò non poteva essere reale, perché non si possono attraversare gli specchi e approdare chissà dove.

«Ecco cosa succede ad andare in giro con voi. La vita normale è un'altra cosa e sto sicuramente sognando delle sciocchezze» brontolò.

«Non sono sciocchezze! Lo specchio ci ha portati qui» ribatté Ema nel tentativo di convincerla.

«No, voi mi avete fatto qualcosa, che ne so, avete organizzato tutta questa messinscena perché vi seguissi» insistette sua sorella, che camminava a braccia conserte cercando di trovare un'altra strada, qualcuno che le dicesse dov'erano finiti o semplicemente delle altre presenze umane.

«Ma è impossibile! Come avremmo potuto farti passare attraverso lo specchio?» le chiese Simón.

«Boh... che ne so! Ma se vengo a scoprire che è così, voi due vi ritroverete nei pasticci, perché dirò a papà che uscite dal giardino senza il suo permesso e che mi avete ingannata» gli ripose la ragazzina, che in realtà sembrava più smarrita che arrabbiata e teneva lo sguardo basso, come se non volesse incappare in altre sorprese.

Il sentiero procedeva senza una curva, era un'interminabile linea retta: solo giallo a perdita d'occhio.

«Immagino che ci siamo persi, perché non sai dove stiamo andando» disse Ana a sua sorella, tenendo le braccia incrociate sul petto.

«E invece no. Insomma, se ci siamo già persi, come potremmo perderci di nuovo?» le fece notare Ema sommessamente.

«Sì, ma adesso che facciamo?» chiese a sua volta Simón, anticipando la domanda che avrebbe fatto Ana.

«Be', immagino che incontreremo qualcuno che ci dica dove siamo» rispose Ema in un sussurro. «Non so se ve ne siete resi conto, ma... non è normale attraversare uno specchio e finire in un posto come questo».

«Ma cosa stai dicendo? Non abbiamo attraversato nessuno specchio!» ribatté Ana con veemenza.

«Dobbiamo calmarci e trovare chi ci aiuti. Ci sarà sicuramente qualcuno in questo posto» intervenne Simón. «Secondo voi stiamo sognando?» chiese grattandosi la testa. «Non ricordo di essermi addormentato».

«Nemmeno io» disse Ema. «E tu, Ana?»

«Non vi rispondo. Non mi lascerò trascinare di nuovo nei vostri stupidi giochi». Ripensava alla limonata fresca che preparava la mamma nei pomeriggi di calura, con il ghiaccio che galleggiava nell'acqua, e le venne l'acquolina in bocca. Si asciugò il sudore dalla fronte e guardò il cielo: non c'era un solo uccello, come se quello fosse un deserto di girasoli.

I tre ragazzini continuarono ad avanzare in silenzio. Si sentiva solo Simón fischiettare a pieni polmoni una canzone che gli aveva insegnato sua madre, accompagnato da Ema, che ne canticchiava il pezzettino che aveva appena imparato. In lontananza una colonna di fumo saliva dai girasoli per parecchi metri. Quando la videro si fermarono di colpo e si guardarono. Poteva essere solo o un incendio o l'aiuto in cui sperava tanto Ana, la quale infatti accelerò il passo, abbandonando il sentiero per tagliare tra i girasoli e lasciando indietro gli altri due. Non riusciva a credere di trovarsi veramente in quel luogo polveroso ad aprirsi la strada tra fiori enormi.

Attraverso i girasoli si riusciva a scorgere una piccola radura, un prato verde dall'erba alta, e una specie di tana con una porta nel mezzo. Un po' più in là spuntava da terra un camino sottile, come una torretta, da cui usciva del fumo. Simón si avvicinò scostando i girasoli per vedere meglio. Ema ne approfittò per passare, seguita da Ana. Simón osservò attentamente la porticina: aveva una maniglia di legno talmente piccola che sembrava finta. Sulla tana cresceva un grande albero con le foglie verdi e un po' più in là iniziava il bosco, pieno di arbusti e di piante aromatiche che ne rendevano il profumo ancora più intenso. Tutt'a un tratto comparve un piccolo furetto bianco, che trascinava una borsa di tela verde emettendo dei suoni sommessi e piuttosto fastidiosi. Se la portò dietro per un bel po' finché non arrivò alla porta della tana. I tre ragazzini si guardarono stupiti, perché non avevamo mai visto un animale con una borsa.

«Che carino!» esclamò Ema avvicinandosi al furetto.

«Sta' attenta che non ti morda» le disse Ana.

«Non credo che lo farebbe, sembra molto tranquillo» osservò Simón. E batté le mani perché l'animaletto li guardasse.

Il furetto si voltò e li fissò con uno sguardo mansueto alzandosi sulle zampe posteriori, annusò l'aria con il suo nasino e sbatté le palpebre. Poi cambiò atteggiamento: si mise a braccia conserte e aggrottò un sopracciglio, assumendo un'aria compita.

«Non ho mai ballato mentre qualcuno batteva le mani, e mai lo farò» dichiarò.

I ragazzini rimasero basiti nel sentirlo parlare. Ana sbiancò, inchiodata a terra dall'emozione, Ema strinse i pugni e trattenne il respiro e Simón indietreggiò. Il furetto sospirò e li guardò, passando da un volto all'altro.

«Le chiedo scusa, signor furetto» disse allora Simón, mortificato.

Era la prima volta che si scusava in quel tono, e anche che parlava con un animale.

«Ciao!» esclamò Ema, avvicinandoglisi con tenerezza.

«Piacere. Sono Firret Pumpkin, ma potete chiamarmi semplicemente Firret».

I tre ragazzini si presentarono a loro volta, senza riuscire a distogliere lo sguardo dal muso dell'animaletto parlante. Firret si voltò, riprese la borsa verde e ricominciò a trascinarla molto lentamente.

«Ti serve aiuto?» chiese Simón.

Il furetto si voltò, guardò la borsa e poi tornò a rivolgere lo sguardo al ragazzino.

«Be'... sì, grazie, è molto pesante» rispose, liberandosi dalla borsa per lasciare che Simón lo aiutasse.

«Non vorrei essere invadente, ma... è diretto da qualche parte?» chiese Ana, con i modi che le aveva insegnato sua madre.

«Certamente! E chi non lo è? Sono fuggiti tutti dal bosco. Non so nemmeno come possa esserci ancora qualche forma di vita qui. Diamine... che disastro! Non c'è più un posto dove poter fare riposare le ossa...» e si alzò sulle zampe posteriori con un'espressione angosciata.

Simón prese la borsa, la portò all'entrata della tana e la depositò lì.

«E dove vanno?» chiese Ema.

«Lontano, molto lontano da qui, dove non arriva mai l'oscurità» sussurrò il furetto.

I ragazzini si guardarono. "Chi mai dovrebbe avere paura dell'oscurità?" si chiese Ema, avvicinandosi al furetto. Anche lei ormai dormiva con la candela spenta, non ne aveva più bisogno per riuscire a dormire da sola, e aveva sempre pensato che gli animali apprezzassero il buio.

«E perché?» chiese Ana.

«Dunque... Tempo fa scoppiò una guerra a Oriente e dalle viscere della terra uscirono delle creature orribili, che si dispersero in vari boschi. Una in particolare era veramente mostruosa, grande come una collina, e mise in fuga tutti gli animali del bosco di Lériall» prese a raccontare Firret con un filo di voce, tenendo d'occhio ogni singolo albero e ogni singolo girasole, come se qualcuno lo stesse spiando. «Fino a qualche giorno fa io vivevo tranquillamente. Poi, una notte, nel silenzio, mentre me ne stavo a casa al calduccio del caminetto, gli alberi e le piante tutt'intorno furono attraversati da un fremito, mentre si diffondeva un leggero mormorio. Il canto notturno del bosco fu interrotto; i grilli, le lucciole e persino gli scarafaggi si zittirono. Allora decisi di uscire per vedere cosa stesse succedendo, osservai il cielo e i girasoli ma non vidi nulla, e quindi rientrai. Improvvisamente una fortissima scossa fece tremare la casa. Uscii di corsa e vidi una grande ombra su quella parte del campo» disse puntando il dito verso il retro della tana.

«E che cos'era? Cos'hai visto?» lo inte
fissandolo.

Il furetto si mise a camminare, quasi trema
zini lo seguirono fino a un punto in cui i giras
calpestati e ridotti in poltiglia. La metà del can
una radura: tutto lì, piante e fiori, era morto,
quelle che sembravano due enormi impronte

«Non è possibile!» esclamò Ana incrociar
braccia mentre fissava quel disastro. «Che ge
ra potrebbe fare una cosa simile?»

«Era talmente grande che pensai che mi a
to la casa» iniziò a raccontare Firret. «Le brac
no quasi a terra, aveva la pelle rossa come il
nere, perché nero era il sangue che ci scorr
veva due zoccoli al posto dei piedi e un tora
lo faceva sembrare ancora più alto. Le mani
vostre,» continuò pensieroso il furetto «sol
la pelle si vedevano le articolazioni giallogn
terminava in un artiglio biancastro che raspa
camminava. Era orribile, veramente orribile

«E poi cos'è successo?» chiese Simón.

«Si è avvicinato e mi ha detto con voce ro
questo campo è mio, con tutto quel che c'è
come pure la tua vita'».

«Ma è terribile! E tu cos'hai fatto?» chies

Il furetto si voltò con aria spaventata ve
Simón lo aveva aiutato a trasportare. I ragaz
no, perplessi per quello che stava raccontar

«Devo andarmene, o mi ucciderà» affer
le sopracciglia.

«Ma non è giusto!» protestò Ema. «Questa è casa tua. Nessuno ha il diritto di cacciarti via».

«Perché non chiedi aiuto a qualcuno?» gli propose Ana.

«È impossibile» rispose il furetto. «La maggior parte dei regni è in guerra, e quelli che non lo sono, sono troppo lontani. Non manderanno nessuno per aiutare uno come me. Neppure il grande Myrddin, il Primo Stregone, può perdere tempo per una cosa del genere, è troppo lontano. E poi a nessuno importa niente dei furetti, per il resto del mondo noi siamo solo degli animali». Nessuno fece commenti su quel tal Myrddin; il furetto sembrava parlarne con molto rispetto e non volevano offenderlo.

«Questo mi sembra assolutamente ingiusto. Tu sei come tutti gli altri, come me, come uno qualsiasi di noi» disse Simón, indignato.

Simón non si sarebbe mai espresso così se non fosse stato con Ema. Le due sorelle lo guardarono stupite, e Firret non replicò, anche se non sembrava convinto. Allora Simón respirò a pieni polmoni e iniziò a parlare con voce ferma.

«Dobbiamo andare a chiedere aiuto» disse «e devono ascoltarti. E poi anche noi vorremmo conoscere un po' meglio questo mondo» aggiunse in tono soddisfatto.

Firret lo fissò, disorientato da quelle parole. Ma forse il ragazzino aveva ragione: non doveva permettere che un orribile mostro lo bistrattasse. Sarebbe andato in cerca di aiuto per salvare se stesso e la sua casa.

«Ebbene sì, per i sette regni lo farò» dichiarò, come se avesse improvvisamente ritrovato l'allegria. E corse verso la tana, tirò fuori una chiave e aprì la porta. «Ma partiremo domani. Adesso è troppo tardi per attraversare il bosco. Ci

sono troppi pericoli nascosti nel buio, cose terribili, davvero terribili. Avanti, entrate. Dietro l'albero c'è un ingresso più grande da cui riuscirete a passare».

Fu Ema a fare il primo passo verso l'entrata. Simón non sapeva perché avesse detto una cosa del genere, ma non poteva certo essere un male. Quindi seguì la sua amica, mentre Ana se ne stava immobile a pensare a quello che era successo: com'era possibile che stessero parlando con un furetto? E dove diavolo erano finiti? Sembrava che si fossero dimenticati che tutto ciò non era normale... Girarono intorno all'albero e videro il buco: era molto grande, perfettamente nascosto dalle radici. All'interno era buio pesto.

«Non ci penso neanche a entrare lì dentro!» protestò Ana, battendo forte i piedi. «È sporchissimo, e poi ci potrebbero essere dei ragni».

«E dai!» le disse sua sorella. «È solo un buco, non ti succederà niente, stammi vicino e seguimi».

«No e poi no!»

«Sei proprio sicura?» le chiese astutamente Simón, guardando in direzione del bosco con le mani in tasca. «Potrebbe arrivare il mostro...»

Ana si diede un'occhiata intorno con aria timorosa, quindi si avvicinò al buco e ci saltò dentro. Da fuori non si riusciva a sentire granché, ma arrivò comunque l'eco della sua voce che diceva: «Ema, sbrigati a scendere, quaggiù è buio pesto!».

Anche Simón saltò, seguito dall'amica. Atterrarono su un suolo polveroso, che si sgretolava a ogni passo. Non si sentiva alcun rumore. Simón si mise in testa alla fila, Ema gli mise le mani sui fianchi e Ana fece altrettanto con sua sorella. Avanzavano reggendosi alle pareti per non cadere. Alla fine, incespicando e strattonandosi di continuo, arrivarono a uno scivolo, o almeno così parve loro. Non era particolarmente ripido, anche se in quel buio era tutto più difficile da valutare. Simón cercò di avvicinarsi lentamente al bordo per sedersi, ma Ana continuò a camminare, senza rendersi conto che gli altri si erano fermati. L'urto con sua sorella fece sì che andasse a sbattere contro Simón, il quale scivolò giù, seguito a ruota dalle due ragazzine. Il polverone che sollevarono insudiciò loro il viso, e Ana, che aveva gridato, ingoiò un bel po' di terra nel percorrere il tunnel, in fondo al quale si riusciva a scorgere una luce gialla. Era ovvio che avrebbero finito per andare a sbattere contro qualcosa. Simón allungò le braccia quando vide che si stava avvicinando a quello che gli sembrò un piccolo cuscino e vi atterrò rotolando, in tutta comodità. Quindi sollevò lo sguardo per vedere dove fosse finito, ma il rumore della terra che si stava sbriciolando sopra la sua testa lo fece balzare velocemente in piedi, evitando che Ema gli cadesse addosso. La ragazzina atterrò a occhi chiusi, ma la debole luce la spaventò comunque moltissimo: forse erano precipitati talmente tanto che erano arrivati al centro della Terra, pensò, e adesso il fuoco li stava bruciando. Cercò quindi di non guardare dove stesse andando e quando cadde sul cuscino, seduta giusto nel mezzo, ci si afferrò, continuando a tenere gli occhi chiusi.

«Levati di lì, che sta arrivando Ana!» le urlò Simón, tirandola via con forza.

Ema balzò in piedi e osservò il buco da cui era precipitata: era molto grande e c'era ancora della terra mista a pietrisco che stava venendo giù da lì, ma grazie al cielo non era troppo alto. Nel frattempo Ana stava cercando di sputare la polvere che aveva ingoiato, anche se la cosa peggiore era la tosse che le provocava. Non riusciva ancora a vederci bene, perché era troppo buio per capire dove si stesse andando. E poi era tutta indolenzita, perché teneva le spalle rattrappite per non sbattere contro le pareti del tunnel, piene di sassolini taglienti. Tutt'a un tratto vide la luce e cadde supina sul cuscino, tossendo violentemente.

Alzandosi in piedi si preoccupò solo del vestito, tutto impolverato, e dei capelli pieni di foglie.

«Ma proprio a me doveva capitare?» esclamò tossendo nervosamente. Poi si pulì gli occhi per vederci un po' meglio e riprese a tossire, continuando a bofonchiare che non era giusto.

I tre ragazzini si voltarono e videro una stanzetta rotonda, con dei piccoli mobili di legno e un caminetto, che non doveva misurare più di cinquanta centimetri. Al centro della stanza c'era una sedia a dondolo e accanto un divano, con delle foglie secche al posto dei cuscini. Il fuoco acceso nel camino riscaldava l'ambiente. Proprio in quel momento dalla porta entrò Firret.

«Che meraviglia di tana!» disse Ema avanzando con la testa reclinata, dato che il soffitto era molto basso.

«Grazie, grazie. Ma prego, non rimanete lì impalati, accomodatevi e riposatevi un po'» disse il furetto avanzando a quattro zampe verso il dondolo, sul quale si sedette.

I tre ragazzini presero posto sul divano, davanti al fuoco che illuminava loro il volto, proiettando ombre sulle pareti fatte di terra, il cui odore era coperto da un profumo più forte. Forse era zenzero, pensò Ana guardandosi intorno. Solo allora vide che dai muri spuntavano delle radici di quella pianta.

«Gradite del tè? Ho anche qualche insetto e un po' di pesce» chiese Firret alzandosi in piedi.

«Prendiamo volentieri un po' di tè, grazie» rispose Ema, immaginando che il pesce sarebbe stato servito crudo.

«Bene, aspettate qui un attimo» disse Firret intrecciando le mani, mentre si allontanava lungo il corridoio.

Non riuscivano ancora a credere di trovarsi lì, seduti nella tana di un furetto parlante, anche se nessuno di loro osava dirlo, come se fosse una cosa troppo assurda anche solo da dire ad alta voce. Del resto, chi non si sarebbe sentito matto ad affermare di stare parlando con un animaletto?

«E adesso che facciamo?» chiese Ana, avvicinandosi al caminetto.

«Non lo so» rispose Ema con un sorriso che le illuminava il volto. «Però io desidero andare alla scoperta di questo mondo».

«Tu sei pazza!» esclamò sua sorella piantandole gli occhi addosso. «Non voglio più giocare con voi, questo gioco è una follia totale, e non ci penso neanche a dormire qui!»

«Sarà solo per questa notte, non credo che ci possa succedere niente» cercò di tranquillizzarla Simón. «Domattina presto partiremo con Firret, che ci riporterà sicuramente a casa».

«Per me va bene» rispose Ema.

I passettini lenti del furetto annunciarono che il padrone di casa era di ritorno. Portava un piccolo vassoio con una teiera e un servizio da tè, che posò sul tavolo al centro della stanza. Versò l'infuso nelle tazze, aggiungendo un po' di miele in ognuna. Era una meraviglia poter bere qualcosa di caldo dopo una simile avventura, pensò Ana, prendendo la tazza tra le due mani e respirando a fondo il profumo del tè.

«Grazie,» disse dopo averlo assaggiato «è delizioso».

«Bene, bene. Ma adesso ditemi, com'è la situazione a Oriente?» chiese Firret sedendosi sul dondolo.

Ema pensò ai punti cardinali e si ricordò che lo specchio si trovava a Est.

«È un posto meraviglioso, molto tranquillo» rispose sorseggiando un po' di tè.

«Davvero?» esclamò il furetto stupito. «Pensavo che non lo fosse più. La guerra è dilagata rapidamente ovunque ed è molto raro trovare un luogo pacifico. Che tristezza» aggiunse con un sospiro.

«E invece pare proprio che lì non sia arrivata» intervenne Simón.

Firret aggrottò le sopracciglia e sorseggiò lentamente il tè, avvicinandosi al camino da cui si sprigionava un bel calduccio. Era la prima volta che sentiva delle buone notizie sull'Est, dopo avere ascoltato cose terribili sul Nord e sull'arrivo delle orrende creature nel bosco.

«Firret, tu ci hai detto che forse ci potrebbe essere qualcuno in grado di aiutarti con il mostro» disse Ema. «Pensi che queste persone potrebbero aiutare anche noi?»

«Non ho alcun dubbio. Sono i più indicati per problemi di questo tipo» e il furetto posò la tazza sul tavolo, voltandosi verso i ragazzini. «Anche se nessuno regge il confronto con Myrddin, uno dei sette Rill. Ma lui non credo lo si possa incontrare, la guerra l'ha portato a Oriente».

«Che cos'è un Rill?» chiese Simón.

«Non sapete cos'è un Rill?!»

I tre ragazzini scossero il capo. Firret sgranò gli occhi e si avvicinò con la sedia.

«Questa sì che è una cosa inaudita, una cosa davvero inaudita! Dovete venire da un luogo molto, ma molto più a Est da qui, allora» disse. «Adesso vi spiego. Vediamo un po'... I Rill sono stregoni, creature di luce, degli eremiti che operano per la pace nel mondo. Ne rimangono pochissimi, ormai. Il primo Rill è stato Myrddin, l'unico a conoscere le arti degli antichi, il creatore del Circolo dei Sette, guida dei Dhardans e guardiano di questo mondo».

«Wow!» esclamò sottovoce Simón, che ascoltava il furetto con grande attenzione. «Uno stregone! Fantastico...»

«Adesso, però, è impossibile incontrarlo, perché è sicuramente a Sílgard, a Est di dove siamo noi».

«Ma perché è scoppiata la guerra?» chiese Ana.

Firret raccontò loro dei Far Muhltres, della vendetta di Elur, padre di Esus, per la morte di quest'ultimo e di come avesse sconfitto i Poltraits e giurato di radere al suolo la città di Sílgard, con tutti i nani della terra, seminando morte e devastazione nei grandi regni del Nord e provocando il tradimento di Firkling.

«E non credo che si fermerà finché ci sarà ancora qualcuno in vita in questo mondo. Quando si è assaporato il trionfo seminando morte, non importa quante volte si vince, non basta mai. E poi arriva la desolazione» disse atterrito.

«Ma è orribile! Come può esistere una creatura del genere?» esclamò Ana cercando di trattenere il brivido che le attraversava la schiena.

«E adesso non c'è da avere paura solo delle creature del Nord, di cui vi ho raccontato,» proseguì il furetto «ma anche dei mostri che tentano di impossessarsi di alcune terre lontane dai regni. E degli stregoni malvagi agli ordini di Firkling, che cercano di seminare il terrore nei pochi luoghi dove ancora regna un po' di pace. Che disgrazia!»

«Quando il gatto non c'è...» disse Ema.

«... i topi ballano» concluse Simón.

La ragazzina sbadigliò, provocando una reazione a catena. Erano in piedi da molte ore, era stata una lunga giornata: non capita tutti i giorni di attraversare uno specchio...

«Credo che abbiate bisogno di riposare. Ormai è notte e domani ci attende un lungo viaggio. Chissà quali pericoli ci aspettano...» disse Firret alzandosi per poi ricadere a quattro zampe. «Venite con me, ho dei bei nidi soffici e grandi foglie che vi terranno caldo».

I ragazzini non osarono commentare: cosa c'è di meglio di un posto morbido per riposare? E poi, a caval donato non si guarda in bocca. Lo seguirono fino a quella che sembrava un'altra cavità che si apriva in una delle pareti, attigua alla sala, e videro cinque nidi, fatti di rami e foglie. Anche se erano piuttosto piccoli, accostandoli sarebbero riusciti a riposare tranquillamente. Firret aggiunse un paio di grosse foglie secche delle dimensioni di lenzuola e ci si infilarono tutti sotto, appoggiando le teste su morbide foglioline.

Dovevano essere più o meno le cinque del mattino quando un rumore di foglie secche svegliò i tre ragazzini, che si girarono infastiditi, senza però aprire gli occhi. Finché un nuovo rumore, più forte, li fece alzare. La fiamma di una candela tremolò in un angolo della stanza e dal soffitto caddero grandi pezzi di terra secca. Ana, che stava ancora cercando di svegliarsi, barcollò quando il pavimento si mosse sotto ai suoi piedi.

«Cosa succede?» chiese, reggendosi alla parete per non cadere.

«Il terremoto!» rispose concitata Ema, uscendo dalla stanza in direzione della sala, dove trovò Firret.

«Ci sta attaccando!» urlò il furetto aggrappandosi al camino.

«Chi?» domandò Ema.

«Il mostro. Sta pestando il suolo, ci farà crollare addosso la tana! Che disperazione!»

I colpi, fortissimi, spinsero le radici fuori dalle pareti e tutti gli oggetti di cristallo si ruppero per il tremolio. Simón fece per affacciarsi alla porta per vedere cosa stesse succedendo, ma Firret gli sbarrò la strada.

«No!» gemette il furetto, aprendo le braccia per impedirgli di vedere.

«Perché?» chiese Simón.

«Ti schiaccerà non appena potrà!»

«Ma se restiamo qui farà sicuramente crollare la tana! Dobbiamo uscire!» disse Ema, dirigendosi verso il buco da cui erano arrivati.

Firret corse dalla parte opposta della stanza, senza sapere cosa fare.

«Se usciamo, moriremo tutti» sussurrò atterrito.

Pochi secondi dopo si udì una voce che nessuno dei tre ragazzini aveva mai sentito in vita sua, una voce profonda, come di qualcuno che avesse ingoiato per sbaglio della farina e stesse per soffocare o avesse respirato del fumo. Una voce aspra e secca che li lasciò atterriti.

«Ho bussato alla porta ma non mi hai aperto» tuonò. «Quindi continuerò a farlo finché non mi aprirai».

Seguì un silenzio totale. Nessuno dei tre ragazzini osava aprire bocca; continuavano solo a fissarsi l'un l'altro, chiedendosi con lo sguardo se quello che avevano appena sentito fosse reale. Allora un forte colpo fece tremare di nuovo la terra, mandando tutti e quattro a gambe all'aria. Ema cadde sulle ginocchia, e quando si risollevò, massaggiandosi, vide che si era scorticata.

«È meglio che usciamo... o la tana ci franerà addosso» disse Simón.

«Ma sei matto? Io non esco per farmi schiacciare come un verme da quella cosa lì!» protestò Ana, scuotendo violentemente la testa.

Ormai le era chiaro che era completamente impazzita: prima aveva sognato di attraversare uno specchio, poi di parlare con un furetto e adesso di essere attaccata da un mostro. Basta, non giocava più. Incrociò le braccia, decisa a restare lì, non ne voleva sapere più niente.

«Non è il momento di fare le bizze, Ana» le disse Ema con voce calma, anche se un po' forzata. «Dobbiamo andarcene».

«È solo un sogno, e i sogni... non sono reali. Quindi non c'è niente di cui avere paura. Aspettiamo di svegliarci...» le rispose sua sorella con convinzione.

In quell'istante la tana venne scossa ancora più violentemente, facendoli barcollare tutti da un lato, mentre sulle loro teste pioveva terra.

«Ah... la mia tana! La mia bellissima tana, che dolore!... Che dolore!» singhiozzò Firret, scosso da un tremito.

Simón si avvicinò al buco e si arrampicò, poi tese una mano ad Ana per aiutarla a salire.

«Ho detto che non vengo. È tutto un sogno» si impuntò lei, testarda.

Firret fece un passo e tese la mano perché Simón lo aiutasse a salire.

«Ana, è ora di andare!» insistette Ema, trascinandola verso il buco.

«No, non vengo. Tra poco mi sveglio» le rispose, irremovibile.

«Ha battuto la testa?» chiese Firret, guardando la ragazzina con un'aria incuriosita.

«No, è solo una bambina stupida» rispose Ema seccata.

Dopodiché i colpi si fecero così forti che un pezzo di soffitto cadde in mezzo alla sala. Ana lanciò un urlo e balzò verso Simón, che le stava tendendo un braccio. Il ragazzino sorrise e la aiutò a salire, poi aiutò Ema e da ultimo Firret. Avanzarono gattoni lungo il tunnel, nel buio più totale. Ben presto il furetto li superò e si mise alla testa della fila come guida, affidandosi all'olfatto e alla visione notturna, che aveva entrambi sviluppatissimi. Per sua fortuna il tunnel era sufficientemente grande per non dover strisciare: gli bastava camminare a quattro zampe. La risalita era piuttosto faticosa a causa dei sassolini che cadevano di continuo facendoli scivolare, inoltre era difficile respirare a causa di tutta la terra che sollevavano con il loro calpestio.

Quando finalmente sbucarono fuori, Firret li guidò nel bosco dietro l'albero, senza voltarsi indietro. Si nascosero tra gli arbusti tossendo piano per non farsi sentire dal mostro, che continuava a pestare il suolo. Quindi cercarono una postazione da cui vederlo meglio. Il furetto non aveva esagerato quando aveva detto che era orribile. Era alto una ventina di metri, con due zoccoli al posto dei piedi, delle braccia incredibilmente lunghe e mani grandi, con le dita che terminavano in artigli. Metà del corpo era ricoperta di un pelo grigiastro sporchissimo, da cui pendevano tanti pezzettini di fango secco. Sulla schiena aveva una gobba che arrivava fino alla cima della testa, facendole sembrare un tutt'uno. La faccia era senza espressione, con occhi giallognoli troppo piccoli rispetto al grande naso a patata. Continuava a colpire il suolo con quelle lunghe braccia percorse da grandi vene nere.

Ema deglutì nervosamente, con il cuore che le batteva forte, mentre Simón non riusciva a smettere di fissarlo, per essere certo che quello che i suoi occhi stavano vedendo fosse vero. Ana, invece, non voleva vedere proprio niente e si accovacciò, dopo aver guardato prima Firret, poi Ema e da ultimo Simón. Allora prese un pugno di terra e la sbriciolò tra le dita, rendendosi finalmente conto che non stava sognando, e che mai aveva sognato, che sua sorella non le aveva mentito, e nemmeno Simón, e che Firret era davvero lì, accanto a loro, e provava la stessa paura che stavano provando loro tre. Ma non fu solo Ana ad avere una rivelazione, la ebbero anche Ema e Simón, i quali, assieme a lei, si erano appena resi conto che i mostri esistono davvero.

Dopodiché i quattro decisero di dirigersi verso il bosco più vicino, dove il mostro non li avrebbe visti, perché iniziava appena ad albeggiare. Anche se a Firret costò moltissimo allontanarsi, lasciando la sua tana in mano all'orribile bestione.

Capitolo V

Il berretto rosso di Güillit

Nessuno dei ragazzi riusciva a smettere di pensare a quello che aveva appena visto, tormentato dall'immagine di quei terribili occhi gialli. Niente però era paragonabile all'angoscia di Firret, che continuava a lamentarsi per la perdita della sua casa, la quale, dopo ore di cammino, doveva essere ormai molto lontana. Ora si trovavano in un bosco, anche se non era un bosco come gli altri: era verdissimo, per via dei rampicanti e dei quadrifogli che crescevano sugli alberi e per terra, tra l'erba alta accarezzata da un fresco venticello. C'erano abeti altissimi e faggi imponenti, molti dei quali avevano il tronco ricoperto da miriadi di funghetti rossi a puntini bianchi, che crescevano anche sul terreno, accanto alle radici.

Ana cercava di dare un senso all'accaduto, non riuscendo ancora a credere di trovarsi in un luogo simile. Poco lontano da lei Simón passeggiava con Ema, godendosi la bellezza del bosco illuminato dai raggi del sole che filtravano tra i rami.

«Detesto tutto quello che ci sta succedendo, è orribile. E sono stanca» si lamentò Ana.

«Che piagnucoloni che siete! Avremmo fatto sì e no cinque chilometri, Pérfel non deve essere lontana. E voi dovreste saperlo, poiché mi sembra di capire che conosciate queste terre meglio di me» disse il furetto in tono placido.

Ana non rispose, ormai non la stupiva più che le distanze fossero così grandi; avevano camminato moltissimo e ancora non si vedeva la fine del bosco.

«Pensi che quella creatura venga da qualche montagna qui intorno?» chiese Simón. «Era sporchissimo, come se fosse appena uscito da sottoterra».

«È probabile, anche se Sílgard è molto lontana da qui. Ma intorno a Lériall ci sono centinaia di grotte e parecchie montagne, quindi potrebbero venire da qualsiasi parte. Oh... la mia povera tana, ridotta a un buco pieno di polvere e di macerie!» si lamentò Firret, prendendosi la testa tra le mani.

«Mi dispiace moltissimo per la tua tana» disse Ema alzando lo sguardo verso gli alti faggi verdi.

«Sì, è terribile che sia successa una cosa del genere. Ma quel mostro malvagio non la farà franca» lo rassicurò Simón, fermandosi ad ammirare il bosco, che adesso risuonava del canto di molti uccelli.

In lontananza si sentiva il martellare di un falegname, e man mano che avanzavano si riusciva a distinguere il trillo dei merli. Alcuni funghi erano rotondi come pasticcini, altri sembravano dei piccoli ombrelli aperti. Ema si chinò per osservare le miriadi di trifogli e notò che in realtà avevano tutti quattro foglie, il che era una cosa molto rara. Non aveva mai visto dei funghi di un bianco e di un rosso così belli; conosceva gli champignon, ma erano molto diversi da questi. Quindi si rialzò e riprese a camminare per raggiungere gli altri, dai quali si era separata di qualche metro per osservare gli alberi. Tutt'a un tratto sentì un bisbiglio, delle voci molto sottili, che di tanto in tanto tacevano. Si voltò a guardare ma non vide nessuno. Accelerò il passo e arrivò a pochi metri da sua sorella, ma Ana era tutta intenta ad ascoltare Firret che continuava a disperarsi per la sua tana, mentre Simón cercava di consolarlo.

Rimase in silenzio ad ascoltare con attenzione e dopo un po' sentì di nuovo quei bisbigli, che avanzavano assieme a loro. E le voci erano sempre di più, come se un gruppo di persone stesse sussurrando alle loro spalle. Allora corse da Ana e la prese per un braccio per farla fermare.

«Cosa c'è? Non tirarmi così!» le disse sua sorella con una voce stanchissima.

«Senti? Riesci a sentirli?» le sussurrò Ema voltandosi a guardare.

«No. Di cosa stai parlando? Non sento niente...» rispose Ana, cercando di tendere l'orecchio.

«Sta' zitta e ascolta».

Di fronte a tanta insistenza, la ragazza si zittì. Si udiva solo il canto dei merli e il picchiettare del falegname, oltre a qualche zanzara qua e là.

«Non sento niente... Smettila di giocare, Ema. Ormai non so più cos'è vero e cosa no; questa è l'ultima volta che gioco con te» disse aggrottando le sopracciglia. E riprese a camminare.

«Ma... sta... stanno bisbigliando» farfugliò Ema.

Seccata, Ana smise di darle retta e tirò dritto. È terribile non essere ascoltati quando si dice la verità, soprattutto quando riguarda qualcosa che gli altri non conoscono. Ema si voltò a osservare il bosco, tra i funghi, che si muovevano lentamente, come se si scuotessero, con i cappelli che si piegavano di lato come se qualcuno li stesse calpestando. E ogni volta che loro avanzavano, avanzavano anche le orme. Quindi tornò di corsa verso i suoi compagni di viaggio e si piantò loro di fronte.

«Fermatevi!» disse con voce affaticata. «Qualcuno ci sta seguendo» aggiunse sussurrando in modo che solo loro potessero sentire.

«Sei sicura?» le chiese Simón sottovoce, guardandosi attorno senza vedere niente.

Ema assentì e gli fece segno con la mano di avvicinarsi.

«Ohi ohi! Quale altra sventura ci aspetta, adesso?» si chiese Firret, in preda allo sconforto. «Sono stanco di fuggire».

«Non posso credere che stia succedendo una cosa del genere!» esclamò Ana spazientita. «Ma di cosa stai parlando? Non so neanche perché ti sto a sentire».

«Guardate verso i faggi, tra i funghi e i quadrifogli» sussurrò Ema.

Ma quando si girarono videro solo il bosco di fronte a loro.

«Non c'è niente, Ema» disse Simón osservando attentamente ai lati del sentiero. «Forse è stato solo il vento».

«Ti dico di no, qualcuno ci sta seguendo, guardate» disse indicando i funghi rossi.

Firret si voltò con un'espressione piena di sconforto e scosse violentemente il capo, vedendo già il flagello della malattia incombere su di loro.

«Ahimè! La povera bambina ha le allucinazioni. Che futuro incerto ci attende! Ahi, che disgrazia!» e si tappò gli occhi, non volendo vedere più niente.

«Non sono affatto malata! È vero, guardate con i vostri occhi» esclamò Ema seccatissima.

«Smettila di dire sciocchezze, Ema. Sembra che il sole ti abbia dato alla testa» insistette Ana, fermandosi per guardarla in faccia.

«Non sono ammalata e non ho preso nessuna insolazione. Guardate...» e pestò i piedi con forza, indicando i funghi.

Che non ti credano è un conto, che ti credano pazzo un altro. Ed è molto difficile che gli altri ti credano quando pensano che tu sia pazzo. Ma Ema sapeva di non essere pazza, e quindi si piantò davanti ai funghi e indicò con il dito il punto in cui i cappelli si inclinavano. Non appena vi rivolsero lo sguardo, il movimento si arrestò. Non era molto accentuato, ma era evidente che qualcosa si stava muovendo tra i funghi.

«E questo cos'è?» chiese Ana.

Nessuno di loro si sarebbe mai aspettato di vedere quel che vide: tutti i funghi si stavano inclinando, scoprendo sotto il cappello una faccina con due occhietti scuri, una grande bocca e un nasino schiacciato. Alcuni erano molto piccoli, altri erano grandi più o meno come una patata. Gli occhi di ogni fungo osservavano curiosi il gruppetto, come se fosse la prima volta che vedevano una cosa del genere, poi si spostavano di lato, come per sussurrare qualcosa al fungo vicino. Ma non si riusciva comunque a vedere che cosa stesse camminando tra loro. Simón si accovacciò davanti ai funghi, pronto a toccarne uno, mentre Ana continuava a guardarli, in piedi accanto a Firret, che non riusciva a tenere a freno il suo catastrofismo e li vedeva già come potenziali avvelenatori.

Simón si chinò ancora un po', quando dal fungo spuntò fuori un omino alto una quindicina di centimetri ma di costituzione robusta, con un bel pancione, come notò subito il ragazzino, e un grande berretto rosso a forma di cono. Aveva un viso da anziano, con una lunga barba bianca e due occhi azzurri e profondi sotto delle folte sopracciglia, anch'esse bianche. Indossava una casacca azzurro chiaro, che gli arrivava alla pancia, dei pantaloni dello stesso colore, un paio di scarpe di corteccia di faggio e una cintura di cuoio da cui pendeva una borsetta dello stesso materiale. Se ne stava appoggiato a un bastone di legno alto come mezza matita e teneva lo sguardo fisso su Simón.

«Cosa intendi fare, ragazzo?» Non era una domanda, ma un avvertimento.

Simón lo guardò di sottecchi, quindi indietreggiò, pensando che l'omino si fosse espresso così perché gli si era avvicinato troppo.

«Mi dispiace, non volevo avvicinarmi così tanto» disse rialzandosi.

«Questo proprio no! Sei pazzo? Vuoi morire? Rispondi, ragazzo!» esclamò l'omino.

«No.. è che... io...» Simón non sapeva cosa fare. Allora si avvicinò a Firret, che se ne stava immobile in disparte, osservando la scena.

«No, no, no. Adesso devi rispondere, ragazzo!» ripeteva istericamente l'omino, agitando le piccole braccia nel tentativo di fargli dire quello che voleva sentire.

«Mi... mi spiace, io volevo solo avvicinarmi» ripeté Simón, che non riusciva a capire dove avesse sbagliato.

«Non lo sai? Ai funghi delle fate non piace essere toccati senza che prima si chieda loro il permesso» e si diede tre colpetti sulla testa con la mano, come a dire che il ragazzino aveva la zucca vuota. «A chi si azzarda a toccargli il cappello, il fungo la fa pagare da vero monello, e non lo fa con una bella risata, ma con la sua cappella avvelenata».

Tutti osservavano i funghi, che continuavano a bisbigliare tra loro per non farsi sentire, e indietreggiarono, consapevoli che Simón aveva rischiato di morire. Ema allora si avvicinò all'omino e si presentò chinando leggermente il capo.

«Ci dispiace davvero molto, signor...» e si fermò, non conoscendone il nome.

«Mi chiamo Güillit» rispose lui con la tipica voce roca degli anziani. «Gnomo Güillit» precisò.

La parola "gnomo" rimase sospesa a mezz'aria. Tutti loro conoscevano delle fiabe in cui comparivano quelle creature, ma erano fiabe, appunto. Adesso che ne avevano di fronte uno in carne e ossa potevano solo pensare che il mondo si fosse capovolto.

«Vediamo un po' chi abbiamo qui...» disse lo gnomo, osservandoli con gli occhi socchiusi. «Un furetto e tre...»

«Mi scusi, signor Güillit, noi siamo diretti a Pérfel» lo interruppe Ana che, per quanto sbalordita fosse, immaginava che lo gnomo potesse sapere come raggiungere la città. «Non saprebbe indicarci la strada più breve per arrivarci?»

«Ve la dirò, ma prima ho bisogno di una cosa da voi. Ho molta sete e molta fame, avreste un po' di pane e dell'acqua?» chiese guardando la borsa che Firret aveva portato con sé.

«Sono desolato, ma tutto quel che avevamo è rimasto sottoterra, molto lontano da qui, nelle grinfie di un orribile bestione» rispose il furetto. «Adesso non ci resta che una lunga strada e chissà quali pericoli. Che orrore!»

«Peccato che non abbiate niente da offrimi, con tutta la fame e la sete che ho, ma vi guiderò lo stesso fino a Pérfel. Ricordatevi però di non toccare nessun fungo delle fate. Sono bravi a mantenere i segreti, ma detestano essere toccati» disse Güillit, balzando giù dal fungo in direzione del sentiero, per poi scomparire e ricomparire in un battibaleno seduto sulla testa di Simón, con il bastone sulle ginocchia e il berretto che puntava verso il cielo.

Ripresero il cammino in silenzio, guidati dallo gnomo. Il sentiero era costeggiato da un fitto strato di funghi rossi, che all'apparenza erano assolutamente normali: non avevano una faccia e non si muovevano al loro passaggio.

«Queste strade sono molto pericolose, ed è facile perdersi» disse guardando in direzione del bosco. «Lériall è diventato ancora più cupo, più tenebroso in questi ultimi giorni».

«E come fa lei a stare qui da solo?» chiese Simón, guardando verso l'alto per cercare di vederlo in faccia.

«Proteggere il bosco è il dovere di ogni gnomo. E non avendo alcun aiuto, io sono costretto a percorrere grandi distanze per prendermi cura dei funghi».

«Cos'è successo alle driadi e agli altri gnomi?» chiese Firret, che camminava su due zampe per riuscire a vedere bene dove metteva i piedi e non calpestare nessuno.

Driadi? Non avevano mai sentito parola più strana in vita loro...

«L'Est è stato messo sotto un assedio, come saprete. Ma l'avanzata dei Far Muhltres verso nord ha costretto centinaia di creature ad abbandonare tutto ciò che amavano, e nessuno percorre più questo cammino. Lo sentite?» chiese Güillit mettendosi una mano dietro l'orecchio per riuscire ad ascoltare meglio.

I ragazzini tesero le orecchie, ma non riuscirono a sentire niente.

«Ci siamo solo noi qui. Silenzio» disse lo gnomo, accorato. «È questo quel che c'è: un terribile silenzio. Non esiste peggior guerra di quella che si abbandona, rinunciando a combatterla. Ma non è colpa loro; quelle creature non conoscono il valore della natura, e tantomeno della vita».

«Adesso però siamo lontani da quelle creature, vero, signor Güillit?» chiese Ana, aggrappandosi al braccio di Ema.

«Sì, anche se ce ne sono altre da cui dobbiamo fuggire, nel caso ce le trovassimo di fronte» e lo gnomo si girò sulla testa di Simón per riuscire a vedere in faccia le ragazzine e il furetto. «I goblin».

«Ma i goblin sono stati scacciati dagli uomini di un tempo! Non possono aggirarsi da queste parti» ribatté Firret, confuso.

«Uomini di un tempo?» chiesero in coro Ema e Simón.

«Sono spiacente, ma è proibito parlare di loro in posti come questo» rispose Güillit.

«Ma... chi sono?» chiese Ana.

«No, non dirò niente finché non usciamo da Lériall. Ci sono orecchie che non possono sentire le cose del passato» sussurrò Firret.

I tre ragazzini smisero di fare domande, ma ormai erano in preda alla curiosità e continuavano a chiedersi quando sarebbero arrivati a Pérfel.

«Eh no, mio caro signor Firret» riprese Güillit, correggendo quel che aveva detto poco prima il furetto. «Dopo la liberazione di Qultre Dhagar, i goblin si sono spostati su cammini meno battuti, strade nascoste nei boschi, come il Sentiero del Pellegrino a Oriente, impedendo il passaggio a chiunque, affinché non venga portato alcun aiuto a Sílgard».

«Diamine! Il quadro si fa sempre più fosco» disse Simón, cercando di non muovere troppo la testa. «Spero proprio che il mago Myrddin riesca ad avere la meglio su queste creature».

«Lo speriamo tutti, ragazzo» sussurrò lo gnomo.

Il sole era allo zenit e i suoi caldi raggi filtravano attraverso i rami degli alberi, anche se il venticello continuava a essere freddo, il che era perfetto per i funghi, che avevano bisogno di quelle condizioni per poter crescere a terra, tra le radici, o sulle cortecce degli alberi. I ragazzini, invece, non c'erano abituati, e accoglievano con entusiasmo qualsiasi raggio di sole.

«Da dove viene lei, signor Güillit?» chiese Ema, sfregandosi i palmi delle mani nel tentativo di riscaldarsi.

«Ah, questa sì che è una domanda che mi piace, cara bambina!» rispose lo gnomo tutto contento. «Vengo dalle Montagne Basse, dove l'acqua è dolce e gli alberi sono verdi, dove l'aria è tiepida e la frutta è fresca. Non vedrete mai un luogo così bello, dove il sole è dorato e le notti argentee, e noi gnomi ci prendiamo grande cura delle montagne e dei boschi, anche se ormai il bosco lo temiamo, perché è da lì che viene la guerra».

«Deve essere fantastico poter vedere un posto simile!» esclamò Ema, immaginandosi un luogo bellissimo.

«E in effetti lo è» confermò lo gnomo, tutto orgoglioso.

«Basta, io mi fermo qui!» brontolò Ana. «Mi fanno male i piedi e ho fame».

«Questo succede perché cammini troppo piano» disse Güillit. «Smettila di pensare ai tuoi piedi e vedrai che andrai più veloce».

«Sei uno gnomo molto scortese» ribatté Ana, incrociando le braccia.

«Non sono scortese, dico solo quel che vedo».

«Parli così solo perché non hai dovuto camminare,» insistette la ragazzina, aggiustandosi i capelli «il che dimostra scortesia».

«No, questo dimostra solo che sei una bambina viziata».

Offesa, Ana accelerò il passo, senza voltarsi indietro.

Dopo aver camminato ancora per un buon tratto, si fermarono a riposare. Non c'erano molti faggi in quel punto, ma per terra i funghi continuavano a essere numerosi. Il sole stava scendendo, dovevano essere circa le tre del pomeriggio. Il canto degli uccelli ormai si sentiva solo in lontananza, non restava che il mormorio del vento che soffiava dolcemente lungo i pendii. Firret, esausto, si lasciò cadere supino sulle foglie che ricoprivano il sentiero, pensando che forse il mondo stava finendo e che l'aver perso la sua tana era solo un avvertimento, il che gli fece gelare il sangue. Ana si sedette su una roccia che spuntava in mezzo al sentiero, allungando le gambe indolenzite; quanto le mancava il suo letto con i bei cuscini soffici! Ema invece continuava a ripensare a quello che era successo nella tana di Firret; si chiedeva chi mai avrebbe potuto fronteggiare una creatura di dimensioni tali, che le sembrava impossibile da scacciare.

Simón aiutò Güillit a scendere dalla sua testa perché potesse camminare un po' e andò a sedersi per terra accanto a Firret, Ema e Ana.

Il terreno era umido, perché doveva avere piovuto da poco, ma per riposare andava benissimo. Simón guardò i funghi delle fate, poi si stese bocconi davanti a uno piuttosto piccolo: se non avesse visto con i suoi occhi che avevano una faccia e non li avesse sentiti parlare, avrebbe giurato che quello era un fungo normale. Peraltro il fungo era molto abile a occultarsi: non parlava e la faccina era scomparsa.

«State dormendo?» gli chiese Simón in un sussurro.

Güillit gli si avvicinò e saltò sotto il cappello del fungo, poi si appoggiò al suo bastone e sorrise, scoprendo un paio di guancette rosse.

«No, si nascondono. Non vogliono essere disturbati. In genere amano il silenzio, anche se apprezzano il buon canto. Sono molto leali, ma quando si dice loro un segreto, tutti gli altri funghi vengono subito a saperlo, anche se quel segreto rimarrà tra loro».

«Potresti chiamarlo?» chiese Simón, che era molto curioso.

«Certamente, ma devi promettermi di non toccarlo» rispose Güillit con voce affabile.

«Lo prometto» disse il ragazzino, e sollevò il braccio come fanno i soldati.

Güillit alzò il bastone e con un leggero colpetto sul cappello chiamò il fungo.

«Avanti... facci vedere il tuo bel faccino» disse gentilmente lo gnomo.

Dopo pochi secondi un paio di occhietti neri apparvero sotto il cappello, seguiti da un naso e da una bocca. Il fungo sbatté le palpebre e si stiracchiò delicatamente.

«Ciao» disse Simón perché non si spaventasse. Ma il fungo non rispose.

«Perché non parla?»

«Devono essere sicuri che tu sia una persona fidata, altrimenti fanno finta che tu non esista». Güillit gli si mise accanto. «Devi giurargli che non farai mai del male a nessun fungo di questo mondo e loro ti giureranno a loro volta di non fare mai del male a te» gli spiegò lo gnomo.

«E come faccio? L'unico giuramento che conosco è quello dei mignoli, ma non credo di poterlo toccare» chiese Simón guardandosi le mani.

«È molto semplice. Devi solo ripetere quello che ti dico io. Sono parole antiche, che solo noi gnomi conosciamo, quindi non dovrai mai dirle a nessuno».

Simón assentì e assunse un'aria solenne.

«Bene! Adesso ripeti con me».

Gillur, Nillur, Millur, Cillur,
parole vuote, parole sciolte,
parole che non saranno mai rivolte;
anche se chiedi di qui e di là,

la mia bocca mai le ripeterà;
giuro e scongiuro tutti i sospetti
che io ai funghi mai farò dispetti.

Simón ripeté lentamente le parole pronunciate da Güillit. Dopodiché, i funghi mostrarono tutti quanti il viso, sussurrando tra loro con voci diverse, alcune gravi, altre acute, altre ancora tremanti, che aumentarono quando Simón si sedette per terra e poté finalmente vederli. Sentendo quel vocio, che assomigliava a quello dei salotti o delle stazioni ferroviarie, Ema si alzò in piedi assieme ad Ana.

Poi tutti si zittirono e un solo fungo parlò.

«Gillur...» disse ad alta voce.

«Nillur...» gridò un altro, più esile.

«Millur...» esclamò uno con il cappello grande come un sombrero.

«Cillur...» fece eco un altro più piccolo, con la vocina acuta.

Allora il primo fungo riprese la parola, guardando fisso Simón.

«Le parole vuote sono state pronunciate; d'ora in poi sarai sangue dhardan e guardia della terra per sempre» disse solennemente. «La guardia della terra ha avuto inizio».

E altrettanto rapidamente di come avevano mostrato il viso, i funghi si nascosero. Dal canto suo, Simón non aveva la minima idea di cosa significasse avere il sangue dhardan.

«Ma che roba è?» chiese Ana.

«Non lo so. Non ho capito una sola parola di quello che hanno detto i funghi» rispose Firret. «Ma la cosa più probabile è che sia una maledizione che ci perseguiterà.

Quante disgrazie ci toccherà ancora passare! Ahi... che orrore!»

Simón si alzò e guardò le due ragazzine e il furetto, che lo osservavano con aria smarrita. Güillit scoppiò in una risata e salendo sulla testa di Simón fece loro cenno con la mano di riprendere il cammino.

Capitolo VI

I Delant Ehnnwn e la città galleggiante di Pérfel

«Basta...» disse Ana sfinita, imponendo una sosta. I ragazzini si fermarono e il furetto la guardò di sottecchi. Ana si aggiustò il vestito e, impettita, si mise a osservare Firret.

«Vorrei sapere dove stiamo andando» chiese con voce vagamente seccata, sebbene in realtà non lo fosse.

«Lo sai benissimo, Ana» le rispose il furetto, dando per scontato che la ragazzina sapesse dove si trovava la città. «Siamo diretti a Pérfel, a ovest, dove arriveremo sicuramente prima che diventi buio. Sempre che non ci capiti niente nel frattempo».

Ana assentì e fece un passo avanti, come se sapesse quale direzione prendere, anche se in realtà continuava a essere disorientata. Erano nel bosco ormai da ventiquattro ore. La notte che avevano trascorso lì era stata pessima: il terreno era umido e il canto dei grilli non le aveva permesso di dormire. Inoltre il solo pensiero che un mostro potesse mangiarsela come spuntino di mezzanotte l'aveva tenuta con gli occhi sbarrati.

Il freddo bosco che avevano attraversato per ore aveva lasciato spazio a un'ampia strada, fiancheggiata da pochi alberi sparsi, con le montagne che si stagliavano all'orizzonte. La strada correva sull'orlo di un dirupo sul cui fondo si vedeva una valle ricoperta di alberi dai colori accesi, gialli, verdi e rossi, che davano l'impressione di essere in autunno. Simón si avvicinò al bordo e si appoggiò a una staccionata fatta di grandi tronchi ricoperti di muschio verde. Si sporse e osservò il vuoto sotto di sé, sentendo tremare le gambe per l'altezza vertiginosa. Ritraendosi subito, si chiese come avessero fatto ad arrivare così in alto: fino a poco prima stavano camminando in un fitto bosco, e adesso si trovavano nel luogo più alto che avesse mai visto.

Ema corse verso la staccionata e scrutò l'orizzonte. Le montagne erano sempre più vicine, ormai dovevano essere lontanissimi dallo specchio e dal mostro, per non parlare della casa dei loro genitori a Bogotá, che ormai le appariva con i contorni sfumati dei sogni.

Ana invece rimase ferma a osservare i bellissimi fiori che crescevano ai bordi della strada. Erano molto diversi da quelli del loro giardino, avevano colori più brillanti e petali delicati come lo zucchero filato. Poi corse verso i cespugli per strapparne uno e sistemarselo tra i capelli.

«Cosa stai facendo, ragazzina?» urlò Güillit, indignato.

Lo gnomo balzò giù dalla testa di Simón e si diresse verso Ana, che rimase immobile per lo spavento, anche se ormai non riusciva a capire come potesse ancora sorprendersi o spaventarsi. Güillit si fermò davanti allo stelo da cui la ragazza aveva strappato il fiore e sgranò gli occhi, visibilmente irritato. Poi sparì nel nulla e subito dopo ricomparve tra i cespugli fioriti.

«Perché? È solo un fiore...» rispose Ana, togliendoselo dai capelli.

Si erano voltati tutti all'urlo di Güillit, che adesso scuoteva violentemente il capo tenendosi il berretto con le due mani, mentre andava avanti e indietro pensieroso.

«Un fiore... un fiore... Qui non si deve toccare nessuna pianta e nessun fiore in questo modo, ragazzina. C'è chi potrebbe arrabbiarsi, e non voglio neanche immaginare cosa potrebbe farti» disse sbuffando lo gnomo.

I ragazzini si guardarono smarriti a quelle parole. Ana porse il fiore a Güillit, che avanzò fino allo stelo da cui lei lo aveva colto e lo riattaccò con un nodo. Poi si tolse il berretto scoprendo i capelli bianchi e lo appoggiò sul fiore.

«Mi dispiace, davvero... non lo sapevo!» disse Ana mortificata.

Lo gnomo non rispose, chiuse gli occhi e molto lentamente sollevò il berretto, sotto il quale apparve un fiorellino con i petali raccolti, che iniziavano a schiudersi. Ana osservò il fiore e vide che lo stelo stava benissimo, come se non l'avesse mai strappato.

Ema sapeva che quella che sua sorella aveva raccolto era una viola del pensiero, ma non lo disse, pensando che non fosse il momento di fare commenti.

«La prossima volta fermati prima, o qualcuna di loro potrebbe irritarsi» disse Güillit in tono severo, rimettendosi il berretto.

Lo gnomo si girò verso i ragazzini senza aggiungere altro e salì sulle spalle di Simón, che lo aspettava vicino alla staccionata. Nessuno parlò più per il resto del tragitto. Camminarono ancora un'ora, finché non arrivarono ai piedi di due montagne talmente alte che non si riusciva a scorgerne la cima. In mezzo c'era un'entrata decorata con un arco di rampicanti e da lì partiva una lunga strada che le costeggiava. Una strada verde, ricoperta di un leggero muschio che cresceva ovunque, e ben illuminata dalla luce del sole, che ci arrivava diretta. Nonostante fosse molto bella, la strada non attirò l'attenzione dei ragazzini, che era stata subito catturata dalle due enormi statue ai lati dell'arco d'ingresso.

La prima era un bellissimo cavallo di bronzo, dal cui corpo uscivano delle fiamme che lo avvolgevano completamente; teneva lo sguardo fisso all'entrata e la postura rampante, con le zampe anteriori sollevate, gli conferiva un aspetto selvaggio. Di fronte a lui, un altro cavallo di marmo bianco, alato, guardava nella direzione opposta, verso la strada. Con quelle grandi ali che gli incorniciavano la testa formando una sorta di aureola, aveva un'aria più tranquilla, come se volesse suggerire che non c'era nulla da temere. I ragazzini si fermarono ad ammirare le due meravigliose statue, che si ergevano per cinque metri sopra le loro teste. E Firret li guardò con stupore, perché sembrava che non avessero mai visto degli animali così fantastici e così meravigliosi, sebbene fossero statue.

Güillit si mise in piedi sulle spalle di Simón, che si stava avvicinando per osservare meglio il cavallo di fuoco, e gli vide brillare gli occhi per il bagliore delle fiamme che ci si riflettevano dentro. Lo gnomo allungò il bastone fino alla punta dello zoccolo e la sfiorò delicatamente, fissando l'animale negli occhi. Ana, invece, era incantata dalla bellezza del cavallo alato, e cercò di toccarlo, ma si fermò per paura di fare qualcosa di sbagliato. Il grande destriero sembrava così reale che la ragazzina indietreggiò, temendo che si risvegliasse. Nel frattempo Ema era rimasta indietro per riuscire a vedere i due cavalli contemporaneamente, così diversi e al tempo stesso così simili, ed entrambi così potenti.

«È incredibile...» sussurrò Simón a Güillit.

«Già... Era molto tempo che non vedevo l'ingresso al regno dei Delant Ehnnwn» rispose lo gnomo, estasiato a sua volta.

Simón alzò la mano per toccare il bellissimo cavallo, ma il calore non glielo permise. Il bronzo era talmente arroventato che non riuscì neppure ad avvicinare la mano.

«Sono fantastici» disse Ema osservando ciascun cavallo e immaginando quanto sarebbero piaciuti a suo padre, che era amante di quegli animali.

«E altissimi» aggiunse Ana, sollevando lo sguardo.

«Be', è sempre stato così, comunque, non è cambiato proprio niente. Adesso andiamo, però, che manca poco per arrivare a Pérfel» tagliò corto Firret, chiamandoli da lontano con un braccio alzato.

«È meglio proseguire, in effetti. Siamo quasi arrivati a Pérfel» confermò Güillit riaccomodandosi sulle spalle di Simón.

I ragazzini ripresero il cammino, continuando a voltarsi, ancora affascinati dai cavalli. La strada serpeggiava tra le due montagne, in mezzo a rocce, felci, erba e arbusti. Il sole era ormai basso e il cielo si era tinto di un arancione perfetto, con striature dorate. Anche l'aria si era fatta più tiepida. Firret continuava a pensare che tutto ciò fosse una perdita di tempo, che ormai non ci fosse più niente da fare e che forse avrebbe dovuto cercare una nuova tana, lontano da lì, da tutto quell'orrore. Adesso che la guerra aveva spazzato via tutto, nulla importava più... Ma subito dopo gli si affacciava il pensiero che, ovunque fosse fuggito, la guerra lo avrebbe raggiunto e sarebbe arrivato un altro bestione a rovinargli la vita. Ma in ogni caso aveva promesso di aiutarli, si diceva, e se un furetto promette, mantiene la parola.

Quando arrivarono alla fine della strada si aprì davanti a loro un vasto paesaggio in cui la primavera sembrava avere ceduto il passo all'autunno. Si ritrovarono di fronte a un fiume dalle acque cristalline, che scorreva in mezzo a meli carichi di centinaia di frutti rossi, e dalle cui acque spuntavano delle colonne che sostenevano un meraviglioso castello di pietra, con torri altissime. Il fiume era molto grande e la riva più vicina si trovava al di là del castello, a poco più di mezzo miglio.

Simón si fermò, seguito da Ema, Firret e Ana, che non riuscivano a distogliere lo sguardo da quelle meravigliose acque, sulle quali stavano avanzando lentamente tre barche a remi, al seguito di una quarta che sembrava il fulcro del corteo, decorata com'era di vessilli e nastri di seta, con corone e ghirlande fatte di fiori e di foglie di melo. Nella barca che la seguiva dappresso, un giovane stava suonando una ghironda. Era una melodia bellissima, vagamente malinconica. Tutt'a un tratto una giovane donna si mise a cantare. Ema e Ana avrebbero tanto desiderato ballare, ma stentavano ancora a credere a quello che vedevano i loro occhi. Nella prima barca, quella tutta decorata, una donna con lunghi capelli biondi ondulati leggeva un libro, mentre un uomo con i capelli corti e castani remava lentamente. Nelle altre, uomini e donne ridevano e chiacchieravano sommessamente, godendosi la splendida passeggiata sull'acqua, che sembrava una danza.

Il vento gonfiava i vessilli, su cui erano effigiati dei blasoni con coppie di cavalli simili a quelli dell'entrata e un melo nel mezzo. Simón guardò in alto, in direzione delle torri del castello che spuntavano dietro alle mura di cinta, molto più in là, intuendo che esso dovesse trovarsi molto lontano dall'ingresso. Poco dopo una barca si accostò alla riva su cui si trovavano loro. I ragazzini si avvicinarono per parlare con l'uomo che l'aveva condotta a remi fino a lì. Firret avanzò con grandissima cautela. "Chissà, potrebbe sempre essere un mostro" pensava, procedendo a piccoli passi, mentre Güillit salì sulla testa di Simón per trovarsi alla stessa altezza dell'uomo.

«Siate i benvenuti» disse questo. «Prego, salite sulla barca, vi condurremo al cospetto della regina» proseguì con voce calma e profonda.

I ragazzini osservarono l'uomo e notarono che aveva le orecchie talmente lunghe che spuntavano oltre la testa, come le antenne degli insetti, anche se in realtà erano della stessa forma di quelle degli umani. Quindi si voltarono verso Güillit, che stava saltando giù dalla testa di Simón per salire sulla barca, dove salutò l'uomo con un inchino. Il ragazzino lo imitò, seguito dalle due sorelle e dal furetto, che continuava a osservare l'imbarcazione per assicurarsi che non nascondesse qualche trappola. Presero posto sulla barca, mentre le altre si allontanavano in direzione di quello che sembrava essere un molo all'entrata del regno, avanzando lentamente fino a fermarsi. Allora la donna con i capelli biondi scese con grazia dalla barca, appoggiando i piedi scalzi sul morbido terreno, avvolta in ampie vesti di un ocra chiaro come il miele. Con molta cura si tirò sul capo il cappuccio del mantello e immediatamente il suo seguito la imitò. Erano tutti uomini e donne dalle lunghe orecchie appuntite, vestiti con abiti ampi e di una foggia strana per i ragazzini, i quali li osservavano stupiti dalla barca che avanzava con la stessa delicatezza delle altre.

L'acqua era profonda, ma talmente chiara da sembrare di cristallo, eppure non vi nuotava neanche un pesce. Il muro di cinta del castello era completamente ricoperto dai rampicanti e dalle radici che crescevano ovunque. Ana non riusciva a distogliere lo sguardo dall'uomo che remava di fronte a lei: non aveva mai visto delle orecchie simili. A un certo punto abbassò gli occhi, temendo che si seccasse di essere fissato in quel modo, e guardò il fiume, notando come l'acqua non avesse la minima increspatura, nemmeno dove avrebbero dovuto esserci le scie delle barche che avanzavano. Ema prese sua sorella per il braccio e si voltò verso Simón e il furetto, che erano seduti dietro di loro. Firret evitò il suo sguardo e si concentrò sul gruppo di Delant, che li stava aspettando lì di fronte. Güillit invece sembrava pensieroso, come se qualcosa lo preoccupasse, ma non disse niente, fissando la riva alla quale si stavano avvicinando.

Quando accostarono al molo, lo gnomo si alzò in piedi e saltò fuori dalla barca, mentre i ragazzini rimasero seduti accanto al furetto, che agitava ansiosamente le zampe, tra il pelo bianco smosso dal vento. La donna con i capelli biondi rimase immobile accanto ad altre due, che sostenevano un vassoio con vino e frutta; dietro di loro stava la coppia che poco prima aveva cantato e suonato. Güillit respirò a fondo e si fermò, quindi fece una riverenza togliendosi il berretto.

«Vostra Altezza...» disse lo gnomo risollevandosi lentamente, evitando di guardarla negli occhi.

Nell'udire quelle parole i ragazzini si alzarono in piedi, salutando con un inchino, imitati da Firret. La donna li guardò con la coda dell'occhio. Era bellissima, a parte quelle strane orecchie a punta. Avanzò di un passo nel suo abito ocra, che brillava all'ormai debole luce del sole. Aveva dei fiori di melo tra i capelli, bianchi con il bordo rosa, e sul capo una sottile corona di osso, formata da due cerchi con una mela al centro.

«Come ti chiami?» chiese con voce soave e melodiosa.

«Sono Güillit delle Montagne Basse» rispose lo gnomo, abbassando il capo, imbarazzato da quella presenza regale.

La regina sollevò lo sguardo, osservando i tre ragazzini e il furetto che la fissavano. Aveva una grazia particolare e tutta la sua figura emanava bellezza. Era di statura media, e anche se li guardò solo di sfuggita, si accorsero che aveva uno sguardo penetrante.

«E voi chi siete?» chiese.

Ema avanzò di un passo e fece un altro inchino, subito imitata da Ana, che sorrise come non faceva da tempo.

«Vostra Altezza, mi chiamo Ana. Lei è mia sorella Ema, lui è Simón e questo è Firret».

«... del bosco di Lériall» aggiunse il furetto mentre i tre ragazzini chinavano nuovamente il capo in segno di omaggio.

Scesero dalla barca e si fermarono di fronte alla regina, che continuava a fissarli, provocando in loro un certo imbarazzo.

«Molto lieta. Mi chiamo Nianh, regina di Pérfel» si presentò a sua volta la sovrana.

«È un piacere ricevere dei viaggiatori, in particolare in un luogo così remoto» proseguì guardando i ragazzini.

«Il piacere è nostro, Maestà. È un grande onore trovarci qui» rispose Güillit, ancora a capo scoperto.

«Ma, ditemi, che cosa vi porta in terre così lontane?» chiese loro Nianh.

«Giungiamo spinti da inconvenienti molto penosi, Maestà» rispose Firret.

La regina aggrottò le sopracciglia, provando pena per i viaggiatori.

«Spero che non sia a causa della guerra» disse.

«Disgraziatamente sì, è proprio per questo che siamo arrivati fin qui» intervenne Simón.

Le due sorelle lo guardarono stupite, senza parlare, mentre la regina si rivolgeva a lui.

«Mi dispiace moltissimo per le vostre pene,» disse con un filo di voce «e se posso aiutarvi, lo considererò un grande onore. Ma prima devo presentarvi il re. Venite, vi condurrò da lui, sarà molto felice di conoscervi».

«Finalmente qualcuno che ci porta un po' di rispetto» disse Ana rivolta a Güillit.

«Il rispetto io ce l'avrò solo quando smetterai di piagnucolare» le rispose lo gnomo.

Al che Ana fece una smorfia e si voltò, pestando i piedi.

Gli ospiti accolsero le parole della regina con una riverenza, poi Nianh si girò e indicò loro la strada con un gesto della mano; varcò le porte della città diretta al castello, seguita dalle guardie e dai servitori.

Capitolo VII

I tre ragazzini al cospetto del re

L'interno della città era ancora più impressionante. Poggiava su un prato all'inglese continuo, disseminato di fiorellini, e aveva strade strette, fiancheggiate da una grande quantità di meli carichi di frutti rossi. Le mura erano talmente alte che dall'interno non si riusciva a vederne la cima. Era la natura a decorare il luogo: in ogni angolo crescevano gli alberi, centinaia e centinaia, sotto ai quali stavano sedute le donne, con i bambini accoccolati accanto a sentirle cantare mentre cucivano.

Quando entrò la regina, si alzarono tutti in piedi, chinando il capo in segno di rispetto. Gli sguardi dei ragazzini questa volta non furono rivolti a lei, ma al meraviglioso luogo in cui erano entrati. Le case erano bellissime, decorate con intagli di fiori e uccelli nella pietra; avevano tutte il tetto spiovente e cornicioni su cui erano scolpiti un uomo e una donna che puntavano il dito a oriente, dove si stavano dirigendo loro. Avevano tutti le orecchie a punta ed erano vestiti in modo decisamente strano, le donne con abiti molto ampi, di colori sgargianti, e gli uomini con tuniche scure.

Accanto all'ingresso c'era una scuderia, da cui uscì un piccolo drappello di soldati che andò incontro alla regina. Indossavano una cotta di maglia che brillava come se fosse d'argento, stivali alti alla cavallerizza e ampi calzoni bianchi di tela, sopra ai quali portavano un mantello verde con il cappuccio, chiuso da una spilla bianca a forma di mela decorata con un blasone simile a quello dei vessilli delle barche. Tenevano in mano corte spade con il manico bianco di osso e scudi dello stesso colore. Gli uomini e le donne della città aprirono il passo alla regina, che si fermò ad aspettare il suo cavallo. Tutti guardavano i ragazzini in modo strano, come se fosse la prima volta che vedevano qualcosa del genere, il che ad Ana non piaceva affatto, perché si sentiva osservata con curiosità, ma anche con una certa diffidenza.

Poco dopo si avvicinò un soldato con un bellissimo destriero. Era un cavallo normanno, bianco come la neve, con una lunga criniera bionda, gli zoccoli ricoperti di pelo dello stesso colore e una lunga coda che brillava al sole come oro. L'imponente animale si fermò di fronte ai ragazzini e la regina lo montò all'amazzone, tenendo le gambe da una parte sola della groppa.

«Date un cavallo ai miei ospiti» disse Nianh afferrando le redini.

Due soldati ne portarono subito un paio, uno bianco e nero e uno marrone, entrambi alti e muscolosi. Ema e Ana salirono su quello marrone, Simón, Firret e Güillit su quello bianco e nero.

La guardia si mise alla testa del corteo, con tre cavalli, seguita dalla regina, che era accompagnata dai suoi ospiti, i quali le cavalcavano accanto. Li seguivano i servitori a piedi e dietro di loro quattro soldati a cavallo. I ragazzi avanzavano per la città osservandone la meravigliosa architettura, che faceva tornare loro in mente i libri che avevano letto e in cui si raccontava di re e di regine, i cui regni si estendevano a perdita d'occhio. E non avevano affatto paura, perché era evidente che quella gente non avrebbe fatto loro alcun male.

Quando giunsero alla piazza principale videro di nuovo il fiume, che in quel punto si divideva formando canali e piccoli corsi d'acqua che attraversavano la città, alcuni profondi, altri bassi come un ruscello. L'acqua scorreva sotto le case a palafitta; ovunque si vedevano ponticelli e lunghe passerelle, e meli: non vi era angolo che non avesse un melo, ed erano tutti carichi di fiori e di frutti.

I cavalli avanzavano per la città al trotto, finché non arrivarono a quello che sembrava essere un mercato. C'era grande animazione, si sentiva della musica e nell'aria aleggiava il dolce profumo delle mele mature. Ema osservò i bellissimi frutti rossi, avrebbe avuto voglia di coglierne uno, anche perché sentiva brontolare lo stomaco per la fame, ma non sapeva se le fosse consentito. Abbassò lo sguardo e diresse il cavallo verso il mercato, che il gruppo di soldati stava già attraversando. Si sentiva fortunata: suo padre le aveva insegnato a cavalcare da poco, e anche se era ancora a disagio nel dare ordini a un cavallo, era comunque in grado di stare in sella. Ana invece non riusciva a distogliere lo sguardo dai vestiti esposti per la vendita, che erano tutti di tessuti e colori bellissimi.

«Dove siamo, Ema?» chiese sottovoce a sua sorella quando arrivarono sulla grande piazza.

«Non lo so. Forse stiamo sognando» le rispose la ragazzina con un filo di voce.

«No, non è possibile, perché, se stessimo sognando, io farei parte del tuo sogno, e invece sono assolutamente sicura di essere reale» ribatté Ana, aggrappandosi a lei.

«Hai ragione. Allora forse dobbiamo pizzicarci per risvegliarci...» suggerì Ema, la quale non riusciva a distogliere gli occhi dalle guardie, che le sembravano una più alta dell'altra, anche se in realtà erano di una statura normalissima.

«Mi sembra una buona idea. Al tre, tu pizzichi me e io pizzico te» propose Ana.

«D'accordo» accettò Ema, allungando una mano verso sua sorella, la quale fece altrettanto.

«Uno...» iniziò a contare Ana.

«... due...» proseguì Ema.

«... tre!» e le due sorelle si diedero un bel pizzicotto, che nonostante fosse piuttosto doloroso, non le risvegliò.

«Non ha funzionato. Forse non è un sogno» disse Ana, che iniziava a essere più fiduciosa vedendo la meravigliosa città di Pérfel scorrerle sotto gli occhi.

Tacquero, ripensando a quello che era successo. Ormai era evidente che non poteva essere un sogno. Il loro cavallo di tanto in tanto si fermava, ma Ema era in grado di controllarlo. Anche Simón teneva saldamente le briglie del suo, con l'aiuto di Güillit che, seduto sulle sue spalle, gli diceva come fare, visto che lui non era mai montato a cavallo in vita sua, mentre Firret se ne stava comodamente seduto dietro. Lo gnomo non sembrava particolarmente colpito dalla bellezza della città, teneva gli occhi fissi sulla strada e da quando erano entrati non aveva più aperto bocca. Il furetto, invece, sembrava aver messo da parte le sue angosce per guardarsi intorno ammirato, anche se continuava a non capire perché fossero lì.

Al centro della piazza, nel punto esatto in cui il fiume si diramava in tanti canali, si ergevano le statue degli stessi cavalli che avevano visto all'ingresso della città, ma qui erano rampanti, schiena contro schiena.

«Benvenuti nel regno di Pérfel» disse la regina, guardando verso l'alto.

I ragazzini seguirono la direzione del suo sguardo e in lontananza, alla fine di un lungo viale fiancheggiato da meli, che iniziava nella piazza e proseguiva in salita, videro un enorme castello con alte torri slanciate. Erano diverse da quelle delle mura, queste erano più sottili e di colore grigio, ricoperte da rampicanti verdissimi.

Imboccarono il viale a passo lento. I rami frondosi dei meli si allungavano sopra le loro teste, come se volessero fare ombra, e i loro fiori formavano un tappeto continuo fino all'ingresso del castello, sprigionando un profumo dolcissimo. Dieci guardie presidiavano l'entrata e, quando la regina si avvicinò, le cedettero il passo, lasciando entrare il corteo. Il grande portone che varcarono era di legno massiccio, con i profili in metallo. La piazza d'armi del castello era bellissima, con i muri adorni di fiori, rampicanti e sculture. Un po' più in là si vedevano l'accesso alle segrete e altre grandi porte, che dovevano immettere in stanze di cui non era dato sapere, poiché al momento erano chiuse.

All'ingresso li attendeva un piccolo drappello di soldati, immobili come statue e con lo sguardo fisso davanti a sé. La regina si fermò e scese da cavallo. Simón, seguito da Güillit e da Firret, fece altrettanto, mentre un soldato aiutò le due sorelle a smontare.

«È incredibile» esclamò il ragazzino con un filo di voce, guardando la cima delle altissime torri.

«Veramente...» gli sussurrò Güillit all'orecchio.

«Non eri mai stato qui?» gli chiese Simón guardandolo.

«No, mai».

«Nessuno ha il permesso di passare di qui, a meno che non sia il re a volerlo» spiegò Firret. «È la prima volta che qualcuno come noi attraversa i meli».

«Nessuno è mai arrivato qui?» chiese sottovoce Simón, stupito.

Firret scosse la testa con decisione, tremando leggermente per l'ansia che non lo abbandonava mai.

«È giunto il momento di conoscere il re» annunciò la regina con voce pacata.

«Ma, Vostra Altezza, non siamo presentabili...» disse Firret, guardandosi il pelo tutto impolverato.

La regina sorrise e scosse lievemente il capo.

«Non preoccupatevi, il re capirà. Avete fatto un lungo viaggio» disse rivolgendosi ai tre ragazzini. «Adesso, per favore, seguitemi».

Ognuno si sistemò i capelli come meglio poté, ma nessuno riuscì a ripulirsi bene il viso dalla terra che vi si era depositata dopo la notte trascorsa nel bosco. Si diressero comunque verso la porta più grande del castello, che si apriva su una delle pareti della prima stanza. La regina vi si avvicinò con grazia e questa si aprì. Si trovarono davanti un grande salone gremito di gente che parlava sottovoce, quasi sussurrando. Erano tutti vestiti in quello strano modo e avevano tutti le orecchie lunghe e appuntite.

Ai due lati della porta c'erano due rospi, talmente enormi che mai si sarebbero potuti prendere in mano. Erano grandi come carriole, con la pelle verde oliva piena di rughe e un paio di occhietti scuri. Facevano la guardia all'entrata e a Simón parve un'idea geniale tenere dei rospi con quella funzione, perché se qualcuno avesse voluto fuggire, loro l'avrebbero raggiunto con un solo balzo. Il ragazzino si voltò quando passò loro vicino, osservandoli con la coda dell'occhio, ma nessuno dei due animali si mosse.

La regina entrò nel salone e le persone lì riunite le cedettero il passo, formando un lungo corridoio. La sala del trono era grandissima, con ai due lati una fila di colonne decorate con pitture che raffiguravano cavalli di fuoco, cavalli alati, re e soldati, accompagnati da uomini e animali che nascondevano il volto dietro una cortina.

Tutti gli sguardi si volsero ai tre ragazzini. Ana, poco avvezza a quel genere di attenzioni, teneva lo sguardo fisso davanti a sé, in preda all'ansia. Nessuno l'aveva mai vista così. Il pavimento, in alabastro proveniente dalle montagne di Pérfel, attirò l'attenzione di Güillit, che era esperto di pietre: non aveva mai visto un pavimento simile, tanto più che l'alabastro di Pérfel era molto difficile da lavorare. Il salone era decorato con vessilli bianchi e neri che avevano al centro il blasone con i due cavalli e il melo in mezzo. La regina si avvicinò al trono togliendosi il cappuccio, ossequiò il re chinandosi leggermente e prese posto accanto a lui.

Il trono era grande, con i braccioli a forma di cavalli alati, e lo schienale che ne lasciava intravedere un terzo nell'atto di spiegare le ali. L'uomo che lo occupava teneva le braccia appoggiate ai braccioli e lo sguardo fisso sui viaggiatori. Il suo capo era cinto dalle ali di due cavalli scolpiti in osso bianco, che si chiudevano sulla fronte a formare una corona splendente. Indossava una giubba rossa e un mantello dello stesso colore e portava barba e capelli corti, di un bel castano. Aveva dei lineamenti forti e ai due lati della corona gli spuntavano delle lunghe orecchie appuntite. Non sembrava anziano, doveva avere una trentina d'anni.

Accanto a lui una donna con i capelli biondi lisci raccolti in una coda, che teneva le braccia nascoste sotto un mantello bianco, uguale a quello dei cavalieri, sembrava essere la sua guardia.

I tre ragazzini, lo gnomo e il furetto si fermarono a pochi metri dal trono, con un nodo in gola per l'emozione di trovarsi al cospetto del re e un'espressione serissima dipinta sul volto.

«Mia cara, vedo che ci hai portato degli ospiti» disse il re sorridendo alla sua sposa.

«Sì. Li ho visti arrivare dal cammino di Zajet» rispose la regina.

«Chi sono?» domandò il re con voce forte e chiara.

Nervoso, Firret fece un piccolo inchino senza dire una parola e gli altri si affrettarono a imitarlo. Era uno di quei momenti in cui nessuno sa cosa dire e cala un silenzio imbarazzante. Ema teneva gli occhi bassi, evitando di guardare il re. Temeva che si sarebbe irritato se si fosse accorto che lei lo stava osservando e continuava a pensare che non stesse affatto bene entrare in un castello e chiedere subito qualcosa, tanto più che loro non erano di quelle parti. Güillit scese dalle spalle di Simón togliendosi il berretto e, pur mantenendo lo sguardo a terra, vide con la coda dell'occhio Firret fare un passo avanti.

«Onoratissimo, sire. Io sono Firret del bosco di Lériall e loro sono Ana, Ema e Simón, nani di... be', non lo so, non me l'hanno ancora detto» esordì confuso il furetto, dal momento che non aveva mai visto un nano senza barba né tantomeno con addosso vestiti tanto strani.

A quelle parole, Güillit scoppiò in una risata che risuonò per tutta la sala.

«Dimmi, da dove venite?» domandò il re a Simón.

«No, no» balbettò il ragazzino, facendosi avanti «non siamo nani».

«E allora che creature siete?» chiese il re, sporgendosi in avanti.

Simón si voltò, guardando le due sorelle e lo gnomo, che lo osservavano con trepidazione, mentre Firret si torceva le mani, in attesa di una risposta.

«Siamo... umani, sire» rispose, utilizzando la stessa parola che aveva usato Firret per rivolgersi al re.

Questi aggrottò le sopracciglia e si appoggiò allo schienale del trono per osservare meglio i tre ragazzini. La regina scrutò i loro volti, a uno a uno, come se vi stesse cercando qualcosa di speciale. Poi si soffermò su quello di Ema, che tentava di sottrarlo allo sguardo del re. La parola "umano" rimase sospesa nell'aria, era come se avessero detto qualcosa di incredibile.

«Ho sentito parlare della visita degli antichi umani. Anche i Rill ne parlano nei boschi, come pure le streghe di Qultre Dhagar. E al di là dei mari si dicono cose impressionanti di loro».

I ragazzini stentavano a credere alle parole del re. Firret abbassò lo sguardo, impressionato, quindi lo rivolse verso di loro, che lo fissavano sbalorditi. Come aveva fatto a scambiarli per dei nani?

«Ma ditemi, siete gli stessi uomini che liberarono il mondo dalla morte? Siete Gabe e Nancy Abbott?» chiese la regina.

I ragazzini si guardarono per un attimo, quindi Ana fece un passo avanti. Ema le lanciò un'occhiata per cercare di trattenerla, ma lei continuò, si prese un lembo del vestito e fece una piccola riverenza.

«Vostra Altezza, sono desolata, ma non siamo quelle persone. Io mi chiamo Ana e questa è mia sorella Ema e lui, be', lui è... Simón» e si fermò lì, come se il ragazzino non contasse niente. «E Güillit delle Montagne Basse».

Lo gnomo era impressionato dalla parlantina della ragazza.

«Dunque voi siete umani?» chiese il re.

I ragazzini assentirono, guardandolo. Ema sollevò finalmente lo sguardo sul sovrano, evitando di fissarlo troppo a lungo.

«Allora è proprio così... Gli umani si sono estinti moltissimo tempo fa, e quando quei due sono tornati, hanno salvato il nostro mondo. Qualsiasi umano è quindi il benvenuto nella mia casa» disse il re. «Ma lasciate che mi presenti. Sono Oisín, sovrano di Pérfel e signore di Ser A Car, Hin Zajir» proseguì con una voce forte e chiara che fece risuonare in tutta la sala.

La donna con il mantello bianco seguiva in silenzio, con lo sguardo fisso sui ragazzini, e di tanto in tanto lanciava un'occhiata al re, e poi a un altro uomo che stava in piedi tra la folla, un uomo alto, con la barba scura.

Firret distolse lo sguardo dai ragazzini e lo rivolse a Oisín, che sorrideva soddisfatto.

«Vi ringraziamo, mio signore, ma siamo arrivati qui per poter...» disse Ana.

«Parleremo più tardi» la interruppe il re. «Per prima cosa date loro cibo e abiti puliti, e conduceteli nelle loro stanze» e Oisín batté le mani. Al che due ancelle si avvicinarono ai ragazzini.

«Grazie, Maestà» sussurrò Firret, che si era distratto mentre gli altri facevano la riverenza.

I cinque seguirono le ancelle, che li condussero attraverso il castello fino alla piazza d'armi, dove si ritrovarono di fronte alla torre principale.

«Eccoci alla torre del sole, è qui che si trovano le stanze del re e le vostre. Prego, seguitemi» disse una di loro. E i ragazzini entrarono da una grande porta di ferro.

Salirono per una scala angusta che portava alla parte più alta dell'edificio, passando per diverse porte, e si fermarono in quella che doveva essere la parte mediana della torre, accanto a una porta.

«Queste sono le vostre stanze» dissero all'unisono le ancelle alle due ragazzine.

«Grazie» rispose Ema.

Ana fece un cenno con il capo e aprì la porta per entrare, seguita da sua sorella. C'erano due letti a baldacchino con tanti cuscini, tutti in tessuti morbidi e belli caldi. Il soffitto era decorato a intarsi e una grande finestra dava sulla piazza d'armi. Ana corse verso il letto e si lasciò cadere, atterrando con la schiena sui cuscini, mentre Ema osservava affascinata gli intarsi del soffitto, che raffiguravano un meraviglioso cavallo alato.

«Finalmente la comodità!» esclamò Ana abbracciando il cuscino.

«Non posso che essere d'accordo. In effetti mi mancava tanto un materasso bello soffice...» disse Ema lasciandosi cadere sull'altro letto.

Simón seguì le due ancelle fino alla fine del corridoio, dove venne accompagnato in una grande stanza con un letto enorme, molto più grande di quello in cui dormiva a casa. Corse per tutta la camera e salì sul lettone, come se fosse un gioco; c'erano anche il baldacchino e mobili bianchi tutt'intorno.

«Vieni,» disse a Firret, mentre Güillit si sedeva su una panca «è divertentissimo...»

«Finiscila, ragazzo, non c'è proprio niente di divertente, tanto più che mi avete mentito, tu e le tue amiche...» disse il furetto incrociando le braccia.

«Mentito?» esclamò Simón, smettendo di saltare per sedersi sul letto. «Io non ti ho mentito, e penso che non lo abbiano fatto nemmeno loro».

«E invece sì. Voi siete umani, e quando ci siamo incontrati non me lo avete detto» sbuffò il furetto, indispettito.

«Lei è molto distratto, signor Firret» lo canzonò Güillit. «Era ovvio fin dall'inizio che non erano di questo mondo».

«Non è vero... Sono dei gran bugiardi, mi hanno mentito e basta» brontolò il furetto.

«Ma no! Tu non ci hai chiesto nulla, e poi noi eravamo convinti che lo sapessi...» si difese il ragazzino, scendendo dal letto per andare alla finestra.

Simón rimase senza fiato per lo spettacolo che aveva di fronte. In lontananza si vedeva un bosco di meli, tutti carichi di fiori bianchi e rosa, e davanti al bosco un giardino di rose e lillà, che arrivava fin sotto alla finestra.

«Non ti sembra meraviglioso?» chiese al furetto, cercando di parlare d'altro.

«Non cambiare discorso, ragazzo umano!» rispose quello seccato. «Potevate anche dirmelo, è stata una vera scortesia».

«Il ragazzo si è scusato» intervenne lo gnomo. «Perché non ammetti anche tu il tuo errore?»

«E va bene, ti perdono, ma solo perché... sei stato molto gentile con me. Cosa... cosa volevi mostrami?» Firret corse alla finestra e salì su una spalla di Simón per riuscire a vedere meglio, mentre Güillit si alzava dalla panca e gli si arrampicava sull'altra.

«Guarda… è meraviglioso. Non credo di avere mai visto un bosco così bello» disse il ragazzino con un filo di voce.

«Fa' attenzione, ragazzo umano. Circolano molte voci sui Delant...» sussurrò il furetto. «E c'è una leggenda, che si racconta ai cuccioli discoli prima di dormire, secondo la quale nei boschi di meli ci sarebbero creature pericolose, bestie che ti portano negli abissi, e voci che risuonano nel vuoto chiamandoti per nome, quelle stesse voci che ti tormentano quando ti sei comportato male o se non dormi quando te lo dice la mamma. Forse è solo una storia per spaventare i bambini, ma quello che invece ho sentito per certo è che nessuno di quelli che si sono addentrati nel bosco dei meli ne è mai uscito».

«Questo è vero...» confermò Güillit. «Ci sono luoghi in questo mondo dove non è proprio il caso di avventurarsi».

Simón si allontanò dalla finestra, continuando a guardare il meraviglioso paesaggio e la quiete del bosco lì fuori.

«Com'è possibile che luoghi così belli siano pericolosi?» chiese.

«Ti stupiresti, ragazzo» rispose lo gnomo balzandogli giù dalla spalla e correndo verso il suo letto, che era una grande poltrona con un cuscino di piume. Simón si allontanò dalla finestra e aiutò Firret a scendere dall'altra spalla, sistemandolo sulla poltrona accanto a Güillit.

Ema guardò il grazioso abito bianco che le avevano portato perché lo indossasse dopo un bel bagno rinfrescante: era un po' troppo stretto in vita, ma decisamente molto elegante. Nel frattempo Ana continuava a piroettare davanti allo specchio nel suo vestito azzurro chiaro e fu la prima a farsi pettinare dalle due ancelle che arrivarono a sistemare loro i capelli per l'occasione. Chiese che le facessero una bella acconciatura a treccia, mentre Ema optò per qualcosa di più semplice, scegliendo le due classiche treccine. Dopodiché le due sorelle uscirono dalla stanza, guidate da un'ancella che le condusse alla sala da pranzo, dove le attendevano il re e la regina.

Sulla tavola, decorata con fiori e frutti, c'erano acqua e sidro di mele, una grande varietà di frutta – uva, arance, ciliegie, meloni, pesche e more – oltre a pasticcini, biscotti e bignè alla crema, ma non si vedeva nemmeno un pezzo di carne, il che stupì Ema. I commensali, uomini con i capelli corti e la barba lunga e donne con capigliature ricce e incarnati di porcellana, avevano tutti un'aria molto compita. Le due sorelle si sedettero di fronte al re per poter conversare con lui; Ema non era particolarmente interessata al cibo e si stava chiedendo dove fossero finiti Simón, Firret e Güillit.

«Benvenute alla mia tavola» disse il re sollevando una coppa di sidro di mele per brindare.

«Vi ringraziamo per la splendida accoglienza, Maestà» rispose Ema guardando i commensali. Era la prima volta che rivolgeva la parola al re.

«È un vero piacere per me avervi qui» rispose il sovrano. «Vi prego di servirvi a vostro piacimento».

«Siete molto graziose» disse la regina. «La stoffa di Rett vi cade benissimo» aggiunse in un sussurro, osservando il vestito che ognuna delle due sorelle indossava.

«Grazie, Maestà» rispose Ana, tutta soddisfatta.

Poco dopo entrarono di corsa Firret e Güillit e andarono a sedersi nel posto vuoto accanto a Ema, che si voltò a guardali. Il furetto osservò la ragazzina nel suo nuovo abito.

«Ma che bella signorina!» esclamò.

«Grazie, anche tu stai benissimo» rispose Ema, notando che, dopo il bagno, il suo pelo era ritornato a essere bianco. «Ma dov'è Simón?» chiese guardandosi intorno.

«Eccolo... sta arrivando» rispose Güillit, con lo sguardo rivolto alla porta della sala, che era illuminata da centinaia di candele bianche.

Simón avanzava molto lentamente verso la tavola; era sempre lui, con i suoi bei capelli ricci, ma adesso indossava un'aderente tunica verde sopra un paio di pantaloni di lino, e delle scarpette nere. Prese posto accanto ad Ana, che non lo notò finché non mosse la sedia per sedersi. Quando lo vide, lo guardò con gli occhi sgranati.

«Benvenuto» disse la regina al ragazzino, che si sedette.

Imbarazzato, Simón la ringraziò chinando il capo.

«Bene, adesso che siamo tutti qui, vi prego di servirvi,» disse Oisín con voce forte e pacata «e di godervi la musica».

Il re batté un paio di volte le mani e una melodia molto allegra iniziò. Ognuno prese uno spicchio di mela dal piatto d'argento che aveva di fronte, assieme a qualche acino d'uva. Simón stava morendo di fame e iniziò con due pezzi di pane e una coppa di sidro di mele, proseguendo con un paio di bignè alla crema e vari biscotti.

«Vedo che il cibo è di vostro gradimento» osservò il re addentando una mela. «Ne sono felice».

«È delizioso» disse Simón, mordendo a sua volta un frutto.

«Ma ditemi, come avete fatto ad arrivare fin qui?» gli domandò il re.

«Non lo sappiamo. C'era uno specchio e lo abbiamo attraversato. Ma credo che poi si sia rotto, Maestà» rispose il ragazzino.

«Uno specchio? Deve essere stato un viaggio molto difficile» osservò la regina. «Come si chiama il luogo da cui venite?»

«Bogotá... Ma immagino che sia molto lontana da qui» rispose Ema, dopo aver sorseggiato un po' di sidro.

«Credo proprio di sì. Non ho mai sentito nome più strano per un luogo...» esclamò Oisín. «Forse possiamo aiutarvi per il viaggio, una nave o dei cavalli potrebbero esservi utili» aggiunse.

«Sono desolato, Maestà, ma non credo che servirebbero. Non è un posto che si possa raggiungere in barca o a cavallo» intervenne Firret con una voce molto più grave delle altre, come se stesse dicendo una cosa di somma importanza.

La musica divenne più veloce, suonata da ghironde e violini. Entrò un gruppo di ancelle a portare dell'altra frutta e altro sidro.

«Perdonate, Maestà». A parlare fu l'uomo che sedeva all'altro capo del tavolo. Aveva i capelli lisci e neri e non portava la barba. Il re si voltò e lo fissò.

«Parlate, sir Skirr».

«Suppongo che siate venuti per qualche questione in sospeso» e sir Skirr guardò i tre ragazzini, in attesa di una risposta.

«Mi duole contraddirvi, ma non è così» la voce di Ana risuonò come se nella sala fosse entrato uno stormo di uccelli.

«Siamo venuti qui solo per una cosa» continuò Ema, smettendo di mangiare. «Perché abbiamo bisogno del vostro aiuto, o meglio, Firret ha bisogno del vostro aiuto».

Il re fece un cenno di assenso verso di loro, sereno.

«Se è qualcosa che è in mio potere, sarò lieto di farlo» disse.

«Alcune lune fa nel mio bosco sono arrivate delle creature che ci hanno tolto la pace» spiegò il furetto con un filo di voce. «Sono stato costretto ad abbandonare la mia tana perché lì si è installato un mostro grande quanto una collina».

«E che cosa vorresti, Firret del bosco di Lériall?» domandò Oisín con aria pensierosa.

«Vorrei che inviaste dei soldati per porre fine una volta per tutte a questa disgrazia» rispose il furetto a occhi bassi, appoggiando le zampette sul bordo dell'enorme tavola.

Il re osservò la sua sposa, che gli lanciò un'occhiata per poi rivolgersi ai tre ragazzini.

«Veramente nobile da parte vostra, ragazzi» intervenne sir Skirr con un sorriso da un orecchio all'altro, che gli faceva corrugare la fronte e le guance. «Non avrei mai creduto che gli umani fossero così... generosi».

«E invece lo sono, non credi, Bihann?» intervenne la sua sposa, sporgendo le labbra per sorseggiare rapidamente il sidro. «Sono incantevoli».

«È vero, Thira, sono... meravigliosi» le rispose il marito sollevando la coppa. «Brindiamo ai nostri generosi ospiti!»

E levarono tutti le coppe, a partire dal re per finire ai tre ospiti umani, sui cui visi imbarazzati si puntarono gli sguardi incuriositi dei Delant.

«Per i Dhardans!» disse il re alzando la sua coppa d'argento.

Ne seguì un forte applauso e nella sala risuonò il classico tintinnio del brindisi.

«Come vi ho detto, sarò lieto di aiutarvi, ma per questa notte, una notte in cui mangiamo e beviamo con i Dhardans, una notte in cui la luce della luna accompagna il nostro incontro, ci limiteremo a festeggiare».

Terminata la cena, Güillit raccontò loro le avventure che gli erano capitate nei boschi lontani e nelle Montagne Basse, gustandosi i biscotti di cui si era riempito il piatto.

«... e fu così che l'orso cadde nell'acqua e non osò mai più venire a rubare il miele in casa mia» concluse lo gnomo tra le risate. «Gradite un biscotto? È allo zenzero» chiese ai ragazzini.

L'enigmatica donna che nel pomeriggio accompagnava il re sembrava scomparsa.

«Güillit, chi è la donna che era con il re oggi pomeriggio, quella con il mantello bianco?» domandò Simón.

«Ah... è una Sentinella dell'Ordine dei Rill» rispose lo gnomo. «Fanno la guardia al re per ordine di Myrddin. Sono stregoni, spie e guardiani» e lo gnomo gli offrì un biscotto.

Simón lo prese e gli diede un morso, mentre lo ascoltava recitare gli scioglilingua.

«Apelle, figlio di Apollo, fece una palla di pelle di pollo. Tutti i pesci vennero a galla per vedere la palla di pelle di pollo fatta da Apelle, figlio di Apollo».

Tutti cercarono di ripeterlo e tutti immancabilmente lo sbagliarono, tra le risate generali.

«Ne conosco molti altri» disse lo gnomo. «Gradite un biscotto? È alla cannella» chiese di nuovo.

Questa volta fu Ana a prenderlo, tutta intenta ad ascoltarlo.

«Sopra la panca, la capra campa. Sotto la panca, la capra crepa» recitò lo gnomo con una tale velocità e destrezza che i ragazzini, quando cercarono di imitarlo, si impappinarono subito. «Un altro biscotto?» propose per l'ennesima volta. «È alla vaniglia».

Lo prese Ema, ma quando vide che in tavola non ce n'erano più, si chiese da dove li tirasse fuori. Ormai era notte, e lo gnomo aveva offerto altri dieci biscotti. Decisero di andare a dormire, dopo avere ringraziato re Oisín e la regina Nianh per il meraviglioso festino.

Capitolo VIII

Le dottrine dei giorni passati

Erano ormai trascorsi diversi giorni da quando erano arrivati a Pérfel e nessuno dei tre ragazzini sarebbe stato in grado di dire da quanto tempo si trovavano lì; persino Ana e Güillit avevano imparato a convivere, o perlomeno a non litigare. Quotidianamente il gruppetto si ritrovava a discutere di quale fosse il modo migliore per porre fine alle disgrazie di Lériall, mentre le giornate si facevano via via più serene, con albe spettacolari. Ogni mattina il cielo era attraversato da un uccello dal piumaggio brillante come il sole, che irradiava la propria luce ovunque.

«Che uccello è?» chiese Ema, guardando il cielo. «È bellissimo!»

«È la Stella del Sud» rispose Nianh. «Senza di lei questo mondo non sarebbe com'è: ogni angolo è illuminato dalla sua luce, che dona la vita».

Ema e Ana erano in cammino fin dalle prime ore del mattino con un gruppo di donne dirette a nord di Pérfel, dove una magnifica cascata precipitava in una radura circolare. Era un giorno particolare, che i Delant celebravano come anniversario della rinascita del mondo, il giorno in cui era stata creata la terra. Le sacerdotesse avanzavano inneggiando alla prima luce che aveva illuminato il mondo, la Stella del Sud. Indossavano tutte un ampio mantello verde, anche Ema e Ana, che camminavano accanto alla regina, in una lenta processione guidata da due sacerdotesse che portavano uno stendardo ciascuna. Cantavano con voce forte, in una lingua che le due ragazze non riuscivano a capire.

Il primo canto di Serefell

Negli antichi giorni la luce splendente non brillava nei cieli.

La notte era la condizione del mondo e il freddo il manto della terra.

Serefell, figlio di Direll, nato dalla luce di Alinör,

la stella più adorata, luce di Velef, guardava l'immensità.

E allora Direll modellò la luce,

una splendida fiamma che, con le sue ali d'oro, solcò il vuoto,

illuminando i cieli, rischiarando il mondo.

Dinanzi alle meraviglie che vedeva creare dal padre, Serefell restò ammirato,

e volle allora imitarlo, e con allegria gli parlò del mondo.

Accorse Alinör, principio di vita, a quell'inizio, e diede ai campi la sua benedizione:

di erba verde e di fiori si coprirono le alte terre e i boschi profondi.

La voce di Serefell si unì a quella del padre, in armonia,

e il suono delle loro voci divenne uccello, che accompagnò la stella.

La terra vibrò e da questa nacque Dral,
tra montagne e dolci mari, con i migliori doni.

La processione avanzò sino alla fine del bosco, dove da est stava sorgendo il sole, guidato dalla Stella del Sud. Si fermarono davanti alla cascata, con lo sguardo rivolto verso l'alto, ad ammirare il meraviglioso uccello, che a tratti scompariva nello splendore del sole. Le due sacerdotesse che portavano gli stendardi li innalzarono verso il cielo, chinando il capo in segno di omaggio solenne. Nianh si piazzò di fronte al lago in cui si gettava la cascata, con il viso nascosto dal cappuccio. Allora tutte tacquero, e la regina cantò.

Lamento per Tughall

Il giorno lo aveva convertito in uomo che in alto teneva lo scudo d'oro,
in attesa della terribile ora;
il viso forte di Tughall si perdeva nell'oscurità che calava sulla città argentata.
Il suo grido rimbombò nei cuori mentre la sua spada fendeva l'aria.
Il grido di battaglia fu forte e Abys tremò sotto la marcia dei Far Muhltres.
Quindi Tughall dimenticò il dolore che la battaglia aveva generato,
e le sue pene mise nella spada, nell'odio tentò di inchiodarle.
"Giunta è ormai l'ora, così come il fiero patto di vivere":
questo mandato si udì, come grido di guerra.
Ogni Poltraits combatté senza tema di cadere in battaglia.
Lo sguardo già triste di Fulgor, primogenito del re,

si annebbiò nel veder cadere il fratello in una pozza di fetido sangue,

circondato da spregevoli creature.

Mai vide il mondo una tale afflizione né alcun uomo provò mai simile pena.

Tughall cadde al suolo, prostrato dal dolore.

Sostenne la spada pagando con la propria morte.

Lì giaceva il suo sangue, Fafmall, cuore di fuoco,

partito per il mondo di Direll.

E il cuore di Tughall perso nella desolazione restò.

Poi calò il silenzio, e la Stella del Sud svanì all'orizzonte. Ema e Ana si guardarono in silenzio: non avevano mai ascoltato un canto così bello in vita loro e nell'aria aleggiava una quiete che nessuna di loro osò turbare.

Simón e Firret, invece, erano rimasti a Pérfel, in compagnia di Nilus, lo scudiero del re, un giovane che non doveva avere più di venticinque anni, alto e con lunghi capelli neri. Li stava accompagnando a visitare la biblioteca del regno, mostrando loro i saloni in cui si studiavano i misteri della natura e della vita. Giovani Delant erano seduti in circolo e in mezzo a loro un uomo parlava.

«Che cosa stanno facendo?» chiese Firret entrando.

«Qui si insegnano le dottrine dei giorni passati: ogni uomo e ogni donna impara a riconoscere l'amore per la natura come parte di sé» rispose Nilus, guardando il furetto.

«Per questo non mangiano carne...» sussurrò Simón.

«Proprio così: non mangiamo niente che sia animato. Il nutrimento ce lo fornisce la terra, perché veniamo tutti da lei, uomini e donne compresi. Nessuna creatura può essere assassinata per soddisfare una necessità, è il principio delle dottrine» spiegò Nilus.

Continuarono a camminare fino alla biblioteca vera e propria, dove si sarebbero incontrati con Güillit. Simón non ne aveva mai vista una; la cosa più simile che conosceva era lo studio del padre di Ema, dove lei ogni tanto lo portava, ma non era paragonabile al luogo in cui si trovava adesso, con soffitti e cupole altissimi, e pareti formate da scaffali alti come faggi, che reggevano centinaia di libri. Nilus entrò dopo Simón, seguito a sua volta da Firret, che teneva gli occhi ben aperti, rifugiandosi in ogni angolo. Proseguì sino a un cubicolo dal soffitto altissimo al cui interno un uomo anziano, con una folta barba lunga, teneva lo sguardo fisso su un libro alto quanto Firret e talmente grosso che Simón pensò che non sarebbe stato in grado di reggerlo in mano. Nilus avanzò lentamente, senza fare rumore, e si piazzò di fronte all'uomo, che non sollevò lo sguardo, limitandosi a sospirare.

«Nilus, figliolo, dovrei metterti un campanellino» disse con voce pacata. «Diventi ogni giorno più rapido e silenzioso, sembri un topo». E alzò gli occhi, guardando prima il giovane, poi Simón e infine il furetto.

Poi tacque, tornando a osservare con un certo stupore Nilus, che continuava a rimanere immobile, e infine si alzò in piedi e uscì da dietro la scrivania, lisciandosi la barba.

«Per i baffi del gatto!» esclamò fissando Simón. «Non avrei mai creduto di rivedere un umano, e invece eccone qui uno...»

«Padre, lui è Simón» gli disse Nilus. «Simón, ti presento mio padre, Trilus».

Il ragazzino gli tese la mano per stringergliela, ma l'uomo si chinò e lo abbracciò vigorosamente, ridendo. Nilus scoppiò in una risata vedendo quel che faceva suo padre.

«È un onore, signore!» disse Trilus.

«Gra... grazie...» farfugliò Simón, piuttosto confuso da quelle parole. Era la prima volta che qualcuno lo chiamava "signore", e soprattutto con una simile cortesia. «L'onore è tutto mio» rispose.

«Ma Nilus, perché non lo hai invitato a sedersi? Deve essere molto stanco».

«No, grazie, Nilus mi stava molto gentilmente facendo vedere Pérfel, che è una città davvero meravigliosa» rispose Simón.

«Infatti. Ed è per questo che l'ho portato qui, padre, perché desidero che gli diciate qualcosa di più delle dottrine» e Nilus incrociò le braccia dietro la schiena, osservando il libro che aveva di fronte.

«Ah! Sarebbe un vero piacere» esclamò emozionato Trilus.

«Mio padre è il dotto della biblioteca. Lui registra ogni avvenimento di cui valga la pena mantenere la memoria. Ha scritto più di dieci libri per tramandare ai posteri tutto ciò che può essere loro necessario».

«E lo stesso ho fatto con gli uomini di un tempo. Ho scritto del loro ritorno in terre tranquille» sussurrò Trilus, avvicinandosi al libro che teneva aperto sulla scrivania, alla ricerca di una pagina. «Deve essere da queste parti».

Simón guardò Firret, che saltò sulla sedia per riuscire a vedere il libro. Era nuovissimo, con la copertina marrone e le pagine chiare. Sulla prima c'era un disegno di due ragazzini in groppa a cavalli che sembravano avanzare sull'acqua, con le lunghe code che parevano spuntare dai flutti. Ognuno di loro era armato: la femmina puntava un arco e il maschio brandiva un'ascia contro le centinaia di orribili creature che li stavano attaccando.

«È la battaglia del Fiume Azzurro,» spiegò Trilus «in cui gli uomini lottarono strenuamente contro i Merrows per aprirsi il cammino per Qultre Dhagar».

Simón osservò il disegno dai bellissimi colori, chiedendosi come dei bambini così piccoli potessero essere tanto coraggiosi.

«Sono loro gli umani che sono venuti qui prima di noi?» chiese sfiorando la pagina.

«Sì, sono Gabe e Nancy Abbott, cercatori dell'Albero Unico» rispose Trilus, indicando l'immagine successiva, che raffigurava un bellissimo albero.

Firret tremò nel vedere le orribili creature che circondavano i due valorosi ragazzini. Trilus spiegò loro quel che avevano fatto i due fratelli per il loro mondo e il lungo viaggio che avevano dovuto affrontare, dalle profonde miniere di Sílgard fino al bosco solitario. Simón non poteva fare a meno di sospirare ogni volta che veniva voltata una pagina, pensando che fosse meraviglioso essere così coraggiosi.

«Signore, temo che sia ora di andare» disse Nilus, interrompendo il padre, che adesso stava raccontando come avessero salvato la stupenda Stella del Sud.

Il furetto si alzò assieme a Simón. Trilus aveva un'aria molto soddisfatta per avere contribuito alla loro conoscenza dei fatti accaduti in passato.

«Lei è davvero molto gentile, signor Trilus» disse Simón stringendogli la mano. «La ringrazio di avermi spiegato questa vicenda così intricata».

«È stato un vero piacere, spero di rivedervi» rispose l'uomo.

«Ma dov'è il nostro gnomo?» chiese Firret, ricordandosi solo allora che erano lì per incontrare Güillit.

«Ah... il signore delle Montagne Basse! Sì, sì, l'ho visto, deve essere nella parte più interna della biblioteca, da quella parte» rispose Trilus.

I tre andarono in cerca di Güillit, che trovarono seduto accanto a uno degli scaffali. Teneva tra le manine un pesante librone e di tanto in tanto sospirava osservandone attentamente le pagine ingiallite.

«Vedo che hai trovato qualcosa con cui passare il tempo» disse Firret arrampicandosi sullo scaffale fino a raggiungerlo.

«Proprio così, signor furetto, ma ho finito» e Güillit ripose il libro sullo scaffale, saltando a terra.

Firret si avvicinò, lo prese e ne lesse il titolo ad alta voce.

«I Primordi degli Gnomi...» recitò, girandosi verso Simón.

«Era solo una curiosità, niente di speciale. Ma adesso andiamo, è ora di cercare Ema e Ana» disse Güillit voltandosi con gli occhi pieni di lacrime, e si avviò.

Simón guardò Firret, che si strinse nelle spalle, sconcertato dalle parole dello gnomo.

Uscirono dalla biblioteca e arrivarono all'entrata di Pérfel, accompagnati da Nilus a cavallo. Lì attesero l'arrivo della regina.

Ema camminava a passi lentissimi, ancora perplessa per quello che aveva sentito, mentre Ana aveva un'aria trasognata. Avanzavano accanto alla regina, con i cappucci tirati sulla testa e il vento del bosco che sferzava loro il viso.

«Maestà,» chiese Ema guardando in direzione degli alberi per non essere invadente «chi sono Direll e Serefell?»

La regina si girò verso le due sorelle con un sorriso sul volto.

«Mie care bambine, Direll è il creatore del mondo; ogni creatura che vediamo, ogni goccia del mare, si deve a lui, e Serefell è suo figlio, generato dall'amore e dalla compassione».

«E Alinör?» chiese Ana.

«Alinör, madre di Serefell e stella amata dai Poltraits, è colei che dispensa la vita. Da lei viene il rigoglio dei campi e il fiorire della primavera».

Le due sorelle guardarono le foglie cadute a terra e il meraviglioso luogo in cui si trovavano, chiedendosi come potessero esistere esseri del genere, in grado di creare tanta bellezza.

«Non vorrei risultare molesta, ma nel canto compariva un altro nome...» disse Ana.

«Tughall. Era il re di Abys e signore dei Poltraits. Il canto racconta del suo dolore per la perdita del suo secondogenito e di come sconfisse i Far Muhltres nella prima battaglia».

«Deve essere stato davvero terribile essere costretto a combattere dimenticando che qualcuno che ami è morto» sussurrò Ana.

«Lo è stato, in effetti, ma come tutto, con il tempo si è dimenticato. E così ogni anno, quando la luna sale, di primo mattino, per incontrarsi con il sole, le donne delant escono in processione per vedere la Stella del Sud, per rendere grazie a Direll e a Serefell di averci dato la luce, una luce che non dovrà spegnersi mai, e per rendere onore a Tughall».

Arrivando a Pérfel trovarono Nilus e gli altri che le stavano aspettando all'entrata, con un paio di cavalli per uno. Ognuno raccontò quel che aveva appreso quel giorno: Simón raccontò di Gabe e Nancy e di come avessero salvato il mondo, Ema e Ana della bellissima processione nel bosco e di quello che aveva spiegato loro la regina.

«Tutto ciò è davvero meraviglioso, ragazzi, ma prima che continuiate, devo annunciarvi che vi lascio» li interruppe Güillit.

«Cosa? Ma perché?» chiese Ema, incredula.

«Il bosco ha bisogno di me, devo rimettere un po' d'ordine. Tornerò al Sentiero del Pellegrino» rispose lo gnomo con voce decisa.

«Ma anche noi abbiamo bisogno di te! Abbiamo ancora molto da fare qui...» sussurrò Ana.

Simón, Ema e Firret la guardarono con gli occhi sgranati: chi era quella ragazzina che adesso credeva in quel che si vede e anche in quel che non si vede?

«Ragazza, tu sei molto forte» le rispose lo gnomo. «E poi avete un naso che vi guiderà» aggiunse guardando Firret.

«E chi ci dirà quale pianta è buona e quale no?» chiese Ana con voce tremante.

«Lo saprete» e Güillit strizzò l'occhio a Simón.

«È che... io non...» balbettò Ana. «Io non voglio che tu te ne vada».

«Ragazza, ragazza, ragazza! Ma chi vi capisce a voi umani?» esclamò lo gnomo scrollando la testa. «Il cammino di ognuno è destinato a incrociarsi più di una volta, nessuno in questo mondo dimentica e nessuno perde un amico. Presto ci rincontreremo» la rassicurò.

«Sono fiero di poter dire di avere conosciuto uno gnomo» affermò Simón.

«E io di avere conosciuto tre irrequieti umani» replicò Güillit guardando Ana, che abbozzava un sorriso tra i singhiozzi. «Adesso torno al Sentiero del Pellegrino, perché i funghi mi hanno detto che lì c'è bisogno del mio aiuto».

«Vieni a farmi visita nella mia tana quando vuoi, sarai sempre il benvenuto» disse Firret abbracciandolo.

«Sereno è, seren sarà. Se non sarà seren, si rasserenerà» recitò lo gnomo.

In quell'istante arrivò un'ancella con una borsetta piena fino a scoppiare e la porse a Güillit, che se la mise a tracolla.

Ana si lasciò cadere in ginocchio per abbracciarlo forte, cercando di trattenere i singhiozzi. Poi anche Ema lo salutò con un abbraccio, seguita da Simón, che gli strinse la mano, e da Firret, che continuava a pensare a come fare per tornare a Lériall. Allora lo gnomo si voltò e salì su una delle barche, che lo stava aspettando per condurlo all'altra riva.

Capitolo IX

Il primo di molti problemi

Ana era molto felice di essere lì, sulla riva del fiume, a osservare le barche passare mentre la regina suonava la cetra, seduta accanto a lei su un bel prato verde, tra fiori e meli carichi di frutti. Ricordava casa sua come qualcosa di molto lontano, ma i suoi genitori le mancavano tanto, anche se non ne parlava, temendo di risultare scortese. Spesso guardava il cielo chiedendosi come fosse arrivata lì. Ma, come per tutto ciò che aveva a che fare con quel luogo, non riusciva a darsene una spiegazione. Ormai si era abituata alla quiete di Pérfel, al canto degli uccelli e alla voce pacata dei Delant, e aveva anche imparato diverse parole in *àrmin*, la loro lingua, che tra l'altro era la più musicale che avesse mai sentito.

La regina Nianh suonava molto delicatamente la cetra, con lo sguardo rivolto ai meli, accompagnandola con il canto di una bellissima melodia.

«Temete la guerra, Maestà?» le chiese Ana guardandola negli occhi.

«Sì... la guerra lascia solo morte e desolazione» rispose la regina posando la cetra. «Venite con me, Ana» le disse alzandosi in piedi e dirigendosi verso una barca ormeggiata accanto alla riva del fiume.

Ana si alzò e la seguì. Si sedette sulla barca, accanto a Nianh, che chiese al barcaiolo di iniziare a remare. Il sole brillava come sempre sulla superficie dell'acqua, creando un fascio di luce che le fluttuava intorno. La barca avanzò verso una biforcazione tra gli alberi, portandole in uno stretto canale. Tutt'a un tratto un lembo di cielo azzurro si mosse e scese fino a sfiorare le loro teste, poi risalì cinguettando. Il suo canto era così soave che Ana pensò che fosse il suono della cetra, finché un altro frammento di azzurro non guizzò di nuovo di fronte ai suoi occhi. Solo allora, quando lo vide avanzare saltellando sul bordo della barca verso di lei, la ragazza si accorse che era un minuscolo uccello con le piume del colore del cielo, le zampine azzurro chiaro e due occhietti neri.

«Ciao...» disse avvicinandosi all'uccellino, che la guardò di traverso. Ana scoppiò a ridere vedendo quella cosina così piccola. «Che tenerezza, non avevo mai visto qualcosa di così minuscolo!»

Lo scricciolo azzurro volò verso di lei e sbatté con forza le ali. Nianh lo vide fare un salto per avvicinarsi alla ragazza.

«Non sono tenero» rispose, con il capo inclinato per guardarla meglio. «Sono forte e sagace».

«Mi... mi dispiace, non volevo offenderla» disse Ana, piuttosto sorpresa nel sentirlo parlare.

Allora un altro scricciolo azzurro atterrò dall'altro lato della barca, saltellando sul bordo in direzione della ragazza. Nianh alzò la mano e quello andò ad appoggiarsi su un dito della regina.

«Non fategli caso» disse. «È molto permaloso».

«Non è vero. Ti ho già detto che sono forte e sagace» ribatté l'altro scricciolo.

«Non fai che ripeterlo. Nessuno ti crederà più, se continui a dirlo tutti i giorni. Sono mortificata, Maestà» disse il secondo uccellino, voltandosi verso la regina.

«Non vi preoccupate, signora scricciolo, sono venuta a farvi visita, come tutte le settimane» rispose Nianh.

«Siete davvero gentile, Vostra Altezza. Ma chi è questa graziosa signorina?»

«Lei è sangue antico, sangue dhardan» rispose la regina guardando Ana, che non si era ancora abituata a quel nome.

I due scriccioli azzurri sgranarono gli occhi e con un salto andarono a piazzarsi di fronte alla ragazza che, anche se a loro quello sguardo non piaceva, continuava a fissarli con tenerezza. Quindi fecero un rapido inchino.

«Mi dispiace... mi dispiace davvero, non sapevo chi fosse...» disse tutto contrito il primo uccellino.

«Te l'avevo detto che era una persona speciale: è un'umana» bisbigliò la signora scricciolo al marito.

«Piacere, mi chiamo Ana» li interruppe la ragazzina, tendendo la mano per stringere loro l'ala.

«Il piacere è mio» rispose il primo uccellino.

«È un onore essere di fronte a... qualcuno come te» sussurrò la signora scricciolo.

Ana strinse le ali ai due uccellini. Le loro piume morbide e brillanti parevano seta. Avrebbe voluto accarezzare loro il capo, ma si limitò a sorridere.

«Avete portato la salvezza in questo mondo» dissero i due scriccioli azzurri all'unisono, in un coro di gorgheggi.

«Oh no, no! Mi dispiace, ma non sono la persona che credete» rispose Ana, ricordando quello che le aveva raccontato Simón a proposito dei due bambini che avevano salvato il loro mondo.

«Ma se non sei quella che credi di non essere, allora chi sei?» chiese lo scricciolo azzurro, mandandola un po' in confusione.

«Io sono soltanto io...» rispose la ragazza.

«Ma sei umana, no?» le chiese la signora scricciolo.

Ana assentì confusa.

«Allora come puoi non essere chi sei, se sei umana? Io invece credo proprio che tu sia chi non credi di essere».

Nonostante le esibizioni di Güillit, Ana non aveva ancora fatto l'abitudine agli scioglilingua. Non sapendo cosa rispondere, si girò quindi verso la regina, che sorrise e si rivolse ai due uccellini.

«Miei cari amici, lei è umana, ma non è la stessa umana che tempo fa aiutò la nostra Stella del Sud. Lei è venuta solo per aiutare un amico» spiegò loro.

«Sono desolata di non essere la persona che speravate che fossi» disse la ragazzina, molto dispiaciuta nel vedere l'espressione dei due scriccioli azzurri, che sembravano piuttosto delusi.

«Non è colpa tua, figliola, è solo che era moltissimo tempo che non avevamo notizie degli umani, e quando spirano venti di guerra è bene pensare che forse c'è qualcuno dotato del coraggio necessario» rispose la signora scricciolo.

Ana sospirò e vide che la regina indicava al barcaiolo la direzione da seguire. La barca arrivò in un punto pieno di uccelli di tutti i colori; doveva trattarsi dell'imbocco del fiume, lì si riversava una cascata che precipitava dalla cima della montagna. In mezzo all'acqua c'era un'isoletta. Era un luogo che Ana aveva visto molto tempo prima, ma che lì sembrava più bello: era il Chiosco della Luce così come se lo ricordava, solo che adesso aveva le finestre spalancate, che lasciavano entrare i raggi del sole, e gli uccelli ci volavano sopra, andando a posarsi sul tetto e sui davanzali. La barca approdò all'isola e la regina scese, portando con sé la cetra, mentre Ana continuava a chiedersi come mai il chiosco si trovasse lì. Tutt'intorno riecheggiava il canto degli uccelli, che con le loro piume colorate formavano un arcobaleno vivente in movimento. Quando videro la regina si zittirono di colpo chinando tutti il capo per omaggiarla.

La ragazza si sorprese a trattenere le lacrime al ricordo di quel luogo. Corse verso il chiosco e si fermò davanti ai gradini, che erano ricoperti di muschio. Quindi entrò. All'interno non c'erano più le lampadine, solo una panca di marmo accanto a una finestra da cui entrava un leggero venticello assieme al canto degli uccelli.

«Non è un castello» sussurrò Ana, ricordando quel che aveva detto a sua sorella e a Simón. «È molto di più...»

Sorrise e guardò il soffitto. Poi fece un giro e si fermò di fronte alla regina, che si era seduta sulla panca per ammirare il paesaggio.

«Pare che sia di vostro gradimento» disse Nianh.

«Mi ricorda un luogo molto distante da qui, dove vivono due persone che amo tanto, ma che... sono troppo lontane» disse Ana mestamente, ripensando ai suoi genitori.

«Siamo uniti dall'amore, Ana, e anche se non potete vederli, loro sanno che li amate. Se nell'universo esistono luoghi così simili, immaginate cosa può riservarci il mondo...» rispose la regina.

«Chissà... Se chiudo gli occhi e penso a loro, forse sentiranno che li amo» disse la ragazza sedendosi sulla panca, e quando guardò fuori vide il fiume e udì il rumore della cascata. «Credete che possa funzionare?» le chiese.

«Vale la pena tentare».

Allora chiuse gli occhi riportando alla memoria i volti dei suoi genitori e i suoni delle loro voci. Da fuori arrivò una leggera brezza che le accarezzò il viso; non era sicura che loro avessero sentito, ma sapeva che erano lì. Lo scricciolo azzurro e la sua sposa volavano intorno al chiosco, cantando melodie molto allegre, mentre la regina guardava l'acqua con uno sguardo pieno di tristezza.

«Credete che arriverà anche qui?» chiese Ana in un sussurro, che Nianh riuscì comunque a sentire.

«La guerra ti raggiunge ovunque tu sia. Ma non è necessario che ci sia un esercito: può arrivare semplicemente nel tuo cuore e farti odiare» rispose la regina.

Il vento soffiò forte, scuotendo i rami dei meli e facendone cadere i fiori, che volarono su di loro.

«Ma la speranza è sempre l'ultima a morire...» concluse Nianh. Poi iniziò a suonare la cetra, tra i fiori che continuavano a cadere, ma questa volta la melodia era molto malinconica.

Dai giorni remoti arrivaste, portati dal vostro giovane vigore,
la vostra forza luce era e il vostro cuore l'ardore del sole.
Del... sole.
Dalle fresche acque il sibilo dei dardi scacciaste con fragore;
e la casa degli uccelli conobbe tutto il vostro splendore.
Il vostro... splendore.
Venite, ascoltate il canto delle loro frecce che veloci l'aria fendono.
Venite, che la vostra fulgida ascia spezzi le catene che vi stringono.
Ogni volta che il sole guarderete, la speranza nel vostro cuore coltivate,
e il vostro blasone così rinascerà. E dei vostri eroi il ritorno vi allieterà.
Vi allieterà...

«Che meraviglia...» disse Ana ascoltando la voce dolce della regina modulare le ultime note.

«Grazie».

«Di chi parla il canto?» chiese la ragazza.

«È un'Edda per gli umani che salvarono il nostro mondo, Gabe e Nancy. Descrive la rinascita dall'oscurità».

Ana osservò il bosco di meli, che da quella prospettiva era bellissimo. Il profumo che arrivava con la brezza era dolce come i frutti di quegli alberi.

«Come mai ci sono così tanti meli qui a Pérfel?» chiese, chinandosi per accarezzare la tenera erba del prato.

«Il melo è il nostro simbolo, assieme ai cavalli alati Zajir. Significa generosità, perché se hai sete, ti dà acqua, se hai fame, ti dà cibo, e se il sole ti brucia, ti fa ombra. I meli sono la quiete di questi boschi. Lo Zajir, invece, significa forza, purezza dell'anima».

Ana abbassò gli occhi, ricordando la prima volta che aveva suonato il piano e il professore l'aveva sgridata perché aveva posizionato male le mani. Da allora ogni volta che posava le dita sulla tastiera aveva paura di sbagliare, quel tipo di paura che paralizza. Perché le veniva in mente proprio adesso? Forse perché era da tempo che non si sentiva sicura come si sentiva lì, dove tutto aveva un significato chiaro e dove non c'era il suo odioso professore di piano a tormentarla. Ma aveva nostalgia di sua madre, di quando uscivano in giardino e lei le cantava canzoni che non aveva mai sentito, o di quando l'aiutava a pettinarsi. Sua madre c'era sempre quando aveva paura, a proteggerla o a darle consigli, ma adesso era sola.

«Avete paura, Ana, lo vedo dai vostri occhi» disse Nianh, interrompendo i suoi pensieri.

«Be'... è che... avrei sempre voluto essere una principessa, ma ho smesso di credere alla magia quando un bambino mi ha detto che la persona in cui credevo non esisteva» sospirò.

«Il fatto che abbiate deciso di non crederci più non significa che non esista. Il mondo è molto grande, e ogni volta che qualcuno ti dice così, la cosa più probabile è che la persona in cui hai deciso di non credere più inizi a credere in te» disse Nianh pizzicando le corde della cetra.

Ana non aveva mai considerato la questione da quel punto di vista, e forse in cuor suo sapeva di aver voluto dimenticare qualcuno di buono, qualcuno che ti conosce, che si prende cura di te, ma correggere una cattiva abitudine è sempre difficile, soprattutto quando ormai le si è permesso di entrare nel nostro cuore, ed è ancora più difficile se si è smesso di credere. Lei aveva deciso di non voler credere di essere lì, ma aveva finito per accettare di vedere il mondo così come le si mostrava. Quindi, forse, aveva ancora qualche possibilità di ritornare a credere alla magia.

«Ma ci sono troppe cose che le favole non dicono, come le guerre che le principesse devono sopportare» disse stringendosi nelle spalle.

«Ve l'ho già detto, c'è solo un luogo in tutto l'universo in cui la guerra non può arrivare, ma per giungervi si deve fare un grande passo, non basta desiderarlo, bisogna darsi interamente. E nessuno sa dirvi dove si trovi» disse la regina alzandosi in piedi e appoggiando la cetra.

«Suppongo che abbiate ragione, forse devo solo credere a ciò che crea il mio cuore» concluse Ana e si alzò in piedi per ritornare al castello assieme alla regina, perché quella notte si sarebbero fatti i preparativi per l'invio dei soldati a Lériall e si sarebbe tenuta una grande festa in loro onore. Tuttavia, Ana continuava a pensare che fosse piuttosto strano, perché loro non avevano fatto niente per quel mondo; ma se volevano festeggiarli, non potevano certo opporsi.

Ema trascorreva le giornate seduta nei giardini o a passeggiare per le lunghe passerelle di Pérfel, osservando le meravigliose architetture con i muri decorati da arabeschi e volute che sorreggevano ardite coperture. Visitava spesso anche la pinacoteca, un grande salone pieno di ritratti e paesaggi, talmente lungo che ci voleva mezz'ora per percorrerlo tutto. Quel pomeriggio si era seduta nel bellissimo atrio, da cui si dipartiva una quantità di corridoi, dopo essersi attardata tra i dipinti che raffiguravano contadini intenti a mietere, meleti a perdita d'occhio o le strade di Pérfel con i loro canali di acqua chiara. Uno in particolare l'aveva colpita. Era il ritratto di una donna con un fascio di fiori tra le braccia, che le ricordava tantissimo sua madre, anche se la cosa le sembrava davvero molto strana.

Tutt'a un tratto un rumore di passi la fece trasalire e d'istinto si nascose dietro la parete a cui era appeso il quadro. Poi lo scalpiccio cessò e la ragazzina udì una voce femminile che sussurrava qualcosa, ma non riuscì a capire cosa stesse dicendo. Si avvicinò e sentì che la donna stava parlando con qualcuno.

«Sono stanca di nascondermi» diceva, esasperata. «Ogni giorno mi diventa sempre più insopportabile. Ci aveva promesso che sarebbe finito presto, ma il tempo passa e non succede niente».

«Calmati, Úna». Era una voce maschile che parlava pianissimo, in tono molto pacato, ma autoritario. «Finirà quando sarà il momento. Ma dimmi, quando mai ti ha delusa?»

Ema si sporse dalla parete. Vide un uomo e una donna in piedi di fronte al ritratto di re Oisín, ma essendo voltati di spalle, non riuscì a capire chi fossero.

«Mai. Ma c'è sempre una prima volta...» e pronunciò il nome dell'uomo con cui stava parlando, ma lo fece a voce talmente bassa che la ragazzina non riuscì a sentirlo.

L'uomo si mise alla destra della donna che chiamava Úna, fissandola, ma anche così Ema non riusciva a vederli in faccia.

«Questo non dipende solo da lui» sussurrò incrociando le mani dietro la schiena. «E molto farà la calma con cui agiremo tutti noi».

«Io ho aspettato abbastanza!» gridò Úna pestando i piedi.

«E continuerai ad aspettare finché non sarà tutto finito» le ordinò l'uomo. «Fa' come si era stabilito».

Úna sospirò e finì per assentire, accarezzando il quadro che aveva di fronte. Passò la mano guantata sull'immagine del re e Ema vide che indossava uno strano guanto, con tre dita soltanto. Dopodiché i due si avviarono verso l'uscita.

La ragazzina si alzò in piedi guardando nella direzione in cui la coppia si allontanava, con la sensazione di non avere capito granché di quel che aveva sentito, e le parole di quella strana conversazione continuarono a riecheggiarle nella mente anche quando salì in camera sua per sistemarsi i capelli prima di scendere alla cena di gala che era prevista quella sera.

La sala da pranzo era decorata con grandi bandiere, fiori di melo e ghirlande di foglie. I rospi facevano come sempre la guardia all'entrata, ma questa volta gracchiavano una melodia particolare, molto allegra e sincopata. I tre ragazzini e il furetto entrarono senza far rumore, ammirando lo splendido salone dalla volta altissima, che per l'occasione era stato decorato con fiori meravigliosi e profumava di pesche e mele. Era tutto un tripudio di colori, su un sottofondo di allegre note.

Oisín e Niamh li aspettavano in piedi, con lo stesso seguito della prima volta, accanto alla tavola, che quella sera era imbandita con una maggiore quantità di cibo, dolci, bevande, frutta e insalate, ma non un solo pezzo di carne. Mancava solo la misteriosa donna che accompagnava sempre il re nel più assoluto silenzio. Diverse volte Ema l'aveva vista camminare da sola nei giardini, mentre Simón l'aveva trovata in biblioteca a leggere nella strana lingua dei Delant. Anche Ana la incontrava tutte le volte che attraversava le passerelle o si sedeva lungo il fiume, assorta nei suoi pensieri o intenta a scrivere. I tre ragazzini la cercarono ovunque con lo sguardo, ma non la trovarono.

«Siate i benvenuti, amici dei giorni remoti. Questa notte desidero rendere grazie a Direll e Serefell, creatori della luce, per l'onore di avere di nuovo degli umani qui nella nostra terra» disse Oisín levando la coppa piena di sidro di mele. «E per il meraviglioso raccolto, che offriamo con grande gratitudine e pace. Prego, vogliate favorire».

Ognuno si servì, riempiendo il piatto fino all'orlo. Ema non sapeva da dove iniziare, se dalle mele caramellate o dalla torta all'ananas, piuttosto che dalla macedonia di frutti di bosco o dai biscotti, che erano di un'infinità di tipi, con le scaglie di cioccolato, allo zenzero, alla cannella, alla frutta, al burro e miele, all'avena e all'uva. Insomma, centinaia di biscotti, che avevano tutti l'aria di essere deliziosi, come pure i dolci, di cui c'era ampissima scelta, oltre a tutti i possibili frutti che crescevano nel regno.

Firret osservava i biscotti con golosità, ma il resto non gli interessava, anzi, pareva seccato per quel cibo.

«Cosa c'è?» gli chiese Simón.

«Vorrei un po' di carne, o di pesce. È troppa frutta per un furetto!» disse contrariato, ingurgitando un biscotto.

«Ma è tutto buonissimo!» esclamò il ragazzino, addentando un pasticcino al lampone, che gli esplose in bocca.

«Sì, lo so, ma per un furetto la vita senza carne è come una giornata senza sole, o senz'aria. Gli è necessaria per avere forza. Come farò ad affrontare i mostri avendo mandato giù solo venti biscotti, cinque pasticcini, due cornetti, un vassoio di frutta e una coppa di sidro? Per vivere è necessario un bel pezzo di carne» ribatté scuotendo violentemente la testa, mentre si serviva di nuovo una generosa quantità di biscotti e una bella fetta di torta all'ananas.

I tre ragazzi erano invece felicissimi della cena e si lasciavano trasportare dalla musica, mentre Ana raccontava a sua sorella del Chiosco della Luce e di quel che aveva visto nel pomeriggio.

«Signor Firret, ho il piacere di annunciarvi che è tutto pronto: un reggimento partirà con voi, diretto al vostro bosco, e sconfiggerà la bestia» disse Oisín, rivolgendosi al furetto. «Quanto a voi, vi affiderò a qualcuno che sappia farvi passare al vostro mondo. Le nostre dottrine non contemplano la magia, quindi ci rivolgeremo a un Rill per il vostro rientro». I tre ragazzi sorrisero a quelle parole: avevano molta nostalgia di Bogotá, e poi ormai era ora di tornare.

In quell'istante entrò Nilus con passo deciso; teneva in mano una pergamena e aveva due guardie dietro di sé. Il re si voltò verso i musici, che a un suo cenno si zittirono, mentre gli occhi di tutti si posarono sul viso dello scudiero.

«Maestà, porto notizie dell'Est» disse il giovane rivolgendosi al re.

Questi tese la mano per prendere la pergamena, quindi Nilus indietreggiò di tre passi. Il re la srotolò e ne lesse rapidamente il contenuto per poi rivolgere lo sguardo alla regina, che lo osservava preoccupata. Quindi distolse gli occhi dalla sposa e guardò i suoi commensali.

«Mi dispiace, signor Firret, ma c'è una faccenda di massima importanza di cui devo occuparmi» e si alzò, accigliato.

«Seguitemi, sir Skirr» disse Oisín, lasciando la tavola per dirigersi all'uscita, accompagnato da un paio di soldati.

«Certo, Maestà» rispose l'uomo che aveva rivolto la parola ai tre ragazzi durante la prima cena. E si alzò a sua volta.

«Nilus,» aggiunse il re rivolgendosi al giovane all'altro capo della sala «convocate sir Frojen e lord Heimr, con il resto del consiglio».

«Ai vostri ordini, sire» rispose lo scudiero, chinando il capo dinanzi al re e alla regina prima di lasciare la sala.

Fra i commensali continuò a regnare il più assoluto silenzio dopo che il re uscì. I tre ragazzini si guardarono, mentre Firret si voltò verso la regina, che fissava il vuoto, assorta in chissà quale pensiero. Dopodiché i quattro vennero condotti nelle loro stanze, in attesa che facesse giorno.

Simón non riusciva a dormire. Continuava a ripensare alla pergamena e a quello che poteva esserci scritto. Cosa poteva essere accaduto di così grave da preoccupare a tal punto il re e la regina? In realtà non era solo quel pensiero a impedirgli di dormire; gli tornava in mente anche quel che gli aveva detto Firret, che se non si fosse addormentato subito il bosco là fuori lo avrebbe tormentato. Ma, anche se rimase sveglio fino a mezzanotte passata, non successe proprio niente.

Ana non era rimasta molto turbata da quel che era accaduto nella sala da pranzo: aveva sonno e desiderava solo dormire e che al suo risveglio, l'indomani, tutta quella avventura non si rivelasse solo un sogno. A differenza di sua sorella, Ema non riusciva a prendere sonno. Si alzò e andò alla finestra per guardare giù, nella piazza d'armi. Non c'era nessuno lì fuori, solo qualche fiaccola. Faceva freddo, e anche se il camino era acceso, non riusciva a scaldarsi. Prese quindi un mantello e se lo mise sulle spalle. Continuava a ripensare a quello che aveva visto nel pomeriggio, sforzandosi di capire di cosa stessero parlando quei due e che cosa dovessero aspettare.

Tutt'a un tratto il portone del castello si aprì e il rumore di una carrozza e di una coppia di cavalli la fece correre ad aprire la finestra. I cavalli erano guidati da due uomini, che si fermarono e smontarono, seguiti da un giovane che uscì dalla carrozza. A quel punto apparve Nilus, con una torcia in mano, assieme alla misteriosa donna che scortava sempre il re, la quale fece un inchino e li guidò all'interno del castello assieme allo scudiero. Era evidente che la lettera era solo il primo di molti problemi.

Capitolo X

Re Oisín e il suo Caradrio

La mattinata seguente fu ricca di emozioni molto diverse da quelle che Simón avrebbe desiderato provare. La prima cosa che vide aprendo gli occhi fu il forte raggio di sole che gli colpiva il viso. Avvertì uno strano disagio, non perché il letto fosse scomodo, ma perché non sapeva se era sveglio o se stesse ancora sognando. Si mise a sedere e si sfregò gli occhi: lì, in mezzo alla stanza, c'era Firret che si stava divorando a morsi il pesce crudo che teneva stretto tra le manine.

«Buongiorno» disse il ragazzino, contento di trovarsi davanti qualcuno di conosciuto.

«Buongiorno, vedo che hai dormito bene. Vuoi fare colazione?» gli chiese il furetto sollevando il pesce.

«No, grazie... credo di non avere fame» rispose Simón distogliendo lo sguardo.

«D'accordo, mi avviserai quando ne vorrai uno» replicò Firret, sicuro che agli umani quel cibo piacesse molto. «Le due ragazze sono in giardino con la regina. Vestiti, credo che sia meglio che tu le raggiunga, se non vuoi sembrare scortese».

Simón si preparò in fretta e scese. Trovò Ema e Ana sedute intorno a un piccolo tavolino in compagnia di Nianh; stavano facendo colazione con paste alla crema, succhi e piatti di frutta e latte. Il ragazzino omaggiò la regina con un inchino e si sedette.

«Buongiorno» disse lei, prendendo una mela e porgendola a Simón, che la prese tra le dita e l'addentò. «Spero che tu abbia passato una buona notte. Devo scusarmi per quanto è accaduto ieri sera».

«Non dovete scusarvi, Maestà. Ci sono cose per le quali non si ha da chiedere perdono perché non dipendono da noi» intervenne Firret, prendendo posto a tavola.

«Siete davvero gentile. Non preoccupatevi, comunque, il re incaricherà la guardia di liberarvi dal mostro, ma prima deve risolvere un problema».

Ana alzò la mano per chiederle il permesso di parlare.

«Non vorrei essere invadente, ma per quale motivo sono tutti così preoccupati?»

«Non è una domanda da fare, ragazza» la redarguì Firret.

«No, no, fate bene a chiedere. Come sapete, a Sílgard, che si trova a est del nostro regno, c'è la guerra e a quanto pare la situazione è peggiorata...» sospirò Nianh.

«E cosa diceva la pergamena?» chiese Ema.

La regina si alzò e si diresse verso il bosco. I tre ragazzi e il furetto la seguirono. Tutt'intorno si sentivano gli uccelli cantare tra i rami degli alberi illuminati dai raggi del sole. Lì dove si trovavano adesso non si riuscivano a scorgere i meli che Simón vedeva dalla finestra della sua camera, al di là del bosco; c'era solo una vegetazione fittissima.

«Era una missiva del mago ramingo Myrddin in cui si dice che i signori dell'Est hanno bisogno di aiuto» sussurrò la regina.

«Myrddin?» esclamò allarmato il furetto. «Se c'è di mezzo lui, significa che è successo qualcosa di molto grave».

«Appunto per questo il re ha convocato il consiglio» osservò Ema. «Questa notte ho visto arrivare al castello dei cavalieri».

«Esattamente. Ma voi non dovete preoccuparvi, perché la guerra è molto lontano da qui» disse la regina, fermandosi accanto a una panchina di pietra in mezzo al giardino, nelle vicinanze del bosco. «Accompagnatemi a fare una passeggiata».

«Con piacere» rispose Ana.

Il bosco che avevano di fronte era immerso nel silenzio, al contrario del giardino, che risuonava dei gorgheggi degli uccelli. I tre ragazzi sembravano essere di buon umore per il bel sole, ma continuavano a ripensare all'accaduto con una certa preoccupazione.

«Credete che possa arrivare anche a Pérfel?» chiese Simón.

«La guerra ti raggiunge ovunque tu sia. Ma non è necessario che ci sia un esercito» disse Ana, ricordando le parole della regina.

«I Far Muhltres sono creature oscure, le loro menti sono confuse e l'unica cosa che capiscono è l'odio, per averlo vissuto nelle vite precedenti. Non provano alcun rimorso per l'orrore che lasciano dietro di sé» disse Nianh con un'espressione afflitta e lo sguardo impaurito. «Ricordate, ragazzi, che non sono goblin e non esiteranno a uccidervi, perché non si fermano di fronte alla morte, che è la naturale conseguenza della loro sete di vendetta».

«Che orrore!» esclamò Ema. «Come possono esistere creature del genere? Mi vengono i brividi solo a pensarci...»

«E cosa potrà fare Myrddin?» chiese Simón alla regina.

«Non lo so, ma quello che ha pianificato deve farlo il prima possibile; è l'unico che può salvarci» sussurrò Nianh.

I ragazzi si guardarono negli occhi: ormai sapevano che dipendeva tutto da lui.

Dopo pranzo andarono tutti e tre in biblioteca, accompagnati da Firret, per saperne di più su ciò che era accaduto in passato in quel mondo. Mentre avanzavano tra gli altissimi scaffali si soffermarono a osservare il grande mappamondo girevole che pendeva dal soffitto, sorretto da grandi cerchi metallici e manovrabile con aste e pulegge, sul quale erano raffigurate grandi estensioni di terra, montagne, mari, fiumi e laghi al di là di Pérfel, per poi sistemarsi a leggere su una panca. Avevano scelto un libro intitolato *Il sarcofago di Lired*, un'Edda dell'antico oceano dorato, in cui si narravano le vicende di un Delant che aveva percorso le terre al di là di Ásden, attraversando alti monti e fitti boschi, una storia degna di essere ricordata. Mentre i ragazzi leggevano, Firret scorreva gli scaffali dedicati ai tempi d'oro di Lériall, quando il suo bosco godeva degli onori dei regni.

Simón cercava di scacciare il pensiero di sua madre, che forse lo stava aspettando in ansia. Era uscito di casa senza dirle niente, erano ormai passati diversi giorni e lui non sapeva quando sarebbe riuscito a tornare, tanto più che avevano promesso a Firret di aiutarlo, ma con tutto quel che stava succedendo era chiaro che avrebbero dovuto attendere ancora. Ema invece continuava a ripensare agli uomini che erano arrivati quella notte al castello: erano stati velocissimi e l'ora dell'arrivo lasciava intendere che si stesse preparando qualcosa di molto più grave di quanto non credessero.

«Ho paura» le disse il ragazzino abbassando gli occhi.

«Perché?» gli chiese Ema guardandolo di sottecchi, pur conoscendo benissimo la risposta.

«Hai idea di quanto tempo è che manchiamo da casa? Tuo padre e tua madre saranno molto preoccupati». Gli tremava la voce, e nonostante cercasse di contenersi, aveva gli occhi rossi.

«Non pensarci, tanto non possiamo farci niente» si intromise Ana, che non vedeva il problema.

«Su questo hai ragione. Noto che questo posto ti affascina...» osservò sospirando Ema, che la pensava come Simón.

«Perché è un posto affascinante» rispose Ana.

«Dobbiamo parlare con il re, aiutare Firret e chiedergli che ci faccia andare via di qui» sussurrò il ragazzino.

In quell'istante entrò Nilus, che si fermò di fronte a loro. Si vedeva che era molto stanco, e si reggeva in piedi a fatica.

«Il re desidera parlarvi, vi prego di seguirmi» e indicò loro il cammino con un gesto della mano.

«Con noi?» chiese Simón.

«Sì. Seguitemi, per favore».

Nilus fece dietro front e i tre ragazzi si incamminarono, lasciando Firret da solo in biblioteca. Attraversarono il giardino fino a una scala che portava a una delle parti più alte del castello. La salirono seguendo lo scudiero, che li guidò lungo un corridoio finestrato da cui si vedevano sia il bosco sia i meli che si trovavano al di là. Nessuno di loro vi prestò particolare attenzione, limitandosi a procedere lentamente verso il fondo, dove si apriva uno spazio che sembrava una terrazza. Il corridoio era illuminato e si sentiva una musica sommessa proveniente da uno strumento a corde.

Mentre avanzavano, Simón diede una leggera gomitata nelle costole a Ema, perché guardasse Nilus: il giovane camminava senza fermarsi e sembrava preoccupato, come se stesse pensando a qualcosa di molto importante. Quando arrivarono alla fine del corridoio, lo scudiero entrò per primo, chiedendo di aspettarlo fuori. Il vano della porta era coperto da veli, dietro ai quali si intravedevano le figure di Nilus e di re Oisín, seduto a un tavolo. Nilus gli sussurrò qualcosa, poi si voltò e uscì, scostando i veli.

«Potete entrare, il re vi aspetta» disse.

I ragazzi assentirono ed entrarono. Oisín era seduto su un semplice scanno di legno, molto diverso dal trono, mentre dall'altro lato della terrazza un gruppo di musici stava suonando delle ribeche, una sorta di piccole chitarre, come notò Simón, che prevedevano però l'uso dell'archetto. Il soffitto era sostenuto da cariatidi con le braccia alzate e in lontananza, molto in lontananza, si vedeva il bosco. I ragazzi si avvicinarono e notarono che sul tavolo era posata una scacchiera, ma i pezzi erano tutti molto diversi da quelli che aveva in casa il signor García: i pedoni erano guerrieri, i cavalli avevano in groppa un cavallerizzo, le torri erano draghi e gli alfieri cavalieri. Simón distolse lo sguardo dalla scacchiera, attirato dall'uccello che stava appollaiato sulla spalla del re. Era bianco come le nuvole, delle dimensioni di un corvo, con il becco grande e gli occhi neri. L'uccello aprì le ali e li osservò.

«Buongiorno Maestà» dissero i ragazzi all'unisono con un inchino.

Il re rispose con un cenno con la testa e con un gesto li invitò a prendere posto di fronte a sé. I tre ragazzi si sedettero, osservando incuriositi il volatile.

«Che meraviglia!» disse Ema. «Che uccello è?»

«Un Caradrio. Sono uccelli regali, messaggeri che, oltre ad avere un potere curativo, possono infondere forza agli infermi» e il re prese un grappolo d'uva dal vassoio che aveva di fronte e la porse al Caradrio, che becchettò gli acini per poi ingoiarli. «Si nutrono unicamente di quello di cui ci cibiamo noi re, e se morissimo tutti, morirebbero anche loro».

Oisín, accomodato sullo scanno, osservò prima la scacchiera e poi i tre ragazzi, che la stavano guardando a loro volta.

«Sapete giocare?» chiese.

La musica era molto allegra, gli archetti scivolavano con grazia sui piccoli strumenti, in perfetta armonia con il paesaggio che avevano di fronte.

«Un pochino, signore» rispose Ema.

«Anch'io un pochino» disse a sua volta Simón.

«Sono desolata, ma io non sono capace» rispose Ana.

«Non preoccupatevi, signorina, non è un obbligo» disse il re con una voce bassa e chiara. «Facciamo una partita» e appoggiò le braccia sul tavolo. «Voi due contro di me».

Simón e Ema si guardarono, piuttosto sorpresi dall'offerta.

«Ma così non è giusto, Maestà!» esclamò Simón.

«E perché?» chiese Oisín con un sorriso.

«Be', anche se noi due sappiamo giocare, voi sareste comunque avvantaggiato. Immagino che siate un giocatore esperto» sussurrò il ragazzino.

«Questo è certo, e mi complimento con voi, giovanotto, perché vi è bastato guardarmi per riuscire a capirlo. Ma potete provarci comunque...» e il re mosse il guerriero.

Ema si strinse nelle spalle, quindi Simón prese il cavaliere e lo fece avanzare a L davanti a sé. Il re mosse subito un altro guerriero.

«Ditemi, cosa sapete di questa guerra?» chiese Oisín, guardando negli occhi i tre ragazzi.

«Abbastanza per capire che è meglio stare lontani dal Nord e dall'Est» rispose Ana, che si limitava a osservare la partita. In quel momento Ema fece avanzare il suo guerriero.

Il re vide la mossa della ragazzina e rispose con il cavaliere, con la stessa espressione seria sul viso.

«Come saprete, stanotte è arrivata una missiva dall'Est da parte del Rill Myrddin» disse. «Ci sono forze che stanno iniziando a muoversi verso Sílgard, forze ben più potenti di quelle dei signori dell'Est».

Ema collocò il guerriero che prima era di fronte alla regina due caselle indietro, allora il re prese il suo cavaliere e lo mosse verso il re, facendo scacco matto. I due ragazzi si guardarono ammirati e il re non riuscì a trattenere un'espressione di soddisfazione. Li aveva battuti in sette mosse, una cosa che non era mai successa quando giocavano tra di loro, ma con Oisín era ben diverso. I tre giocatori sorrisero e il re si lasciò sfuggire un sospiro.

«Bella partita!» disse alzandosi e andando a guardare il bosco.

«Grazie, Maestà» rispose Ema.

I due ragazzi si alzarono a loro volta e gli si avvicinarono.

«Sapete perché vi ho fatto venire qui?» chiese.

«No, sire» rispose Simón.

«A ovest della nostra terra c'è un piccolo regno chiamato Stall» sospirò il re. «Lì vive una strega che a quanto pare si è alleata con Firkling per attaccare Sílgard. Se lascio che questo esercito arrivi alla città di pietra, la cosa più probabile è che il tempo dei signori delle miniere finisca qui. E io non posso permettere che avvenga una cosa del genere».

«Invierà il suo esercito in loro aiuto, quindi» disse Ana cercando di trattenere il brivido che sentiva correrle lungo la schiena.

«Sì, ma temo che i suoi uomini siano molto più numerosi dei miei. Sembra che Firkling abbia inviato un reggimento di oltre cinquemila goblin e Perlustratori, e se volesse attaccare,» la voce del re era bassa, quasi un sussurro, ma molto pacata, e quindi i ragazzi riuscirono a sentire «potrebbe contare anche sugli omuncoli creati da quella strega, che sono più di diecimila. Sono creature alte e informi, con lunghe braccia e un unico desiderio: eseguire gli ordini della loro padrona».

«Chi sono i Perlustratori?» chiese Ema

«Streghe e stregoni esperti, addestrati da Firkling per impossessarsi dei segreti dell'ordine dei Rill. Sono molto pericolosi e hanno dato vita a una nuova magia, una magia proibita, torbida e assassina».

«E dove si trovano?» chiese Ana, guardando negli occhi il re.

«Ovunque. Sono spie, cavalieri, chiunque può essere un Perlustratore. Si occultano all'ordine e attaccano dove questo è più debole, uomini, donne anziane, non importa. Cercano qualcosa, qualcosa di molto antico, che nessuno sa ancora cosa sia, ma che si trova da qualche parte in questo mondo».

«Cosa desiderate da noi, Maestà?» chiese Ema, guardando i meli in lontananza.

Il re si voltò a guardare i tre ragazzi, che rimasero in silenzio. Si sentiva solo il vento soffiare forte tra i rami degli alberi.

«Ho bisogno del vostro aiuto» rispose Oisín.

Simón si voltò verso il re, che non proseguì la frase, assorto nei suoi pensieri. Poi ritornò verso il tavolo e si sedette, guardandoli.

«Il mio regno è la dimora degli Zajir, i cavalli alati. La nostra forza viene da loro, come la nostra pazienza» disse prendendo un cavallo dalla scacchiera.

«All'entrata di Pérfel abbiamo visto due grandi sculture. Una era un cavallo alato, l'altro un cavallo avvolto dalle fiamme» disse Simón. «Se questo è il regno dei cavalli alati, qual è il regno dei cavalli di fuoco?»

«La terra di Cállfir, al di là delle montagne meridionali, oltre il nido della Stella del Sud. La città che vive tra due vulcani attivi, dove regna mia sorella Frey» la voce del re divenne bassissima e i suoi occhi si fecero tristi nel nominarla.

«Perché non andate a parlare con lei? Sono sicura che vi aiuterebbe» suggerì Ema.

«Io per esempio quando sono arrabbiata con mia sorella» li interruppe Ana «aspetto di calmarmi e poi vado a parlarle».

Oisín lasciò lo scacco e posò il mento sul palmo della mano, con il gomito puntato sul bracciolo.

«Frey smise di considerarmi suo fratello quando nostro padre morì. Tempo fa un'orribile creatura si introdusse nel castello mentre io stavo lottando contro gli omuncoli che cercavano di invaderci per ordine di Brynhilb, la strega. Mio padre dormiva nelle sue stanze e quella creatura lo asfissiò. Mia sorella mi incolpò della sua morte: disse che se lo avessi protetto meglio, di sicuro lui sarebbe ancora vivo. Cercai di farle capire che io stavo lottando per difendere il castello, che anche le guardie che gli avevo assegnato erano state uccise, ma lei non mi credette». Adesso il re parlava ad alta voce, mentre il Caradrio osservava i ragazzini. «I due regni erano retti entrambi da nostro padre, c'è quindi un patto tra gli Zajir del Sud e quelli del Nord. Abbiamo lo stesso sangue, e se uno ha bisogno dell'aiuto dell'altro, questi deve onorare il patto. Ma non parlo con lei da... dalla morte di nostro padre, per come mi ha trattato. Ecco quindi la mia proposta: vi darò tutto ciò che desiderate se andrete a Cállfir a consegnare un messaggio a mia sorella Frey da parte mia».

Simón era piuttosto confuso, l'unica cosa certa era che non sapeva cosa fare. Se avessero detto di no al re, avrebbero fatto una grande scortesia, o perlomeno così gli sembrava; se gli avessero detto di sì, si sarebbero esposti a un serio pericolo. Ema la pensava esattamente al contrario: per lei quell'impresa significava grandi avventure e la soluzione a tutti i problemi, perché, se fossero andati, il re avrebbe indicato loro come tornare a casa, e avrebbero anche potuto aiutare Firret. Ana invece riteneva che fosse pura follia affrontare un simile pericolo: erano riusciti a sfuggire al mostro di Lériall, e adesso come potevano anche solo pensare di andare in cerca di altri pericoli, magari anche peggiori?

«Dobbiamo pensarci, Maestà» rispose Simón con fare timoroso.

«Frey avrà un occhio di riguardo per chi le porterà tali notizie» disse il re.

«Avrete una risposta domani pomeriggio» assicurò il ragazzino.

Ema e Ana lanciarono un'occhiata all'amico, che sembrava pensare ancora a quello che aveva raccontato loro il re. Si era preso la responsabilità di rispondere che ci avrebbero pensato, il che da un lato rincuorava Ana, dall'altro le sembrava una scortesia. A Ema, invece, continuavano a girare nella testa la parola "strega" e "omuncolo".

Simón si voltò, osservando il cielo in lontananza, che era diventato grigio. Il vento soffiava sempre più forte e più freddo e ben presto iniziò a cadere una sottile pioggerellina. Quando se ne accorse, il re si alzò e con un gesto chiamò Nilus, che apparve immediatamente.

«A domani, allora. Potete ritirarvi» disse accompagnando le parole con un gesto della mano.

I ragazzi assentirono, preoccupati per l'espressione che videro sui visi dei due Delant, e prima di uscire riuscirono a sentire Oisín che diceva: «Chiama Fedora, questo non era previsto...».

Era già calata la notte quando Ana, Ema e Simón si incontrarono per decidere il da farsi. Ana aveva dato ascolto a quanto le aveva detto la regina Nianh, ma non avrebbe mai pensato che potesse significare mettere a repentaglio la propria vita in una guerra. Si riunirono nella stanza di Simón, e invitarono anche Firret. Ema gli raccontò tutto quello che aveva detto loro il re, compresi i pericoli che avrebbero incontrato durante il viaggio. Poi andò alla finestra e la spalancò per guardare il bosco, mentre cercava di trattenere le lacrime. Aveva paura.

«Non avrei mai pensato che il re vi avrebbe chiesto una cosa del genere» sussurrò il furetto. «Non avrei mai dovuto portarvi a Pérfel, è stata una vera sciocchezza da parte mia».

«Non colpevolizzarti. Le cose accadono perché devono accadere» disse Ana. «E poi credo che non possiamo abbandonarti proprio adesso».

Ema e Simón si voltarono verso la ragazza, che sembrava essere la più tranquilla di tutti. "Cosa stava succedendo?" si chiese Simón. Era come se fosse un'altra Ana. Ema sorrise: a quanto pareva, il viaggio aveva fatto bene a sua sorella.

«Non sto scherzando. Non intendo lasciarvi partire. È una follia, non sapete che cosa c'è laggiù, cose orribili...» bofonchiò Firret incrociando le braccia.

«Io non so ancora cosa voglio fare» disse Simón.

«Hai paura, forse? Sei proprio un fifone» gli disse Ana con una risatina cattiva e rivolgendogli un'espressione ostile.

«Non lo so, ho detto» rispose Simón sbuffando. «Non sono d'accordo con te, tutto qui».

«Smettetela di litigare!» intervenne Ema. «Dobbiamo concentrarci su questo problema. Penso che dovremmo votare».

A Firret non piaceva per niente l'idea che si mettessero nelle mani di tre ragazzini le sorti di un intero regno, ma non poteva farci niente se re Oisín aveva deciso di affidargli quell'incarico.

«Per me va bene» disse Ana.

«Cavolo! Io detesto votare...» sussurrò Simón, a cui era tornata alla memoria la volta che con gli amici avevano messo ai voti, per gioco, chi avrebbe dovuto trovare una lucertola viola, ed era toccato a lui, che non era riuscita a scovarla da nessuna parte. «... ma lo farò lo stesso».

«Perfetto! Allora adesso ognuno se ne va a dormire in camera sua, pensa alla sua risposta e domani si vota» disse Ema con un sorriso da un orecchio all'altro.

Si ritirarono tutti in camera. Firret dormì sul grande cuscino che gli avevano dato come giaciglio e anche se cercò di non addormentarsi, il sonno lo vinse. Simón invece si sedette sul letto cercando di giungere a una decisione. Allora gli tornarono in mente le parole di suo padre che la madre gli aveva riferito: "Tuo padre diceva che, quando agisci bene e con amore, il cielo ti tiene le porte aperte, qualsiasi cosa accada". D'un tratto gli fu chiaro che dire di no al re sarebbe stato come ignorare quelle parole, dimenticare tutto quello che lui gli aveva insegnato. E seppe che l'indomani avrebbe votato per andare a portare il messaggio del re a Frey.

Capitolo XI

L'ultimo lamento dei meli

La giornata era iniziata in modo molto diverso da come i tre ragazzini si erano immaginati: a ognuno di loro era stata servita la colazione in camera ed erano stati portati abiti bellissimi, corredati da scarpette e stivali. Avevano quindi indossato i capi ricevuti e si erano ritrovati in giardino, come convenuto, per votare. Uscendo non avevano incontrato né re Oisín né la regina Nianh, e anche le guardie che normalmente presidiavano i corridoi del castello erano scomparse. C'erano solo ancelle e cortigiane in giardino, pronte a aiutarli per qualsiasi necessità.

Firret continuava a sperare ardentemente che non partissero, ma avrebbe potuto dire la sua solo nel caso in cui avessero deciso di andare, e quindi se ne rimase zitto finché non si ritrovarono tutti al limitare del bosco di meli. Simón ricordava quello che gli aveva detto il furetto, ma non gli importava. Camminarono a passi lenti, tra radici e fiori di ogni tipo, sotto un sole splendente.

Il sentiero serpeggiava tra centinaia di meli carichi di frutti, ma mano che si addentravano, questi diventavano sempre più radi, finché non si fermarono in una piccola radura circondata da alberi sui cui rami non c'era una sola mela.

«Voteremo qui» disse Ema, fermandosi al centro della radura accanto ad Ana e a Simón, che aveva il furetto sulla spalla.

«D'accordo. Se il risultato sarà in parità, giocheremo agli indovinelli e al vincitore spetterà la decisione finale. Firret, voterai anche tu» proseguì Ana.

«Io... mi pare giusto. Forza, votiamo» disse il furetto scendendo dalla spalla di Simón e andando a mettersi accanto a lui.

Rimasero zitti per qualche secondo.

«Io voto che si vada a Cállfir» disse Simón rompendo il silenzio.

Le due sorelle lo guardarono un istante prima di proseguire con la votazione.

«Io voto che non ci andiate» disse Firret.

Erano uno pro e uno contro. Quindi Ema fece un passo avanti e disse ad alta voce: «Io voto... che non si vada» ma lo disse talmente velocemente che fu quasi impossibile sentirla.

«Cosa? Pensavo che ci volessi andare!» esclamò Simón.

«Lo so, ma poi ho pensato: "E se moriamo?". Sarebbe una vera sciocchezza morire...» confessò la ragazzina con una certa fatica.

Che mondo era mai quello, in cui Ana era la coraggiosa e Ema quella che aveva paura? Ana si sistemò i capelli e inarcando il sopracciglio ignorò gli altri e votò.

«Il mio voto è favorevole» disse con la massima calma.

Erano successe due cose: era la prima volta che Ana e Simón si trovavano d'accordo su qualcosa, il che era decisamente inaudito, e si trovavano in situazione di parità. Quello che inizialmente sembrava un viaggio dato per scontato, era diventato un viaggio incerto. Il vento soffiò sollevando da terra le foglie e i fiori intorno a loro.

«Dato che siamo due contro due, Ana e Firret dovranno indovinare. Se indovinano, potranno votare, e sarà una decisione irrevocabile» disse Ema. «Ecco l'indovinello: "In primavera ti diletto, d'estate ti rinfresco, in autunno ti nutro e d'inverno ti riscaldo. Cosa sono?"».

Ana incrociò le braccia cercando di capire cosa potesse essere, mentre Firret iniziò a camminare avanti e indietro a occhi bassi, continuando a ripetere l'indovinello come se questo lo rendesse più chiaro. Simón rimase zitto, anche se non era sotto pressione in quanto non doveva indovinare; ma neanche lui conosceva la risposta.

Tutt'a un tratto una voce profonda e leggermente secca risuonò tra i rami.

«L'albero...» disse.

I ragazzi si girarono per vedere chi avesse parlato, ma non c'era nessuno, solo il bosco.

«Chi ha parlato?» chiese Simón.

«Io...e ho detto che è l'albero» ripeté la voce.

«Be', credo che tu abbia indovinato. Ma non riusciamo a vederti. Dove sei?» chiese Ema.

Iniziarono tutti a guardarsi attorno, cercando tra i rami, ma non c'era nessuno lì, anche gli uccelli se ne erano andati. Allora Simón guardò Firret e gli venne in mente quello che gli aveva detto del bosco; gli tremarono le gambe e gli venne una gran voglia di scapparsene via di corsa, ma non lo fece, perché Ana magari lo avrebbe considerato un codardo per tutto il resto della sua vita. Fece un respiro profondo e deglutì.

«Sono qui vicino a voi» rispose la voce.

I ragazzi si guardarono attorno per l'ennesima volta ma non videro nessuno. Firret si arrampicò sul melo per cercare di guardare al di là del bosco, facendo attenzione a dove metteva le zampe. Improvvisamente l'albero si scrollò, facendo cadere una pioggia di foglie e di fiori. Il furetto si aggrappò ai rami con forza per non cadere. Questi si mossero e nel legno del tronco apparve un gran faccione. Firret gettò un urlo che risuonò per tutto il bosco in una lunghissima eco. Il melo abbassò le braccia, costituite da due tronchi che crescevano fino a perdersi tra le foglie, e le sue mani si mossero come se non lo facessero da lungo tempo. I tre ragazzini indietreggiarono, mentre il furetto scendeva a piccoli passi lungo il tronco.

«Mi fai il solletico» sorrise il melo.

Ema, Ana e Simón rimasero immobili, pietrificati di fronte all'enorme albero. Doveva essere alto almeno dodici metri, con un tronco grandissimo e i fiori bianchi. Gli occhi del melo si posarono prima su di loro e poi sul furetto, che saltò sulla spalla di Simón.

«Caspita!» esclamò il ragazzino guardandolo. «Sei la cosa più impressionante che abbia mai visto in vita mia!»

«Grazie. Anche voi siete la cosa più impressionante che abbia mai visto nella mia lunga vita» rispose il melo.

«E perché? Siamo solo dei ragazzini» chiese Ana, per la quale loro tre erano del tutto normali.

«Be'...» rispose il melo, muovendo i rami sul viso «siete umani, no?»

«Sì» rispose Simón.

«E qui sta la risposta alla tua domanda. È un bel giorno per il bosco, non è vero? Il sole brilla sopra di noi e l'aria è fresca» disse l'albero guardando il cielo.

«Chi sei?» chiese Ema, facendo un passo avanti per vederlo meglio.

«Sono un Dalét».

Firret si nascose dietro il braccio di Simón. Non aveva mai visto una cosa del genere in vita sua; se lo avesse raccontato ai suoi amici furetti di sicuro non gli avrebbero creduto e avrebbero finito per prenderlo in giro. Anche se non assomigliava per niente alle creature di cui gli raccontava sua madre, quegli orribili mostri che ti entrano in casa per tormentarti. Questo non aveva proprio niente di orribile, e poi era troppo grande per riuscire a entrare in una casa.

«Un Dalét?» chiese Ana, che era ancora sbigottita dalle dimensioni dell'albero.

«Significa albero in *poltrum*» gli rispose il melo abbassando lo sguardo. «Erano secoli che non vedevo degli umani. La terra aveva smesso di sentire i loro cuori e la forza dei loro passi da molto, molto tempo».

«Hai risposto bene alla mia domanda, quindi adesso devi decidere cosa faremo» disse Ema, cambiando discorso e riportando l'attenzione alla decisione che dovevano prendere.

«Ho risposto così, ma non potrebbe essere anche la pianta?» chiese l'albero.

«O magari l'arbusto?» chiese un altro melo più piccolo e sottile dietro di loro, che parlava con una voce più esile e pacata.

I ragazzini si voltarono di scatto e lo videro muoversi scuotendo i rami tra i quali si scorgeva un viso più piatto, con il naso all'insù.

«Non potrebbe essere anche il fiore?» azzardò un altro, spuntando fuori dal bosco.

Questo era più alto degli altri, con una voce forte e molto profonda, e alcuni rami completamente spogli. Scosse le sue lunghe braccia scoprendo due mani di legno cariche di foglie.

«La palma. Sì, potrebbe essere anche la palma» disse un altro.

Guardandosi attorno i ragazzini si accorsero di essere circondati da meli di tutte le dimensioni che si sradicavano per avanzare verso di loro, facendo tremare la terra. Dovevano essere più di venti. Il resto del bosco era in assoluto silenzio. Si guardarono l'un l'altro e poi rivolsero lo sguardo ai visi perfettamente intagliati nel legno, alzando la testa quando iniziò a cadere una pioggia di foglie.

«È l'albero» disse Ema, guardando di lato con la bocca aperta.

«Era proprio quella la risposta giusta? Perché poteva essere anche la montagna» disse un altro melo a voce alta, alzando le braccia.

«No, è proprio l'albero» ribadì Ema.

«Allora era giusto!» disse un altro melo.

«Bravo!» esclamò un altro ancora.

«Ottima scelta» disse ridendo l'albero che si era manifestato per primo.

Ana fece un respiro profondo e si mise accanto a sua sorella per presentarsi.

«Noi siamo Ana, Simón e Ema» era talmente sbalordita che aveva messo in mezzo anche lui. «E lei chi è?» chiese al melo che aveva parlato per primo.

«Mi chiamo Talgur e questo è il nostro bosco. Lui è Sulem» disse indicando un altro albero. «E lui Calrrug» aggiunse indicandone un altro ancora.

«Piacere» rispose Simón salutando con un cenno del capo ogni albero che veniva presentato.

«Qual è la sua decisione?» chiese Ana.

«Su cosa?» domandò Calrrug.

Firret saltò tra le gambe di Simón e i meli lo guadarono di traverso.

«E tu chi sei?» chiese Calrrug.

«Firret».

«Piacere, Firret» rispose quello.

«Il piacere è mio, ma...» disse il furetto.

«E io sono Sulem».

«E io Talgur».

I tre ragazzini e il furetto si guardarono spazientiti per la scarsa attenzione dei meli.

«Ci piacciono molto gli indovinelli» disse Sulem.

«Dovremmo continuare, è molto tempo che non ci giochiamo. Un bell'indovinello ti mette di buon umore» proseguì Calrrug scuotendosi lentamente alla brezza del bosco.

«Buona idea, non c'è niente di più emozionante» esclamò Talgur.

«Mozione approvata» disse un altro melo.

«Sono d'accordo» concordò un altro ancora.

«Era ora!» esclamò Sulem.

«Ma... ma non siamo venuti qui per giocare agli indovinelli!» li interruppe Simón.

«Ah, no?» esclamò deluso uno degli alberi.

«E perché? È molto divertente!» replicò Talgur.

«È uno dei più bei giochi che ci sia, l'indovinello può essere qualsiasi cosa...» aggiunse Calrrug.

«Be', è che siamo venuti qui per prendere una decisione importante» disse Ema. «Perciò non possiamo giocare».

I meli si guardarono l'un l'altro molto delusi.

«Umani che non vogliono giocare... è molto strano» sussurrò un altro albero da dietro.

«Molto strano davvero...» ripeté Sulem con un filo di voce.

«Questo è veramente insolito. Ma perché non volete giocare?» chiese di nuovo Talgur.

«Dobbiamo prendere una decisione» ribadì Firret.

"Come fanno a divertirsi con tanta facilità? Evidentemente gli alberi hanno buona memoria", pensò il furetto, ricordando i racconti che gli faceva sua madre.

«Sarebbe un vero piacere giocare, ma diteci, qual è la vostra decisione?» chiese Firret.

I meli si fissarono l'un l'altro, poi Talgur fece un passo avanti e le sue foglie si mossero per la brezza che scuoteva i rami.

«È una decisione molto importante, non possiamo prenderla adesso. Lo faremo dopo il solstizio» rispose, lasciando cadere un po' di foglie.

«È una buona idea» approvò Sulem.

«Davvero saggio, signor Talgur. Che sia dopo il solstizio» aggiunse Calrrug.

Il bosco si riempì di un vocio d'approvazione, mentre Talgur continuava a guardare i tre ragazzi e il furetto.

«Ma noi non possiamo aspettare così tanto tempo!» esclamò Ema incrociando le braccia.

«Perché no? La pazienza è una virtù, piccola umana» disse Sulem con voce roca.

«Una virtù che si deve apprezzare...» continuò Calrrug.

«... e a cui si deve aspirare» aggiunse Talgur.

«Il mondo dovrebbe apprezzare molte cose...» disse un altro melo.

«... cose che si sono dimenticate» proseguì un altro ancora.

«Cose che sono sepolte nel profondo dei cuori...» ribadì un terzo.

«Non può essere dopo, deve essere adesso perché la vita di questo mondo dipende da questa decisione» tagliò corto Firret, muovendo nervosamente la coda. «Si sta avvicinando una guerra e se non facciamo qualcosa adesso, moriremo tutti. Quindi questi ragazzini devono andare a Cállfir oppure no?»

«Non mi piacciono le guerre» disse Calrrug. «Troppo rumore, troppi guai».

«Nemmeno a me, sono una perdita di tempo... In guerra è tutto troppo confuso» replicò il melo che stava parlando con lui.

«Vi ricordate quella che c'è stata un migliaio di anni fa?» chiese Sulem scuotendo la testa.

«E come si fa a dimenticarla? Sono morti molti meli, abbiamo avuto grandi perdite nella nostra specie» sospirò Talgur.

«Il bosco non potrà mai scordare quella guerra» aggiunse sussurrando Calrrug.

«Per favore, noi dobbiamo sapere qual è la vostra decisione!» Ana aveva parlato a voce alta e gli alberi si voltarono tutti a guardarla.

Talgur rimase in silenzio a meditare sulle sue parole, poi alzò le braccia per chiamare gli altri meli a sé. Gli alberi si avvicinarono, formando un cerchio attorno ai tre ragazzi.

«Noi meli abbiamo conosciuto le guerre e la pace, l'odio e l'amore, e riteniamo di dovere prendere una decisione all'unanimità» disse. «La nostra specie non ha mai avuto una simile opportunità prima d'ora. Un tempo, quando il nostro mondo era giovane, le tenebre non esistevano e il verde cresceva ovunque. Il regno dei Dhardans si estendeva al di là delle terre del nord, tra Verda e Adimme, Dral regnava con mano gentile e l'unica oscurità esistente era la notte. Ma adesso si sta avvicinando la guerra e noi dobbiamo prendere una decisione. Questa sarà l'ultima volta che i meli intonano un lamento all'uomo. Avvicinatevi, fratelli miei, che il mondo possa cambiare grazie alle nostri voci».

Gli alberi chiusero gli occhi e alzarono le braccia, facendo un respiro profondo. I ragazzini si voltarono a guardarli uno per uno e Firret andò a nascondersi tra le gambe di Ana, che li fissava rapita. Iniziò a cadere una leggera pioggerellina mentre la brezza soffiava gentile sul bosco. Simón si strinse le braccia attorno al corpo per cercare di riscaldarsi un po'. Gli alberi allora presero a muoversi lentamente da un lato e dall'altro, dondolando la testa al ritmo del vento, finché dal fondo del bosco non si udì un bellissimo canto, che arrivava fino a loro. Ema si sforzò di rimanere sveglia, perché il suono era talmente dolce e intenso che era difficile non farsi cullare fino a dormire. Gli alberi si protesero verso il cielo, allungando i loro rami tra i quali filtrava la luce del sole.

E allora il mondo dovrà conoscere la storia
in cui il vento è più forte della spada,
in cui il cammino ha smesso di essere tranquillo.
E i canti degli Ehnnwn si perderanno nel fragore della battaglia,
mentre la notte evocherà un desiderio di libertà
in ogni cuore in lotta per una nuova alba.
Un'alba in cui il mondo vedrà scorrere il sangue
e il silenzio urlerà. Nel profondo si udirà
il suo lamento perché nulla sarà più come prima,
e la terra piangerà.

Il respiro è debole e la forza poca
dell'acero che si sostiene, freddo e tagliente,
mentre rompe le catene che legano
ciò che mai avrebbe dovuto essere legato.

Il ruggito del vento condurrà il valoroso a Cállfir,
dove il fuoco deciderà se è forte e necessario
a illuminare questa guerra che tutto oscura.

E le lacrime saranno le ultime vestigia di vita,
e scorreranno sul suo viso a fiumi,
finché non sarà capace di portare a spalla simile fardello,
come la terra sostiene la montagna
e il fuoco sorregge terra e monti.

Gli alberi aprirono gli occhi e li guardarono. Talgur aveva l'aria stanca, ma sorrise, e anche tutti gli altri alberi sorrisero, abbassando le braccia.

«E sia: che gli umani vadano a Cállfir» sentenziò.

La decisione era stata presa. I tre ragazzi sarebbero partiti verso terre ignote, il che non li riempiva esattamente di gioia, ma avevano promesso.

«E adesso partite, il mondo vi aspetta» disse Sulem. E sbadigliò.

«*Lei teriontra fuhe tiline**» aggiunse Calrrug.

Gli alberi si girarono per tornare nel fitto del bosco.

«Dove state andando?» chiese Simón.

«Dobbiamo riposare, ci aspetta un lungo sonno. Ogni anno dobbiamo dormire mentre crescono le mele e le foglie rinverdiscono» risposero gli alberi sbadigliando e sbattendo gli occhi, mentre si allontanavano dai ragazzini.

Ognuno di loro si posizionò in un punto del bosco in cui il sole gli arrivava sul viso e sulle radici, quindi si diede un'ultima scrollata.

«Che la forza degli antichi Dhardans sia con voi. Addio sangue di Dral» disse Talgur.

---

* "Che il vento vi sia di guida".

I tre ragazzini assentirono con un inchino. Firret non riusciva ancora a muoversi, ma anche lui chinò la testa in segno di saluto. Lentamente i meli sprofondarono in un sonno pesante, mentre i loro visi scomparivano nel legno e il movimento dei loro rami si perdeva nella brezza del pomeriggio.

I tre ragazzini lasciarono il bosco con la speranza di poter essere di aiuto, adesso che sapevano perché ogni melo in quella città dormiva. Una città che ormai si immaginavano piena di alberi che si muovevano in ogni angolo e facevano conversazione con i suoi abitanti.

Capitolo XII

I cavalli alati di Pérfel

Sarebbero partiti di lì a una settimana. Simón non riusciva ancora a credere che lo avrebbero fatto sul serio. Osservava i muri del castello ancora con stupore, e ogni volta che poteva, toccava la terra, per accertarsi che fosse tutto vero. Ana, invece, era in tutt'altra disposizione d'animo. Fino ad allora aveva vissuto come se il mondo fosse fatto a sua misura, e si diceva che se non fosse arrivata lì, non avrebbe mai dovuto cimentarsi in una prova simile. Ma aveva dato la sua parola e suo padre le aveva insegnato che la parola è la cosa più preziosa che un essere umano possieda. Dal canto suo, Ema aveva già dimenticato lo specchio, sua sorella e Simón, e pensava solo a quello che ci sarebbe stato là fuori, alle cose che avrebbero visto e ai pericoli che avrebbero corso.

Sarebbero andati dal re prima del calar della notte per comunicargli la loro decisione, ma questa volta Oisín li avrebbe ricevuti nella sala dei cavalieri Zajir. Nilus li condusse attraverso i corridoi fino al salone, che era il più inaccessibile di tutto il palazzo. Aveva le pareti altissime, con grandi cavalli alati a ogni angolo, e una grande tavola di pietra levigata nel mezzo, con alte sedie di legno sulle quali erano seduti, oltre a Oisín, sir Frojen, sir Skirr e lord Heimr, i cavalieri più valorosi di Pérfel, ai diretti ordini del re. Sir Frojen era un uomo alto e magro, dall'aspetto austero; aveva il viso largo, i capelli corti tirati indietro e le sopracciglia folte. Accanto a lui sedeva sir Skirr, che era senza barba e di corporatura molto esile, con gli occhi verdi e i capelli neri. Da ultimo, lord Heimr, il più giovane di tutti, che non doveva avere più di venticinque anni, biondo e severo, con un paio di occhi grigi puntati sui tre ragazzini che stavano entrando nel sala dei cavalieri.

Nilus li guidò fino alla tavola, dove si fermarono di fronte ai quattro uomini che li osservavano serissimi, mentre gli ultimi raggi di sole entravano dalle grandi finestre.

«Benvenuti nella sala dei cavalieri» disse il re, chinando il capo.

Nonostante ci fossero delle sedie vuote, nessuno di loro osò sedersi senza prima avere parlato. Firret cercava di allungarsi il più possibile, ma la tavola era troppo alta perché riuscisse a vedere qualcosa. I tre ragazzi fecero un respiro profondo e si inchinarono.

«Come sapete, vi ho chiesto un favore. A quanto pare avete già preso una decisione, vi prego quindi di parlare» disse il re con voce pacata.

«Maestà, abbiamo pensato molto e abbiamo discusso tra di noi per poter decidere. Ringraziandovi per l'attenzione che ci concedete, abbiamo... deciso... che...» disse Simón, cercando in tutti i modi di non strozzarsi per l'emozione. «Andremo a Cállfir».

I quattro uomini si girarono per guardarsi in faccia, prima di voltarsi di nuovo verso i ragazzini.

«Sarete ricompensati per la vostra lealtà e il vostro coraggio, ma adesso dobbiamo mettere a punto un piano che io possa presentare ai cavalieri» disse Oisín guardando sir Skirr. «Come già sapete, Myrddin ha chiesto aiuto a Sílgard, ma ci sono troppi omuncoli sul cammino che porta alla città di pietra e i goblin hanno raddoppiato il numero delle truppe a Oriente. Ho quindi chiesto a sir Skirr, generale dei cavalli bianchi Luj, di spiegarci come fare a raggiungere Sílgard senza essere scoperti».

«Maestà, ho inviato delle spie a Oriente. Il cielo continua a essere sorvegliato dai goblin acquattati su tappeti volanti di erba cardellina e le strade da cui è più agevole accedere a Sílgard sono difese dai Perlustratori. Ma,» sussurrò sir Skirr, chinandosi sulla tavola di pietra «c'è una strada non molto lontana da Lériall, il Sentiero del Pellegrino. È un angusto percorso tra il bosco di Lériall e le contigue miniere di Sílgard, poco vigilato. Anche se è il tragitto più lungo, non ci vogliono più di due giorni per arrivare».

«Credete che potremmo giungere a destinazione senza essere intercettati dai goblin o dai Perlustratori, sir Skirr?» chiese lord Heimr con voce decisa.

«Che mi si tagli la testa se si tratta di una via non praticabile» rispose sir Skirr con la massima calma.

Rimasero tutti in silenzio, soppesando le possibilità di percorrere il sentiero. Del resto, nessuno dei tre ragazzi, e tantomeno il furetto, avrebbe saputo cosa dire, dal momento che era la prima volta che si trovavano in un consiglio riunito per organizzare una guerra.

«Se è così, preparerò i soldati. Ci muoveremo quando Vostra Maestà lo ordinerà» disse sir Frojen.

«Prima bisognerà organizzare la partenza dei nostri ospiti. Non possiamo andare in guerra senza l'aiuto di Frey» disse Oisín prendendo una mappa e stendendola sulla tavola affinché sir Skirr gli mostrasse il sentiero. «Che Direll e Serefell ci aiutino nel difficile cammino che dobbiamo affrontare».

«Partiremo da qui, e dal momento che non possiamo volare, ci arriveremo via terra» e sir Skirr puntò il dito per poi farlo scorrere fino al disegno di uno stretto sentiero tra gli alberi. «Questo è il Passo del Pellegrino: è l'unica strada sgombra, arriveremo a Cállfir da lì».

«Perdonate, Maestà» interruppe Simón, piuttosto nervoso per quello che aveva sentito.

«Parlate, Simón» disse il re.

«Be', mi chiedevo quanto disti Cállfir da qui» disse il ragazzino con voce pacata.

«Il regno di Cállfir è a tre giorni da Pérfel, che diventano due se si va a cavallo, ma è troppo rischioso optare per una strada veloce, e quindi non rimane molta scelta» rispose Oisín stringendo i pugni. «Solo il fiume che attraversa Pérfel vi può condurre in sicurezza all'entrata di Cállfir, ma non possiamo lasciarvi partire senza avervi dotato di qualche strumento di difesa. Prima dovrete quindi imparare a combattere. Ho chiesto a Nilus di insegnarvi a maneggiare un'arma» e con un cenno del capo fece entrare lo scudiero nel salone. «Nilus, ti affido il più arduo dei compiti: insegnare a questi ragazzi a sopravvivere. Addestrali all'uso delle spade di Pérfel».

Ana inorridì al pensiero di dovere portare con sé una spada, come una selvaggia. Ma sapeva di non avere scelta, perché nessuno dei mostri là fuori si sarebbe fatto il minimo scrupolo ad attaccarla. Ema guardò Firret e il furetto guardò lei, pensando che forse era stata davvero una cattiva idea andare a Pérfel. Nel frattempo Simón aveva fatto il calcolo di quanto ci avrebbero impiegato ad arrivare le truppe di Frey, uno o due giorni, dando per scontato che la regina avrebbe accettato di aiutare suo fratello.

«Ai vostri ordini, sire» rispose Nilus. «Mio signore, miladies, vogliate seguirmi. Signori, porto i nostri ospiti a riposare. Domattina inizieremo l'addestramento».

Quella notte dormirono placidamente, senza che nulla li turbasse. Ma la mattina, aprendo gli occhi, nessuno di loro poté non pensare a cosa li aspettava.

Ema era seduta in camera sua e guardava il bosco di meli in lontananza, mentre Ana si pettinava seduta di fronte a lei.

«Non so come tu riesca a pettinarti quando stiamo per affrontare un luogo che non conosciamo, pieno di creature orribili e pericolose» disse la ragazzina guardando fuori dalla finestra.

«Be', non voglio smettere di essere chi sono solo perché dobbiamo andare a... insomma lì, in quel diamine di posto» rispose Ana posando il pettine nel *necessaire* e alzandosi.

«Non credo che alle creature lì fuori importi molto se sei pettinata o no» ribatté Ema, pensando che l'unica cosa che invece importava a lei era che si stavano impegnando in una guerra in cui loro non c'entravano niente.

In quell'istante si aprì la porta ed entrò Simón con Firret. Ana non si voltò, rimase seduta davanti alla finestra a guardare fuori, o meglio, a guardare il riflesso del ragazzino sul vetro.

«Il re desidera vederci nella sala del trono adesso» disse il furetto.

«Perché?» chiese Ana.

«Non lo sappiamo» rispose Simón. «Ma non facciamolo aspettare, andiamo».

Scesero tutti e quattro alla sala del trono, dove trovarono ad attenderli Oisín e Nianh, accompagnati dal loro seguito, come al solito molto numeroso. Nilus teneva lo sguardo fisso su di loro.

«Spero che abbiate trascorso una buona mattinata» disse il re, alzandosi in piedi assieme alla regina. «Vi ho fatto chiamare perché desidero spiegarvi alcune regole per il viaggio. La prima è che partirete da soli».

«Da soli?» chiese Firret.

«Sì» rispose Nianh. «Se qualche spia di Brynhilb vede che siete aiutati da un Delant cercherà di catturarvi in tutti i modi. Quindi dovrete arrivare a Cállfir da soli».

«Se le Vostre Maestà ritengono che sia una buona idea, lo faremo» rispose Ema.

«La seconda è che se vi imbatterete in un Perlustratore, la cosa migliore sarà fuggire. Non è saggio affrontarne uno senza un'adeguata preparazione: la magia non si può combattere con la spada. I seguaci di Firkling non sono come i goblin, non si fermano finché non uccidono chi si mette di mezzo» disse il re con voce pacata e un'espressione dura, tenendo gli occhi fissi sui tre ragazzini. «Evitateli, perché non vi lasceranno scampo».

Oisín consegnò una grossa pergamena a Nilus, che la portò ai ragazzini. Simón la prese in mano e la srotolò. Vi erano raffigurati mari e laghi, strade e montagne, e molti sentieri tra i boschi, piccoli e grandi, con nomi scritti in una lingua che lui non riusciva a capire. Perciò la passò a Ema, che la guardò per qualche istante, senza riuscire a leggerla, e la diede a sua volta a sua sorella. Ana la prese, la riarrotolò, sapendo che non avrebbe saputo decifrare quei nomi, e la passò a Firret.

«E adesso lasciate che vi consegniamo le nostri armi migliori» disse Nianh, tendendo le sue mani di porcellana, tra le quali teneva un libricino. La regina si inchinò e lo porse a Ema. «Questo è Rarr, la conoscenza più profonda di queste terre. Se avrete dei dubbi, ve li chiarirà».

Ema tenne il libro tra le mani senza aprirlo. La copertina era di foglie secche, con una grande R al centro decorata a sua volta di foglie. Assentì e fece un inchino.

«L'unico modo perché Rarr offra la sua conoscenza è giurare davanti a lui di trasmettergli ciò che si scopre, scrivendolo al suo interno. Rarr fornisce informazioni solo a chi scrive il suo nome sulla prima pagina» le spiegò Nianh.

Ema aprì il libro alla prima pagina e vide che c'erano scritti cinque nomi, ognuno con una calligrafia molto diversa: restava spazio solo per un altro.

«Scrivete il vostro nome, Ema della terra al di là di Lériall» le disse la regina, porgendole una penna grigia.

Ema guardò il libro tenendo in mano la penna, poi ne fece scorrere nervosamente la punta sul foglio, scrivendo il suo nome con una calligrafia non esattamente perfetta. Non era mai stata brava con la penna, ma quando la posò sul foglio fece del suo meglio per cercar di non rovinare quel libro meraviglioso. Lesse i nomi di quelli che lo avevano posseduto prima di lei.

Aldred
Roma
Lired
Fjođrin
Ellvia

Poi scrisse il suo sotto l'ultimo e lentamente, sulla pagina accanto, apparvero bellissime lettere dorate e sotto alle lettere dei bellissimi disegni di fate e pixie.

Rarr il grimorio ti dà il benvenuto, Ema la dotta.

La ragazzina sorrise nel vedere le pagine riempirsi di lettere e di illustrazioni, e il suo nome scritto accanto agli altri.

«Adesso, ogni volta che avrete bisogno di qualcosa, dovrete solo dire a Rarr cosa state cercando e lui lo troverà» sussurrò la regina sorridendole.

Ema richiuse il libro e lo strinse forte al petto, come se avesse trovato l'unico vero tesoro: la conoscenza che può offrire un libro.

«E adesso tocca a voi» disse con voce roca Oisín rivolto a Simón, indicandogli il tavolo pieno di spade, asce, archi e magli che stavano trasportando lì le guardie. «Scegliete l'arma che preferite, giovane Dhardan».

Simón si avvicinò al tavolo e passò la mano su ogni maglio e ogni arco. Quando arrivò alle spade, improvvisamente avvertì una strana sensazione, come se da una di esse si sprigionasse una forte energia. Passò quindi le dita su ognuna, sentendo l'energia diventare sempre più forte, come una calamita, finché non si fermò sul manico di una spada larga. La sollevò, soppesandone tutta la potenza, e guardò il re. Oisín lo guardò a sua volta, con una certa curiosità nello sguardo, che colpì Simón.

«Questa spada si chiama Mukar i berr» disse il re mentre il ragazzino la sguainava. Era brillante come l'argento e lunga quanto Ema. Nel manico c'era intagliato un sole e l'impugnatura andava sostenuta con una mano. Il re se la mise davanti al viso, osservandone la lama, affilata da entrambi i lati. «Non posso far partire per questo viaggio gli unici umani che abbiamo qui senza dar loro la protezione dello spirito del sole. Mukar fu creata con il fuoco di Cállfir, grazie a lei fu mantenuta la pace a Verda. Il sole rappresenta la luce che non si spegne mai nonostante le tenebre. È per voi, Simón, vi consegno la luce di Verda».

Il ragazzo osservò prima la lama e poi il re, senza sapere che farne. La spada era pesante, ma quando se la vide tra le mani non gli importò più nulla del peso: era il miglior regalo che gli avessero mai fatto. E luccicava talmente tanto che dovette chiudere gli occhi.

«La terrò con cura, Maestà» rispose quasi senza fiato, rinfoderandola.

La regina sorrise, continuando a osservarlo. A quel punto tutti i soldati che stavano loro intorno si inchinarono a Simón, lasciandolo a dir poco confuso. Nel salone regnava il silenzio. Ana guardò sbigottita i soldati, non aveva mai visto una cosa del genere in vita sua, mentre Ema sorrise vedendo il suo amico così confuso e turbato.

Quando i soldati ebbero terminato l'inchino, la regina si voltò verso Ana.

«Ana, vi consegno Citrek» le disse, porgendole una borsetta marrone.

La ragazza slegò il nodo e tirò fuori una pietra grigio argento come l'ematite. La sollevò tenendola tra le dita, per guardarla controluce, e vide che il sole la attraversava.

«Quando avrete paura, vi infonderà forza e terrà lontano da voi qualsiasi pericolo».

«È bellissima, vi ringrazio, Maestà» ripose Ana, prendendosi un lembo del vestito e facendo una riverenza.

«Ma ora è arrivato il momento che impariate a usare le armi. Seguite Nilus, che sarà la vostra guida» disse Oisín con un gesto della mano.

«Sarà un onore insegnarvi l'arte della difesa» rispose il giovane in tono solenne. «Adesso, per favore, seguitemi nella piazza d'armi, ci aspetta una lunga mattinata».

Quando uscirono nel cortile videro che Nilus aveva preparato una serie di spade, pugnali e archi su un grande tavolo. Dall'altro lato c'era una specie di recinto circolare. Firret si fermò all'entrata e sgranò gli occhi perché sapeva benissimo a cosa serviva: lì dentro si rinchiudevano i cavalieri per addestrarli. Simón corse verso il tavolo assieme a Ema e Ana, che si fermarono ad ammirare i bellissimi pugnali tempestati di pietre preziose.

«Signore,» disse Nilus a Simón «se desiderate, potete prendere uno scudo».

Il ragazzo si voltò verso uno scaffale pieno di scudi di ogni dimensione, forma e colore. Uno era nero e ovale, un altro grigio con delle punte affilate, un altro ancora rosso e rotondo. Nel ripiano più basso ce n'era uno ovale, di dimensioni medie, che brillava come la spada. Aveva i bordi della parte superiore rialzati e nel mezzo, in rilievo, un bellissimo cavallo alato che reggeva un ramo di melo e apriva le ali verso il cielo. Simón si chinò e lo prese. Nilus non disse una parola, limitandosi ad aggrottare le sopracciglia.

«Milady» disse allora a Ema. «Milady» ripeté rivolgendosi ad Ana. «Anche voi dovete scegliere un'arma» proseguì, indicando loro il tavolo.

Ana sembrava indecisa: passava il dito su ogni singola arma – spade, pugnali e archi – ma era tutto talmente bello e perfetto da rendere difficile la scelta. Poi vide un pugnale con il manico bianco e il fodero nero, con una luna nel mezzo. Lo sguainò e lo brandì con forza. Sul fodero si leggeva la scritta *Valer in filur*.

«Cosa significa?» chiese.

«È in *àrmin*, la nostra lingua, e significa "con coraggio, senza paura"» rispose solennemente Nilus. «Ottima scelta, milady. Questo pugnale è fatto dell'unico materiale incorruttibile, l'acciaio delant. Non l'ha mai usato nessuno, quindi ritengo che sia stato creato apposta per voi».

Ana sospirò, emozionata, e prese il pugnale trepidante. Firret osservò l'arma; aveva sentito parlare dei pugnali Ehnnwn, i più temibili di tutto il regno, puro acciaio delant forgiato nel fuoco di Cállfir.

Intanto Ema percorreva il tavolo alla ricerca di un'arma che le piacesse. Osservò prima i pugnali, poi gli archi, finché non vide una piccola spada, un po' più lunga del suo braccio, e quando la sguainò si trovò davanti la lama più sottile che avesse mai visto. Era talmente leggera che, anche se la brandì male, le sembrò di stare muovendo un soffio d'aria.

«Posso prendere questa?» chiese, senza riuscire a togliere gli occhi dalla spada.

Nilus si voltò verso di lei e, tendendo la mano per chiederle di dargliela, la prese come se si trattasse di qualcosa di molto delicato.

«Milady, questa spada si chiama Piuma, ed è talmente sottile e leggera che, se la lasciaste cadere, giurerei che lo farebbe come una piuma».

Lo scudiero gliela restituì e Ema la tenne in mano per qualche secondo con un certo timore, perché se l'avesse fatta cadere, danneggiandola, sarebbe stata una grave responsabilità. Ma se Nilus aveva detto che si sarebbe comportata come una piuma, era sicuramente vero, e quindi la mollò lentamente. Allora la spada si librò nell'aria, muovendosi dolcemente da un lato e dall'altro come avrebbe fatto una piuma portata dal vento. Velocemente Ema si chinò e l'afferrò prima che toccasse terra.

I tre ragazzi e il furetto non riuscivano a credere ai loro occhi.

«Com'è possibile?» chiese Ana.

«Ma se è di metallo!» esclamò Ema.

«È incredibile...» disse a sua volta Simón.

«La magia dei Delant Ehnnwn viene dalla conoscenza, che è l'arma più forte, perché nessuno te la può sottrarre, ed è inesauribile, perché ogni giorno si impara qualcosa di nuovo. Questa spada è stata fatta per proteggere, ed è per questo che è così leggera».

Dopodiché Nilus li condusse dentro il recinto. Il primo a cimentarsi fu Simón, mentre le due ragazzine si misero da parte ad aspettare il loro turno. Sguainò la spada e la brandì. Nilus scoppiò in una fragorosa risata nel vedere come la teneva.

«Dovete imparare a pensare la spada come una parte della vostra mano, un'estensione delle dita». Lo scudiero sfoderò la sua e la sostenne puntandola al viso di Simón. «Si deve diventare tutt'uno con lei, afferrarla con entrambe le mani e brandirla muovendo solo le braccia».

Il ragazzino vide che Ana stava cercando di trattenersi dal ridere, allora distolse lo sguardo e si concentrò per tenere correttamente la spada. Il suo attacco fu rapido ma non troppo preciso, passando accanto a Nilus senza sfiorarlo. Alzò lo sguardo e fissò la spada: era troppo pesante, ma riusciva comunque a tenerla in equilibrio. Attaccò di nuovo, ma questa volta si concentrò su come muoverla. La spada cozzò contro quella di Nilus, che retrocesse, per poi contrattaccare. Ma Simón lo bloccò, poi afferrò lo scudo e parò un colpo del suo avversario. Dopo qualche minuto il ragazzo aveva già imparato le basi per proteggersi, o perlomeno per combattere in modo corretto. Poi fu il turno di Ana, che di armi non aveva nessuna esperienza, ma che si consolava pensando di riuscire a cavarsela, visto che un coltello in mano lo sapeva tenere. Entrò sistemandosi i capelli, passando accanto a Simón, che stava uscendo con un velo di sudore sulla fronte per andare a sedersi accanto a Ema, da cui ricevette i complimenti.

«Bene, adesso, mentre io mi occupo di lady Ana, voi potete spiegare i primi rudimenti a lei, sir Simón» disse Nilus prendendo un altro pugnale dal tavolo.

Il ragazzo assentì e Ema lo seguì all'interno del recinto per iniziare l'addestramento. Sguainò Piuma dal fodero e guardò attentamente l'amico, che le mostrava come tenerla, anche se per lei era più facile, perché la sua spada era più leggera.

«Non devi mai abbassare la guardia, Ema. Se lo fai, la cosa più probabile è che ti succeda quello che è successo a me con Nilus. Devi solo dirigerla verso di me con velocità e con forza. E stare sempre in guardia per riuscire a parare i colpi. Sei pronta?» le chiese sguainando Mukar.

«Sì, ma non attaccarmi con troppa forza» rispose timorosa Ema.

«D'accordo. Aumenterò il ritmo solo quando me lo dirai tu» disse il ragazzo sollevando la spada con entrambe le mani.

Ema la impugnò con una mano sola e aspettò che lui la attaccasse. Simón si limitò a prendere la spada, lasciando perdere lo scudo, per semplificarle le cose finché non avesse imparato a fronteggiare un nemico equipaggiato anche di quello. Ana guardò sua sorella con preoccupazione: era così piccola, non era più alta della spada del suo avversario, e si chiese se fosse saggio lasciare che si esponesse a un simile pericolo. Ma non poteva farci niente, doveva combattere con Nilus, che era un uomo grande e grosso, alto un metro e ottantacinque. Brandì il pugnale con un certo timore, ma non lo lasciò trapelare, perché Simón non se ne accorgesse. Si raccolse i capelli in una coda e attese che lo scudiero le dicesse cosa fare.

«L'attacco con il pugnale è diverso da quello con la spada. Il pugnale è silenzioso, e non si può attaccare direttamente. Inoltre è corto e bisogna avvicinarsi all'avversario, quindi va trattato come si farebbe con una posata: lo si porta lentamente verso il piatto, mai troppo velocemente, se non si vuole finire disarmati».

Ana prese il pugnale come avrebbe fatto con una forchetta e Nilus, che le stava di fronte, si fece da parte per permetterle di attaccare un avversario immaginario. La ragazza avanzò lentamente, non troppo sicura di quello che doveva fare. Il pugnale era più facile da maneggiare, ma era molto difficile pensare di usarlo contro un mostro.

«Molto bene, lady Ana. I movimenti vanno benissimo, siete molto agile, ma non lasciate che i vostri piedi seguano troppo i movimenti del pugnale, o cadrete. Continuate ad allenarvi così, mentre vado a vedere come se la cava vostra sorella con la spada».

Ema si muoveva con la grazia di una ballerina classica mentre brandiva la spada in aria: era decisamente la più agile dei tre. Nilus le si mise di fronte e le chiese di attaccare.

«Non lo farò» disse Ema. «Non voglio farvi male».

«Non mi farete male, milady, voglio solo che mi mostriate come attaccate». Nilus si mise in guardia e aspettò che la ragazzina attaccasse per prima.

Ema prese la spada a due mani e attaccò lo scudiero alle gambe, per farlo indietreggiare. Nilus fece un passo indietro schivando il colpo, Ema contrattaccò, ma il giovane parò il colpo di fronte, deviandole la spada. Ema attaccò nuovamente, schivando i colpi di Nilus, finché questi non alzò la mano per fermarla.

Passarono giorni e giorni ad allenarsi in questo modo, alzandosi prestissimo al mattino e continuando a combattere fino a notte fonda. Ognuno di loro si fortificò, ma in cuor suo non smise di nutrire qualche dubbio su quel viaggio. Finché non arrivò il giorno della partenza.

I tre ragazzini erano esausti, ma ormai erano stufi di aspettare. Fecero i bagagli, portando con sé anche tutto il pane, l'acqua e la frutta che poterono. Simón indossò una camicia di lino verde oliva e sopra si infilò una lunga tunica di lana nera, con le maniche che si potevano staccare e attaccare con dei cordoncini. Strinse il tutto con un cinturone di pelle marrone, a cui appese Mukar i berr, e calzò un paio di stivali marroni con le stringhe allacciate sul davanti. Quindi si sistemò lo scudo a tracolla e fece un profondo sospiro, sentendo un misto di eccitazione e di paura. Ana si mise una camicia grigia e una lunga tunica di lana azzurra che terminava a forma di foglia. Sopra indossò un gilet di cuoio marrone, stretto da un'alta cintura con le borchie, da cui pendevano il pugnale e Citrek, e si infilò una paio di stivali alti neri. Aveva i capelli raccolti in treccine su un solo lato, perché la regina l'aveva acconciata per combattere. I capelli di Ema invece erano sciolti, eccetto per la ciocca con cui Nianh le aveva fatto una treccina. Indossava dei pantaloni neri e una lunga tunica marrone sopra una camicia bianca, stretta dal corsetto che si era infilata sopra. Ai piedi aveva un paio di stivali marroni e alla vita una sottile cintura di foglie da cui pendeva Piuma.

Quando furono pronti, scesero in giardino, dove li attendevano il re e la regina con il loro seguito. Ma gli occhi di tutti non erano rivolti ai tre ragazzini in partenza, bensì al bosco di meli. Nianh dava il braccio a Oisín, che manteneva lo sguardo fisso al bosco. A fianco a lui c'era la misteriosa donna dal mantello bianco, con il viso nascosto sotto al cappuccio. I tre ragazzi si fermarono accanto al re, che li guardò e poi alzò il braccio per tornare a osservare i meli, che continuavano a dormire. Dal bosco uscì il Caradrio, che volò verso di lui, andando a posarsi sulla sua mano.

«Mio amato Siref, li hai chiamati?» gli chiese Oisín.

L'uccello assentì con un leggero movimento della testa. Il re lo accarezzò e si rimise a guardare il bosco. Si riusciva a intravedere un biancore che avanzava lentamente tra gli alberi, e piano piano si moltiplicava, finché non fu chiaro che si trattava di una ventina di cavalli di una bellezza rara, con il manto finissimo, bianco come le nuvole del cielo, e gli occhi talmente scuri da sembrare di ossidiana. Dalla loro schiena spuntava un paio di ali. I cavalli avanzarono lentamente verso il re, chinando la testa in segno di rispetto. Il re avanzò a sua volta verso di loro e si inchinò, imitato da tutto il seguito. I tre ragazzi guardarono i cavalli, e vedendo che tutti chinavano la testa, fecero altrettanto.

«Siate i benvenuti» disse Oisín.

I cavalli osservarono i ragazzini. I loro occhi erano talmente profondi che ad Ana sembrò che non avessero fine, ed ebbe un vago senso di paura.

«È un piacere essere di nuovo a Pérfel. Il nostro patto permane, e com'è stato più di duemila anni fa, torniamo da voi» disse il cavallo che era sbucato fuori dal bosco per primo, avanzando verso il re.

«Uomini di un tempo,» disse un altro cavallo guardando Simón «non avrei mai pensato di rivedervi così numerosi.

Ma lasciate che mi presenti. Sono Teluc, e questa è la mia famiglia. Lui è mio figlio Velmud» aggiunse indicando il cavallo che aveva appena parlato.

«Piacere, Teluc. Mi chiamo Simón e loro sono Ema e Ana» rispose il ragazzo chinando il capo.

«Vostra Altezza, da quale luogo vengono i vostri ospiti?» chiese il cavallo che aveva parlato per primo.

«Vengono da molto lontano, sono giunti qui attraverso un cammino magico, tra questo mondo e il loro, caro Velmud».

Teluc si scrollò e guardò verso il bosco.

«I meli si sono addormentati, alla fine, e continueranno a dormire fino al primo sole del solstizio» osservò. Sembrava che sentisse la nostalgia di qualcosa nel bosco.

«Saranno giorni molto lunghi, Teluc. Per questo ho chiesto a Siref di chiamarvi. L'oscurità si avvicina da nord verso est, i signori della pietra hanno bisogno del nostro aiuto» disse Oisín a bassa voce, quasi in un sussurro. «Myrddin mi ha inviato una missiva da Sílgard perché si vada in loro soccorso. Per questo mi sono rivolto a voi».

«La guerra è iniziata» sussurrò Velmud, con lo sguardo perso nel vuoto. «Il silenzio di Gall-hurr è durato molto e adesso è arrivato il momento di far tremare la terra e far rimbombare i cieli. Noi Zajir non abbiamo mai abbandonato gli Ehnnwn e questa volta non costituirà un'eccezione».

Oisín sorrise, sguainando la spada e conficcandola nella terra. Strinse l'impugnatura e vi appoggiò la testa, con gli occhi chiusi. Ema smise di fissare il re per guardare i cavalli. Erano altissimi. Si chiese quanto misurassero le loro ali quando erano aperte. “Deve essere uno spettacolo magnifico” pensò.

«La mia anima e la mia spada sono di nuovo vostre. Il ritorno degli uomini e il patto degli Zajir con i Delant Ehnnwn verrà ricordato in eterno» disse solennemente il re.

«Sire, ordinate cosa dobbiamo fare e noi lo faremo immediatamente» disse Velmud.

Ana era emozionata, non aveva mai visto dei cavalli così belli. Quelli che suo padre utilizzava per trainare la carrozza erano molto più piccoli, e poi non avevano le ali e non erano di un bianco così candido. Cercò Firret con lo sguardo, ma non lo vide da nessuna parte. Dov’era finito il furetto?

«Partite subito verso le terre verdi di Gall-hurr e chiamate tutti i cavalli Zajir, ma non volate, ci sono troppi pericoli nell’aria. Gli omuncoli e i goblin hanno occupato quasi tutte le strade più veloci. È meglio che cavalchiate. Portateli a Pérfel, ma fate attenzione, i Perlustratori di Firkling sono dappertutto. Appena arriverete, partiremo per Sílgard».

«Ai vostri ordini, Maestà. Partiamo immediatamente. Arrivederci, Dhardans» disse Teluc guardando i ragazzi. «Che il vostro cammino resti lontano dall’oscurità».

Ana, Ema e Simón si inchinarono e i cavalli galopparono verso il bosco dei meli, allontanandosi. Il re e la regina si voltarono verso di loro e li guidarono, con il resto del seguito, verso il lato orientale del bosco, dove scorreva il fiume che passava sotto la città. Quando arrivarono trovarono una barchetta pronta a partire. Vi salirono e videro l’acqua cristallina sotto di loro, sentendo lo sciabordio della corrente. Simón si sedette e prese i remi, mentre Ana si accomodò nella parte più lontana da lui. Ema si piazzò al centro, in piedi, e cercò Firret con lo sguardo. Il furetto apparve tra gli alberi, con un'aria piuttosto affaticata e lo sguardo perso. Teneva la coda bassa, e quasi la trascinava per terra, con gli occhi appannati, o almeno così sembrò a Ema, che però non disse nulla.

«Aspettate! Aspettate! Io vengo con voi, ve lo siete dimenticati?» urlò Firret saltando nella barca.

«Dov'eri?» chiese Ana.

«Stavo pescando, non so quanto durerà il viaggio. Ci sono posti dove il sole non arriva e la vegetazione è morta da tempo. Lì non si trova niente da mangiare» rispose, lasciando cadere la borsa sul fondo della barca. Poi guardò Oisín e Nianh.

«Seguite il fiume finché non vedrete una radura» disse la regina indicandone il corso. «Lì troverete una grande strada che entra nel bosco. Seguitela finché non arriverete a una terra verde sulla quale si ergono due montagne, con un vulcano attivo nel mezzo. Da lì dovrete salire sulle pendici del vulcano fino ad arrivare a Cállfir».

Il re si avvicinò alla barca e consegnò una pergamena a Simón. Era un rotolo sottile, con un sigillo di cera. Poi cercò nella tasca e ne estrasse una piccola penna cremisi, larga e lunga, ma morbida come il cotone, tutta picchiettata di puntini d'oro. Simón la prese in mano e la ripose nella borsa che teneva appesa alla cintura.

«Datela a Frey. È una penna di Avalerion, così saprà che sono io a mandarvi. E chiedetele il suo aiuto» disse allontanandosi dalla riva. «Che la luce della Stella del Sud sia con voi».

Ema prese l'altra coppia di remi e iniziò a vogare assieme a Simón. Era facile condurre la barca perché andavano nel senso della corrente e non dovettero fare troppi sforzi per prendere il largo.

Capitolo XIII

Il fiume di pietre e la musica del bosco

La quiete di Pérfel era ormai lontana, adesso sentivano il rumore dell'acqua sotto di loro e il vento che faceva stormire le fronde degli alberi. Anche il rosso delle mele aveva ceduto il passo a un verde ininterrotto. Il sole stava per tramontare, ma c'era ancora sufficiente luce per poter arrivare alla radura prima che calasse la notte. Ema aveva remato per quasi un'ora, e adesso si sentiva stanca, quindi cedette il posto ad Ana. In quel momento Firret, che aveva fissato l'acqua tutto il tempo, tirò fuori la mappa che aveva dato loro il re.

«Dobbiamo andare di lì, faremo prima» disse puntando il ditino in direzione di quello che sembrava un angusto braccio laterale del fiume, che formava una sorta di canale.

«Ma la regina ha detto di andare di qui» rispose Ana guardando il corso principale.

«Sì, ma io conosco questi boschi e vi dico che è più veloce se si va di lì» insistette il furetto.

I ragazzini guardarono il canale e poi il tratto di fiume che stavano percorrendo e, fidandosi di Firret, si diressero verso il punto che aveva indicato, remando lentamente, fino ad addentrarsi nel bosco. Lì i tronchi degli alberi, che erano altissimi, erano rivestiti di muschio, che cresceva anche lungo la riva. Il terreno era completamente ricoperto di foglie, ovunque si vedevano funghi enormi, assieme a centinaia di più piccoli, e l'odore di terra era molto forte. Ema si sforzò di guardare in lontananza, tra gli alberi e gli arbusti, ma la vegetazione era troppo fitta per riuscire a vedere qualcosa che non fosse una pianta, anche perché c'era poca luce sia per tutto quel verde che non lasciava filtrare neanche un raggio, sia perché il sole era ormai calato, quasi a voler rendere buia quella parte del bosco.

Ana mollò i remi e guardò il cielo. Era stanca, non ce la faceva più a vogare, e aveva sete, ma non voleva sprecare l'acqua pura di Pérfel. Si chinò sul fiume e vi immerse le mani a coppa, per bere. Avvertì una sensazione di viscido, come se l'acqua fosse più pesante del normale, e quando tirò su le mani vide che, assieme a questa, aveva raccolto anche del fango misto a foglie e ramoscelli. Si accorse allora che il fiume era scuro per la melma. Aprì immediatamente le mani, per lasciare andare l'acqua con un'espressione di disgusto, e si voltò verso Firret, che continuava a fissare il bosco, come se non si fosse reso conto che erano finiti in una palude.

«Questo posto è pieno di fango» disse pulendosi le mani con uno straccio che aveva portato con sé. «Dobbiamo prendere un'altra strada».

«No!» disse il furetto alzandosi sulle zampe posteriori. «Voglio salvare la mia tana, non possiamo perdere tempo e la strada che stavamo facendo era troppo lunga. Se vogliamo arrivare in fretta a Cállfir, sarà meglio prendere tutte le scorciatoie possibili».

«Suppongo che tu abbia ragione, ma io detesto la melma. E poi remare qui è molto faticoso, l'acqua è troppo spessa per il fango e i remi non si muovono» sospirò Ana guardandosi intorno.

«Lo so, ma ne vale la pena, perché ci accorcia di molto la strada».

Simón continuava a remare, aiutato di nuovo da Ema che, nonostante fosse stanca, desiderava uscire di lì più ancora che riposare: non le erano mai piaciuti i luoghi chiusi, tantomeno se erano anche bui.

«Sono sicuro che siamo quasi arrivati, mi pare di vedere una luce» disse Simón aguzzando la vista, senza troppo successo.

«Fantastico! Così potremo uscircene in fretta» aggiunse Ema, accelerando il ritmo della vogata.

I due ragazzini remarono con tutte le loro forze, smuovendo il fango sotto la superficie dell'acqua e facendo procedere velocemente la barca, finché non arrivarono alla luce. Lì gli alberi erano più radi e si riusciva a vedere molto meglio il tratto di fiume su cui stavano avanzando, che improvvisamente si animò per il ronzio delle zanzare e il gracidio dei rospi. Simón abbassò lo sguardo e ne vide uno a filo d'acqua. Questo distese improvvisamente le quattro zampe e il ragazzino lasciò i remi per chinarsi a guardarlo meglio, ma l'acqua si agitò e in un baleno il rospo sparì in un mulinello di fanghiglia.

Simón guardò dall'altro lato della barca, per vedere se per caso fosse lì, ma il rospo era scomparso. Ema notò uno smarrimento nell'espressione del ragazzo, quando un forte colpo scosse la barca, facendola tremare. Ana lanciò un urlo e si aggrappò al bordo, Firret si sporse sull'acqua, tenendosi ben stretto anche lui, ma vide solo le piante che crescevano nel fiume. Ema si alzò in piedi per cercare di capire cosa stesse succedendo, ma quando la barca tremò di nuovo perse l'equilibrio e cadde seduta. Simón affondò il remo nell'acqua.

«Dobbiamo continuare, o andremo a fondo!» urlò.

«Ma cosa sta succedendo?» chiese Ana.

La barca riprese a tremare, ma questa volta il colpo fu tale che per poco non li fece cadere in acqua. Ema e Simón raddoppiarono il ritmo della vogata, per cercare di arrivare a riva il più in fretta possibile, ma prima che riuscissero ad approdare un altro colpo li fece tremare, e questa volta sul fondo della barca si aprì un grande buco. L'acqua vi entrò rapidamente, appesantendola e rallentandone la velocità.

«Stiamo affondando!» urlò Firret, vedendo la grossa falla.

Il furetto cercò di tappare il buco con le sue piccole zampette, ma questo era troppo grande e l'acqua continuava a entrare. Non appena si avvicinarono alla riva, i quattro saltarono fuori dalla barca e cominciarono ad avanzare verso il bosco nell'acqua bassa, mettendo i piedi sui sassi che formavano una specie di sentiero nell'acqua. Saltavano di pietra in pietra per non finire nel fango, ma queste iniziarono a muoversi, spalancando bocche enormi con cui cercarono di morderli. Erano piatte, ma avevano degli occhietti sporgenti e si muovevano sulle zampe come fanno le rane.

«Ahi!... Ma questi cosi mordono!» urlò Simón.

Dall'acqua ne uscirono a centinaia e attaccarono la barca, in un turbine. Ogni pietra che calpestavano si trasformava in una bocca pronta ad affondare i suoi denti affilati nelle loro carni. Firret si arrampicò sulle spalle di Simón, che cercava di non calpestarne neanche una, per non risvegliarle.

«Non passateci sopra» sussurrò alle due ragazze, che rimasero immobili nel fango. «Se non si pestano, non fanno niente».

Il turbine di pietre smise e il fiume alla fine si calmò. Dalla superficie dell'acqua se ne vedevano spuntare diverse, che misero fuori i loro occhietti neri sbattendo lentamente le palpebre, senza degnare di uno sguardo i ragazzini, i quali le fissavano immobili, con le braccia alzate e i piedi nell'acqua. Alcune chiusero lentamente la bocca, lasciando uscire delle bolle d'aria, poi chiusero anche gli occhi, che sparirono come risucchiati nella superficie levigata, trasformandole di nuovo in normalissime pietre.

«Non pestatene neanche una, camminiamo lentamente verso la riva» sussurrò Simón avanzando in punta di piedi.

Ema era la più veloce, perché, essendo la più piccola del gruppo, i suoi piedi non occupavano molto spazio, e fu quindi la prima a raggiungere la sponda, dove li aspettò. Poi arrivò Simón, con i capelli umidi e Firret sulle spalle, che si portava dietro la borsa piena di pesce. Ana era tutta sporca di fango e aveva gli occhi sbarrati; quando fu abbastanza lontana al fiume, corse ad abbracciare sua sorella.

«Ma cos'erano quegli affari?» chiese pulendosi il vestito.

«Non lo so» rispose Simón lasciandosi cadere a terra, esausto.

Ema si sedette su un tronco d'albero caduto e prese il libricino che le aveva dato la regina Nianh prima di partire. «Creature del fiume» disse e grandi lettere verdi si disegnarono sul libro, apparendo come onde in mezzo alla pagina a formare la scritta:

Creature di fiumi e di laghi

La ragazzina sfogliò le pagine alla ricerca di qualcosa che potesse svelarle chi li aveva attaccati e tra cento disegni trovò l'immagine che cercava. Sembrava una semplice pietra nel fiume, ma dalla superficie dell'acqua spuntavano due occhietti. Sotto lesse questa spiegazione:

Pesci coda di pietra

Possono sembrare sassi di fiume nei punti in cui l'acqua è più bassa. Si nutrono di insetti e sembrano non gradire affatto essere calpestati, poiché attaccano mordendo gli incauti che osano farlo.

«Caspita!» esclamò tutt'a un tratto Simón guardando il bosco che li circondava. «E adesso come facciamo ad arrivare a Cállfir prima che diventi buio?»

«Questa sì che è una bella domanda» rispose Ana, pulendo il tronco dov'era seduta sua sorella per appoggiarvisi a sua volta.

«È tutta colpa mia. Se non avessimo preso la scorciatoia, adesso saremmo già a metà strada» disse Firret in tono lamentoso, con gli occhi pieni di lacrime.

I tre ragazzini si alzarono in piedi e lo abbracciarono. Il furetto si asciugò gli occhi, mortificato.

«Non colpevolizzarti, Firret, poteva succedere a chiunque. Credo che ormai non siamo molto lontani da Cállfir» disse Ema. «C'è ancora luce e possiamo camminare un altro po'».

«No, io non ci penso neanche a muovermi di qui. Sono stanchissima e poi fa già troppo buio in questo posto, potremmo fare incontri ancora peggiori...» Ana si tolse la borsa che portava a tracolla e incrociò le braccia.

«Be', su questo hai ragione» disse Firret, che camminò fino a quella che sembrava una radura in mezzo al pantano. Lì la terra era secca e c'era anche sufficiente legname per poter accendere un fuoco. «Dovremmo riposarci qui fino a domattina. Partiremo quando sorgerà il sole».

I tre ragazzini accettarono e si misero a raccogliere la legna per il falò. Nessuno di loro sapeva cucinare, ma grazie ai Delant avevano frutta, sidro di mele e acqua, e potevano quindi mangiare senza doverci pensare. Ognuno prese una mela, dell'uva e un po' di sidro, sedendosi intorno al fuoco.

«Devo dormire per terra, e questa è la cosa peggiore che poteva capitarmi» brontolò Ana, tirando fuori dalla borsa una coperta, che stese sul terreno per sedervisi sopra.

«Sapevo che il mondo era grande, ma non pensavo che lo fosse così tanto» disse Simón guardando il fuoco.

«Non dirlo a me,» intervenne Ema, mordendo la sua mela «che fino a pochi giorni fa credevo che arrivasse fino all'Egitto e al Giappone, e adesso mi ritrovo in questo luogo magico!»

Non si vedeva granché, il buio avvolgeva ogni cosa e anche la luna era coperta dagli alberi che svettavano altissimi sopra di loro, incrociando i loro rami in modo da non lasciar passare nemmeno un filo di luce. Si sentiva solo lo scoppiettare della legna sul fuoco e il canto dei grilli e dei rospi tutt'intorno. Dal fiume arrivava l'aria fredda della notte e ognuno si avvolse nella sua coperta.

«Firret?» chiamò Ema.

«Sì?» rispose il furetto tirando fuori un pesce dalla borsa.

«Siamo molto lontani da Stall?» Ema non aveva dimenticato quello che aveva detto il re a proposito della strega.

«Be', sì. Nessuno però si arrischia a viaggiare per quei boschi, perché si dice che chi vi entra non vi fa ritorno» rispose il furetto addentando il pesce. «Ma chi ti ha parlato di Stall?»

«Re Oisín. Ci ha detto che c'è un regno in cui governa una terribile strega, che comanda gli omuncoli» rispose Simón.

Firret rimase in silenzio. Aveva sentito parlare di quella strega, ma non l'aveva mai nominata. Le storie che si raccontavano sulla sua crudeltà facevano gelare il sangue e quindi preferiva non affrontare l'argomento.

«Di che strega state parlando?» chiese Ana avvicinandosi al fuoco.

«Si chiama Brynhilb, è una donna molto potente. Prima regnava sulle montagne ruggenti, ma poi successe qualcosa, qualcosa che la rese malvagia, e adesso governa Stall, un regno in cui piove sempre, al di là di Qultre Dhagar, nei boschi. Per questo la chiamano Bryn della Pioggia». Firret prese un altro pesce e lo offrì a Ema, che era seduta accanto a lui. «Ne vuoi uno? Sono da leccarsi le dita» le disse mostrandoglielo con un bel sorriso. «Ho anche delle anguille, fatte alla brace sono deliziose».

«No, grazie. La frutta mi ha saziato, ma ti ringrazio dell'offerta» rispose Ema, cercando di cambiare discorso.

«Di nulla. Magari domattina» rispose il furetto.

«C'è una cosa che non riesco ancora a capire: per quale ragione Brynhilb è entrata in guerra?» chiese Ana aggrottando le sopracciglia.

«Nessuno lo sa, ma quel che so è che il mondo non ha mai visto tanta malvagità e nessuno ha mai assistito a una guerra come quella che si sta preparando» disse Firret chiudendo la borsa, e si accoccolò accanto a Ema. «È ora di dormire. Domattina ci aspetta un lungo cammino».

Si diedero tutti la buonanotte e sparirono sotto le coperte. Anche se dormire per terra era molto scomodo, caddero subito tutti in un sonno profondo, vinti dalla stanchezza.

Sulla palude aleggiava l'odore del fumo. Tutt'intorno si sentiva solo l'ululato del vento, i grilli si erano zittiti e i rospi se n'erano andati a nuotare nel fiume. Ana si mosse, intirizzita dal freddo, e sentì una melodia dolcissima. Aprì gli occhi e si mise a sedere. Era molto buio e l'unica cosa che si riusciva a vedere erano i tizzoni ardenti in mezzo a loro. Ema e Simón dormivano e Firret era l'immagine stessa del sonno, russava che era una meraviglia.

La melodia veniva da dietro gli alberi. Ana prese la coperta, se la mise sulle spalle, e avanzò sull'erba fredda cercando di aguzzare la vista nel buio. Si fermò dietro a un albero e si sporse, ma non riuscì a vedere granché, perché non c'era abbastanza luce. La musica lì era alta e a un certo punto si sentì il suono di un violino. La ragazzina cercò di ascoltare meglio: era una melodia allo stesso tempo dolce e allegra, come se si stesse celebrando qualcosa, e si sentivano anche delle voci che parlavano sussurrando. Senza rendersene conto, si ritrovò a muovere il piede destro, trasportata da quella musica meravigliosa, e poi anche il sinistro. Si aggrappò all'albero con entrambe le mani, ma i piedi la portarono in mezzo alla radura che era al di là. Chiuse gli occhi, dondolò la testa al ritmo della musica, e si avvicinò danzando al punto da cui questa proveniva, all'interno di un grande cerchio di funghi delle fate, che superò.

Riaprì gli occhi e vide un gruppo di musicisti. Uno suonava un tamburo, un altro un piccolo flauto e un altro ancora un violino. Erano tutti e tre molto piccoli, non più di cinque centimetri, mentre gli altri erano un po' più alti, e portavano un cappello fatto di foglie, come lo erano i vestiti. Alcuni avevano il viso verde, altri giallo. I musicisti suonavano girando intorno al cerchio, assieme a molte altre minuscole creature. C'erano donnine piccole come una matita, che indossavano ampie sottane, e qualcuna di loro aveva anche le ali, come quelle delle farfalle. Altre erano più basse e ricoperte di peli, altre ancora di statura media, con grandi orecchie e vestiti fatti di foglie.

Il cerchio era uno spazio riservato alla danza e Ana vi entrò, come attirata da una calamita. Girava in tondo, felice di poter ballare, trasportata da quella bellissima melodia, in mezzo alle facce contente di tutte quelle creature che le saltellavano intorno, facendo giravolte e danzando leggere. "Vorrei che non finisse mai" pensò, anche se il suo corpo, già stanco, le diceva il contrario.

Ema aveva l'abitudine di alzarsi a mezzanotte a bere. Sbatté le palpebre per abituare gli occhi all'oscurità e si tirò su. Simón dormiva e Firret, da come russava, era chiaramente nel mondo dei sogni. Si alzò in piedi e andò da Ana per prendere la borraccia, ma sua sorella non c'era. Si mise la coperta sulle spalle, perché faceva molto freddo, e andò a cercarla nel bosco.

«Ana, Ana, dove sei?» sussurrò, chiudendosi bene i lembi della coperta sul petto.

Camminò sino all'altra parte del bosco, dove c'era il braccio di palude che avevano percorso, ma non trovò nessuno, quindi tornò indietro. Solo allora sentì in lontananza una melodia, e seguendola si diresse verso gli alberi che si trovavano al di là del punto in cui si erano messi a dormire, finché non arrivò a una radura.

Non si vedeva granché, ma quando giunse nei pressi sentì delle voci cantare al suono di diversi strumenti. Si nascose dietro un arbusto, sbirciando tra i rami, e vide uno spettacolo che non avrebbe mai potuto immaginare: una danza sfrenata in cui piccoli esseri ballavano in cerchio, saltando e svolazzando con ali uguali a quelle delle farfalle. Ma non fu quella visione a spaventarla: quello che la atterrì fu vedere sua sorella in quel ballo, che girava danzando al ritmo di quella vivacissima musica. Si voltò, con la gola secca per l'angoscia, e corse a svegliare Simón e Firret. Ma era difficile, perché il buio e le radici che spuntavano dal terreno la fecero inciampare diverse volte, finché a farla cadere, sbucciandosi un ginocchio. Ema avrebbe avuto voglia di piangere tutte le sue lacrime, ma si limitò a qualche singhiozzo, mentre cercava di scorgere nell'oscurità dove fosse il loro accampamento. Quando ci arrivò, corse da Simón e lo scosse, prendendolo per la camicia.

«Simón, Simón! Alzati, è orribile!» urlò, cercando di svegliarlo.

«Che cosa c'è? Torna a dormire, Ema, è notte fonda» bofonchiò il ragazzino, mezzo addormentato.

«No, no! Ana, non so cosa le stia succedendo! Sembra stregata!»

Simón aprì gli occhi e guardò verso il punto cui si era messa a dormire Ana.

«Cosa succede, ragazzi? È tardissimo, dormiamo!» disse Firret, guardando prima Simón e poi Ema.

Il ragazzo si alzò e prese la spada. Vedendolo, anche Firret si tirò su, dandosi una scrollata per svegliarsi.

«Dov'è, Ema?» chiese Simón guardando negli occhi l'amica.

«Laggiù, verso quella radura» rispose la ragazzina, tra i singhiozzi.

I due vi si incamminarono, avanzando lentamente.

«È lì, dove si sente la musica» disse Ema, lasciandosi guidare dalla melodia.

Ma per quanto Simón si sforzasse di ascoltare, non sentì nulla, solo il rumore del vento tra i rami e le radici.

«Non sento niente, non c'è nessuna musica, Ema» disse, tendendo l'orecchio per cercare di captare qualcosa.

«Nemmeno io» disse Firret, fermandosi ad ascoltare. «No, non c'è nessuna musica».

«Ma sì che c'è! C'è un violino e anche un flauto, e altri strumenti che non conosco, e cantano anche. Ascoltate con attenzione» insistette Ema.

«Va bene, ti credo. Mi è già successo una volta di non farlo, e... Andiamo!» sussurrò Simón.

Si fece largo con la spada, tagliando le erbacce e le radici che ostacolavano il cammino, finché non arrivarono alla radura. Ema corse immediatamente verso gli arbusti e indicò il cerchio. Simón ebbe un sussulto nel vedere quello spettacolo e Firret scrollò la testa andando a nascondersi dietro di lei.

«Questo è un autentico orrore! Non va bene, nossignore, non va per niente bene!» esclamò il furetto.

«Ma cos'è?» sussurrò Simón vedendo illuminarsi la radura grazie a centinaia di lucciole che in realtà non erano lucciole, ma piccole creature luminose che volavano.

A Ema venne in mente Rarr, il libro che le avevano dato i Delant, cercò nella tasca e lo tirò fuori.

«Fate» disse, sollevando il libro nella poca luce; cercò tra le pagine finché non vi comparve una piccola macchia d'inchiostro. Dopodiché iniziarono ad apparire delle bellissime lettere azzurro chiaro, con i bordi d'oro, e in mezzo una creatura con un fiore giallo in testa e piccole ali sulla schiena, come una libellula. Era verde chiaro, molto simile a un insetto, ma con qualcosa di umano. Le lettere dicevano:

Fate e creature del bosco

Ema girò rapidamente le pagine finché non vide un cerchio disegnato, molto simile a quello in cui stava ballando

Ana, circondato da fate, silfidi, pixie, spiriti del bosco e altre creature. Allora lesse a voce alta quel che c'era scritto sotto.

Cerchi delle fate

Spesse volte le piccole creature si incontrano per festeggiare nel bosco. Ciò non rappresenta un pericolo per nessuno, purché si tenga lontano dal cerchio, dal momento che, se vi entra, rimarrà stregato dalla musica e inizierà a ballare senza controllo. E questo è pericoloso, poiché, se nessuno accorre in suo aiuto, continuerà a ballare, e per chi balla sarà una danza che dura sette minuti, ma una volta terminata, si renderà conto che in realtà è durata sette anni, se non di più.

Il modo più semplice per rompere l'incantesimo è strappar via la persona stregata dal cerchio, e per farlo bisogna che qualcuno metta dentro un piede, mentre un amico lo trattiene per i vestiti, e tiri fuori con uno strattone colui che sta danzando.

Sentendo ciò, Simón si alzò in piedi uscendo da dietro gli arbusti, seguito da Firret e da Ema, che continuava a guardare la bella immagine del cerchio delle creature del bosco disegnata nel libro.

«E adesso cosa facciamo?» chiese la ragazzina.

«Entro io e voi mi aiutate» rispose Simón, appendendosi la spada alla cintura.

«D'accordo. Ma è sicuro entrare lì dentro?» chiese Firret guardando il ballo.

«Non lo so, ma che altro potremmo fare?» rispose il ragazzo facendo un passo verso il cerchio.

Man mano che si avvicinava, la musica gli arrivava sempre più forte, come quando si alza il volume di una radio, e a Simón venne in mente quella nuova di suo nonno, il cui volume aumentava lentamente, man mano che le valvole si riscaldavano. Adesso riusciva a sentire bene la musica, tanto che si mise a sbadigliare e a sbattere le palpebre mentre avanzava trascinando i piedi, portato dal suono verso il cerchio che girava rapidamente tra canti e balli. Avrebbe voluto entrarci, danzare con Ana, che sorrideva felice tra le piccole creature. Fece ancora qualche passo, avvicinandosi sempre di più, e stava per entrare quando Ema corse da lui e lo prese per la camicia, tirandolo a sé. Simón si voltò a guardarla.

«Non so cosa sia successo, era come se avessi moltissimo sonno» disse.

«Cerca di non ascoltare la musica o finirai come Ana» gli raccomandò Firret, da dietro la ragazzina.

Simón assentì, fece un respiro profondo e ritornò verso il cerchio. Vi mise dentro una gamba, vedendo passare davanti a sé una gran quantità di ali di libellula, donne talmente piccole che sarebbero state nell'incavo della sua mano, con un paio di ali d'ape sulla schiena. Ema lo tenne con forza per la camicia, mentre Firret la teneva a sua volta per una gamba. Allora Simón tese il braccio ad Ana, che continuava a danzare in cerchio con molte di quelle piccole creature sulla testa e sulle spalle.

«Ana, svegliati! Dammi la mano!» le gridò, tendendole il braccio più che poteva.

La ragazza non sembrava ascoltarlo, perciò, quando lei gli arrivò vicino, la prese per la tunica.

«Tirate! L'ho presa, tiratemi via!» gridò Simón, tenendola stretta, mentre il cerchio diventava sempre più vorticoso.

Ema tirò Simón con tutte le sue forze, Firret fece lo stesso con lei, e Simón tirò a sua volta Ana. Il cerchio girava così velocemente che rischiarono di cadere. Ema si sedette per terra e lo guardò mentre continuava a girare, poi si voltò verso sua sorella, che si stava sedendo per cercare di capire che cosa fosse successo.

«Dove sono?» chiese Ana, che sembrava molto affaticata da tutto quel ballare.

«Non ti ricordi niente?» le chiese Simón.

«No, ero addormentata e quella musica... sì, quella musica, c'era della musica...» Solo allora vide il cerchio di fronte a sé.

«Andiamo a ballare, ragazza» le sussurrò una voce soave sulla spalla. E guardando di lato Ana vide una donnina con delle ali di falena.

«Sì, dai, andiamo a ballare» disse un'altra voce che proveniva dall'alto.

Ema si alzò per vedere cosa avesse sulla testa sua sorella e vide una creatura molto strana, verde, con lunghe orecchie ripiegate e una pigna come copricapo. Ana lanciò un urlo che risuonò nel bosco prima di scrollarsi di dosso tutte quelle creature, che tra risatine e sorrisini fuggirono di corsa o in volo verso il cerchio, il quale lentamente svanì nell'azzurro dell'alba.

«Che orrore! Cos'erano quegli affari?» chiese Ana, cercando di trattenere i brividi.

«Fate, o perlomeno così si dice qui» le rispose Ema guardando Rarr.

«È davvero ingiusto che queste cose succedano solo a me!» sbuffò la ragazza incrociando le braccia.

«È quel che accade se ti alzi a mezzanotte a inseguire la musica nel bosco» le rispose Ema.

«E ti è ancora andata bene» aggiunse Firret guardando il cielo sopra la radura, che era diventato azzurro. Stava sorgendo il sole.

«Credo che sia ora di partire, questo posto non mi piace per niente» disse Ana avviandosi verso il punto in cui avevano lasciato tutte le loro cose.

Capitolo XIV

Lo Stregone Cupo

Nessuno volle più parlare di ciò che era successo quella notte. Ana decise di dimenticarlo, anche se non avrebbe mai dimenticato la musica di quel ballo. Guidati dalla mappa, arrivarono in un luogo che non vi era menzionato. Era una grande pianura verde che si estendeva a perdita d'occhio e nella quale non cresceva un solo albero. Sopra di loro il sole brillava forte, riscaldandoli, cosa che Ema apprezzò molto, dato che la notte precedente aveva patito il freddo. Simón si fermò e aspettò che Firret gli indicasse la strada, visto che era lui a tenere la mappa, oltre al fatto che conosceva quelle terre molto meglio di tutti loro.

«Bene, e adesso da che parte andiamo?» chiese Ema, guardando la sconfinata pianura.

«La mappa dice che più avanti c'è un sentiero che porta alla strada che dobbiamo prendere noi. Se facciamo quella, di sicuro domani notte saremo arrivati» sussurrò il furetto dandole un'occhiata.

«Allora non perdiamo altro tempo, anche perché non è bene fermarsi troppo in un posto, visto che non abbiamo nessuna certezza che i goblin o gli omuncoli non ci stiano sorvegliando» sussurrò Ana, guardandosi attorno.

«Mi sembra una buona idea» ribatté Firret.

Quella parte della pianura era molto silenziosa, come se non ci fossero uccelli, ed era anche molto bella, con l'erba che cresceva bassa, disseminata di denti di leone. Dopo avere camminato un po', si trovarono a scendere un pendio, in direzione di un sentierino che correva tra gli alberi. Si trattava di alberi bassi, simili ad arbusti, dai bei fiori bianchi molto profumati. Ci camminarono in mezzo, scendendo sempre di più, finché ai loro occhi non apparvero le rovine di quella che era stata una città, con muri alti come montagne e statue di conigli erose dal tempo. Ai ragazzini fece uno strano effetto, perché non avevano mai visto una cosa del genere: non c'era dubbio che quella era stata una città di conigli, perché c'erano centinaia di tane e grandi campi di carote, ormai abbandonati.

Avanzarono tra i muri e le tane, facendo attenzione a dove mettevano i piedi, perché il terreno era cedevole. Intorno a loro regnava il silenzio.

«Dove siamo?» chiese Simón.

«È molto bello, ma è un po' desolato» osservò Ema.

«Fatemi vedere» disse Firret prendendo la mappa. «Uhm... Ah, sì, eccolo qui. Siamo a Éllëgur, la città sotterranea».

«Sotterranea? Significa che la città è sotto di noi?» chiese Ema pestando forte un piede.

«Be', sì... Cioè, no... È che ormai è abbandonata» la voce di Firret, intento ad ammirare le rovine dietro di loro, suonò distante.

Si voltarono tutti a guardare gli spessi muri ormai diroccati, avvicinandosi a quelle che erano state un tempo le entrate delle case, di cui non restavano che macerie sparse un po' ovunque.

«Chi può avere abbandonato un posto così bello?» chiese Simón, addentrandosi sempre di più nella città, tra gli alberi bianchi.

«Molto tempo fa» spiegò Firret «quando Dral reggeva Verda, il regno dei conigli si estendeva molto al di là di questo luogo, tutto al di sotto della superficie della terra, non in profondità come quello dei nani, ma comunque sotterraneo». I ragazzini ascoltavano attentamente quello che raccontava loro il furetto. «In quei giorni un male devastò questo mondo. Anche se non era ancora scoppiata la guerra tra i Poltraits e i Far Muhltres, qualcosa era cambiato: si dice che serpeggiasse la paura, che le piante marcissero e che il cielo fosse sempre buio e piovoso. Vi chiederete che cosa fosse. Ebbene, nessuno lo sa, alcuni dicevano che arrivasse di notte, altri che gli piacesse portarsi via i cuccioli dei conigli. Ma i conigli sono molto coraggiosi, e mentre alcuni animali fuggivano, loro no, decisero di restare e di lottare contro chiunque fosse arrivato. Il male, però, era talmente potente che furono sconfitti e dovettero fuggire da Éllëgur, per non tornarvi mai più».

«E dove andarono?» chiese Ema. Le sembrava impossibile che qualcuno potesse fare del male a degli animaletti così morbidi, con un bel nasino rosa.

«Fuggirono nei boschi, lontano da questa città, lontano dal male» rispose Firret riarrotolando la mappa.

«Tutto questo è molto triste. Caspita, non riesco a credere che si sia qualcuno di così cattivo da spopolare un'intera città!» esclamò Simón, continuando a camminare.

«E invece devi crederlo, ragazzo. Ci sono cose orribili, e grazie a Direll noi non eravamo qui, altrimenti chissà cosa avremmo visto!» disse Firret scuotendo la testa.

«Più andiamo avanti, e più scopriamo cose terribili su questo mondo. In questo momento sento una gran nostalgia di casa...» brontolò Ana, incrociando le braccia.

Quanto le mancavano i pomeriggi in cui si sedeva in giardino a guardare sua madre e sua sorella che piantavano i fiori, mentre suo padre le leggeva qualcosa! La ragazza sospirò, stringendosi nelle spalle. Camminava sempre più lentamente per riuscire a vedere gli alberi bianchi e le enormi statue di conigli con lunghe asce a due lame che vi si nascondevano in mezzo. Era un luogo abbandonato ma molto bello: gli alberi erano di un bianco immacolato e il vento faceva stormire le foglie come in una delicata risata che echeggiava al vento. A Ema però quelle risate che si perdevano nel bosco sembravano strane, ma Simón stava chiacchierando con Firret, e dato che nessuno sembrava prestarvi particolare attenzione, continuò a camminare guardando di tanto in tanto tra gli alberi.

«Ragazzi,» sussurrò avvicinandosi al suo amico «c'è qualcosa che non va».

«Lo so, hai sentito anche tu quelle risate?» le chiese lui, mantenendo lo sguardo dritto davanti a sé.

Anche Firret le sentiva, ma vedendo che nessuno guardava in direzione degli alberi, continuò a camminare, lanciando un'occhiata ad Ana, che assentì, lasciandogli intendere di averle udite anche lei. Man mano che avanzavano il bosco bianco si faceva sempre più fitto, quasi impenetrabile. Gli alberi lì avevano rami sottili, con foglie bianche e frutti molti simili a piccoli acini d'uva. Le rovine, che fino a quel momento erano deserte, divennero molto rumorose per via di tutte quelle risatine che riecheggiavano contro i muri e gli alberi. Allora Simón si fermò e sguainò Mukar i berr. Vedendolo, Ema sfoderò a sua volta Piuma e Ana il suo pugnale, mentre Firret grugniva al bosco. Il ragazzino stava in guardia con la spada puntata davanti a sé. Il vento soffiò più forte, scompigliando loro i capelli.

«Cuori... uno, due, tre» disse una voce acuta.

«Stai contando anche per me» continuò un'altra voce, un po' più in là.

«Nei pruni selvatici è caduto...» aggiunse un'altra voce ancora, dietro di loro.

I quattro si posizionarono in modo da formare un cerchio, per proteggersi da tutti i lati, ma non c'era nessuno, o perlomeno nessuno che riuscissero a vedere.

«... un errore l'ha irretito...» disse una quarta voce che non aveva ancora parlato.

«... e adesso sarà punito!» concluse un'altra.

Simón alzò lo sguardo verso gli alberi, ma vide solo dei sottili rami bianchi. A Ema tremarono le gambe, ma si trattenne dal mettersi a correre. Firret annusò l'aria, ma il profumo dei pruni selvatici copriva tutto. Allora la terra tremò e in mezzo al cerchio che avevano formato spuntò la radice di pruno, che li allontanò l'uno dall'altro. Dopodiché ognuno di loro venne avvolto da braccia sottili e bianchicce, che li trascinarono verso l'albero più vicino. Ema si divincolò cercando di scappare, mentre Simón teneva ancora in mano Mukar i berr, ma non poteva brandirla perché aveva le braccia immobilizzate. Ana lanciò un urlo, inorridita nel vedere quelle mani che la spingevano verso il freddo tronco del pruno selvatico. Firret era talmente piccolo che bastarono due mani per tenerlo fermo.

Tra spintoni e pedate arrivarono ai tronchi, dove rimasero immobilizzati da quelle braccia, uno di fronte all'altro. A quel punto capirono che cosa li stava imprigionando: erano degli omini, o qualcosa di vagamente simile, con i corpi bianchi come il gesso, un lungo naso a uncino e le orecchie molto simili a quelle dei pipistrelli. Ognuno teneva tra le mani ossute e biancastre un ramo di pruno selvatico, sottile e affilato, che puntava al collo del suo prigioniero, sul quale teneva fissi gli occhi bianchi. La creatura che stringeva Ema si lasciò sfuggire una risatina soffocata e tutti gli altri lo imitarono.

«Uno, due, tre... più un bell'animaletto!» contò uno di loro.

«I pruni selvatici adesso ti tengono ben stretto!» rispose quello che immobilizzava Firret.

«Che creature sono, che si mescolano con quello che non sono?» chiese quello che teneva stretta Ana.

«Volevamo solo passare, non abbiamo fatto niente di male» rispose la ragazzina.

«No, no, no! Non hai risposto bene! E questo merita delle pene!» urlò quello che immobilizzava Simón.

«Chi si rifiuta di rispondere, qualcosa di male si deve attendere...» disse quello che teneva stretta Ema.

«Anche lui al gioco parte vuole prendere...» rispose la creatura che immobilizzava Simón, stringendolo ancora di più.

«Chi siete?» chiese Firret.

«Come guardiani dei pruni abbiamo operato...» ripose con voce pastosa quello che teneva bloccata Ema.

«... ma molti ci hanno ignorato...» grugnì quello che immobilizzava Ana.

«... e la morte su di loro ha planato» mormorò quello che teneva stretto Firret.

«Chi siete, perché ci state facendo questo?» chiese Firret, guardando i rami che lo tenevano prigioniero.

«I Lunanteshee ci hanno chiamato...» rispose quello che teneva Simón.

Le creature avevano grandi occhi bianchi, dello stesso colore della loro pelle, che li mimetizzava perfettamente con gli alberi. Erano piuttosto basse e attraverso quella pelle fine e biancastra si potevano vedere le ossa, soprattutto quelle della testa, che era calva.

«Nessuno Éllëgur può attraversare! Nessuno, se guai seri non vuol passare!» urlò il Lunanteshee.

«Queste terre sono state abbandonate, e noi ci siamo capitati per caso» spiegò Simón, sentendo il filo tagliente del ramo sulla gola.

«Se non lo capirete...» replicò quello che teneva stretta Ema.

«... la testa perderete!» minacciò quello che immobilizzava Ana, che cercava di trattenere le lacrime.

Improvvisamente il vento cambiò e le rovine verdi circondate di alberi fremettero, liberando un corvo nero che volò sul ramo di un pruno. I quattro Lunanteshee girarono la testa verso l'uccello, che li fissava immobile. Le loro braccia iniziarono a tremare a tal punto che allentarono la presa sui prigionieri. Simón sollevò la spada guardando verso l'albero su cui si era posato l'uccello e anche Ema puntò Piuma in direzione del pruno selvatico.

«No, no! Lui qui non deve stare! Questo adesso è il nostro focolare! Lui qui non deve proprio stare!» esclamò il più basso di tutti.

Il grido delle quattro creature risuonò tutt'intorno, mentre retrocedevano nel bosco, tra i rami e il muschio, perdendosi nella macchia. I tre ragazzini e il furetto si riunirono al centro delle rovine, dove stavano arrivando sempre più corvi che si andavano a posare sui rami degli alberi o per terra accanto a loro. A Firret si rizzò il pelo quando vide cadere sui rami più alti dei pruni una sorta di manto di seta. Al che uno stormo attraversò il bosco tra rami e tronchi, facendo retrocedere i ragazzini, che si ritrovarono a constatare con il fiato corto che c'erano corvi neri come la notte ovunque. Il rumore delle loro ali era assordante come quello di un temporale.

«Ma cos'è?» gridò Ema guardando verso l'alto.

«Sono troppi, dobbiamo andarcene di qui!» esclamò Ana, stringendo forte il pugnale.

«Seguitemi, da questa parte!» disse Simón, tirandole per le braccia.

Si diedero alla fuga, guidati da Simón, che in realtà non sapeva dove si stava dirigendo. Firret correva schivando le radici degli alberi che strisciavano sul terreno cercando di intrappolarli. Ema inciampò ma non cadde, appoggiandosi a Piuma come se fosse un bastone. I corvi li inseguivano in volo attraverso i rami degli alberi, da ogni parte, coprendo il sole. Tutt'a un tratto, videro cadere dall'alto un'ombra fatta di piume e un boato li fece fermare. Era come un tuono fortissimo. Ema si tappò le orecchie, Ana rimase paralizzata. Simón sgranò gli occhi e sentì Firret aggrapparglisi ai pantaloni con la sua zampetta.

Quella che era sembrata loro un'ombra adesso era lì, nel prato, ma quando si fermarono a guardarla e videro cos'era davvero, sentirono gelarsi il sangue. La figura aveva una tunica di piume nere, talmente lunga che strisciava per terra, con un cappuccio che gli copriva il viso. I suoi piedi si muovevano sulle foglie secche come se fluttuassero e sulla spalla aveva un corvo che gracchiava in continuazione. I ragazzini retrocessero quando videro come si faceva strada tra quegli uccellacci che camminavano per terra. Aveva le mani avvolte in bende grigie che lasciavano intravedere le dite ricoperte di un guanto d'acciaio. Simón cercò di vedergli la faccia, ma lui non alzò mai la testa. Tutt'intorno regnava il silenzio.

«Ehi! Chi sei?» gli chiese il ragazzino, stringendo forte Mukar i berr.

«Ma cosa stai facendo?» esclamò Ana sgranando gli occhi. «Non puoi mica parlargli così!»

«Ssshh» disse il ragazzo guardando la creatura.

«Lui... è... lo... Stregone Cupo» balbettò Firret tremando.

I tre ragazzini lo videro tirare fuori un'alabarda tutta arrugginita, con l'asta sottile e lucida. Lo Stregone Cupo alzò la testa, scoprendo una maschera di ferro che gli nascondeva il viso.

«Umani nelle terre di Éllëgur...» disse con voce cavernosa, appoggiando l'alabarda a terra.

«Che cosa volete?» chiese Ema.

«La distruzione degli ultimi umani» rispose con voce lugubre, avanzando lentamente verso di loro.

Nessuno riuscì a muoversi: sapevano di essere gli ultimi umani in quelle terre, e che lui era lì per loro. Lo stregone sollevò l'alabarda.

«Combattete!» riuscì a urlare Simón brandendo la spada contro di lui, e il silenzio venne rotto dal cozzare delle armi.

La forza dello stregone lo fece retrocedere, ma il ragazzo riuscì a non abbassare Mukar i berr. Ana fece un passo indietro, mentre Ema rimase lì impalata, incerta sul da farsi. L'alabarda cozzò contro la spada di Simón, che si ritrasse dietro alla lama di Mukar per poi sferrare un rapido attacco, trapassando in un guizzo il costato dello stregone. Intravedendo la possibilità di scappare, il ragazzo afferrò Ema, che stava ancora cercando di capire cosa stava succedendo, e si mise a correre, seguito da Ana e da Firret, che continuava a guardarsi alle spalle. In quell'istante i corvi volarono di nuovo verso di loro.

«Ci raggiungerà! È impossibile fuggire!» la voce soffocata di Firret fu l'unica cosa che riuscirono a sentire nello schiamazzo dei corvi che li inseguivano.

Ema correva, ma le lacrime che le velavano gli occhi le impedivano di vedere con chiarezza dove stava andando. Aveva paura, paura come mai aveva avuto in vita sua, e poi sentiva bruciare i polmoni mentre correva. Vide il viso di sua sorella che le prendeva una mano per trascinarla, e il suo migliore amico che le afferrava l'altra, mentre avanzavano tra i rami secchi dei pruni selvatici. Le cadde lo sguardo su Firret: sembrava piccolo piccolo in quella corsa sfrenata, con gli occhi fissi a terra. Era come se vedesse tutto al rallentatore, come se le rovine con le statue dei conigli grandi come case si sollevassero e apparissero davanti a loro. Un forte strattone e l'urlo che lanciò suo malgrado la riscossero. Pochi istanti dopo il forte grido di dolore di Simón la risvegliò del tutto.

«Ahi!» urlò il ragazzo cadendo a terra sulla schiena.

Chiuse gli occhi per il dolore e quando li riaprì vide l'uncino dell'alabarda conficcato nella sua spalla, a immobilizzarlo. Ana gli prese la mano per cercare di liberarlo, ma un forte spintone li bloccò. Lo stregone prese Simón per il mento e lo fissò, mentre il ragazzo cercava di vedere qualcosa attraverso la maschera di ferro.

«E così è questa la tua arma più potente...» sussurrò lo stregone tra sé e sé. «Cosa stai cercando di fare, Primo Stregone?» disse, anche se la sua mente stava già macchinando altro.

A Simón quelle parole arrivarono da molto lontano, coperte dagli strepiti di Ema e Ana.

Ema sollevò Piuma con forza e con un rapido movimento la lama trapassò la tunica di piume, raggiungendo la gamba dello stregone, che retrocedette emettendo un urlo gutturale. Ana si ricordò del dono che le aveva fatto Nianh e di quello che le aveva detto la regina. Prese Citrek tra le mani e si concentrò chiudendo gli occhi.

«Avanti, funziona, ti prego, funziona!» sussurrò riaprendo gli occhi.

Dalla pietra uscì un vento fortissimo che si diresse verso gli alberi sollevando un turbine di centinaia di foglie. Ana liberò Simón dalla stretta dello stregone, poi, con l'aiuto di Ema e di Firret, lo fece rialzare. Si rimisero subito a correre nella tempesta di foglie, che li sottrasse alla vista dei corvi che li inseguivano in volo. Lasciarono Éllëgur facendosi strada tra gli alberi, guidati da Firret, e puntarono a sud, passando tra le montagne. Nel silenzio risuonava solo l'urlo sinistro dello stregone tra il gracchiare di mille corvi.

Capitolo XV

Un gelido nascondino

Camminavano ormai da una notte e quasi un giorno, da quando avevano lasciato Éllëgur. Si erano fermati solo per controllare la ferita di Simón, che non riusciva a muovere il braccio per il dolore, e anche se non ne sapevano granché di cure, grazie a Firret avevano trovato alcune piante medicinali con cui avevano fatto un impacco che gli avevano applicato alla spalla. Erano rimasti sempre in silenzio, nell'oscurità del bosco accanto alle montagne, perché mai in vita loro avevano dovuto affrontare un simile orrore. Erano molto stanchi e per di più aveva anche iniziato a piovere. A metà giornata la pioggia si era trasformata in un vero e proprio temporale, con lampi che squarciavano il cielo, illuminando a tratti i loro visi.

Ema non aveva mai tolto la mano dal fodero di Piuma e guardava il bosco con diffidenza. Anche quando trovarono un luogo in cui riposare e mangiare qualcosa, continuò a scrutare le tenebre. Seduta davanti al falò, Ana teneva in mano Citrek, fissandola e osservando il fuoco che illuminava il cristallo e i bordi sbreccati della pietra, che lasciavano filtrare la luce sulla sua pelle. Distolse lo sguardo dal prezioso dono e lo posò prima su sua sorella e poi su Simón, che dormiva accanto al falò, in una sorta di nido di ramoscelli e foglie secche preparato da Firret che, sdraiato accanto a lui, si prendeva cura del ragazzino senza togliergli mai gli occhi di dosso.

Il giorno seguente Simón si svegliò stanchissimo e con molta fame. Ema dormiva sdraiata sul mantello, Ana era avvolta nel suo, che aveva ricoperto di foglie, e Firret russava supino. Il ragazzino mosse il braccio e sentì ancora dolore, ma adesso riusciva a resistere. L'impacco di foglie di Térill che gli aveva messo il furetto sulla spalla gli aveva fatto molto bene. Aveva anche smesso di piovere e il bosco brillava di un luccichio particolare per via dell'acqua che era rimasta sulle foglie e delle ragnatele piene di goccioline, che quando venivano attraversate dai raggi del sole formavano dei riverberi simili all'arcobaleno. Simón ravvivò il fuoco, ascoltando il canto degli uccelli e il rumore del ruscello che scorreva poco lontano. Mise a bollire un po' d'acqua e tirò fuori dalla borsa un bel pezzo di pane e l'ultima mela rimasta per preparare una bevanda calda per tutti. In quell'istante Ana fu svegliata dal sole che, ormai alto, oltre le cime degli alberi, le batteva sul viso. Si mise a sedere e vide Simón che spingeva la legna verso le fiamme con un ramo, accovacciato davanti al fuoco.

«Ti sei svegliato? Che bello vedere che stai bene...» disse e si alzò, scuotendosi le foglie di dosso e stiracchiandosi per risvegliarsi.

«Sì, il rimedio di Firret è stato fantastico, mi fa male solo se muovo il braccio, ma per il resto sto benone. Sto facendo un decotto di mela, ne vuoi un po'?» chiese, mentre affettava il frutto nella pentola.

«Ottima idea, grazie» Ana avrebbe voluto scusarsi per averlo trattato sempre così male, ma è difficile trovare le parole quando si è orgogliosi. Non aveva mai dovuto chiedere scusa a nessuno, nemmeno quando litigava con sua sorella, perché finivano sempre per fare pace, ma in questo caso era diverso, era necessario più coraggio. Passò dall'altra parte e si sedette davanti al fuoco a guardare l'acqua bollire.

«Io... ecco... volevo chiederti scusa per essermi sempre comportata da bambina viziata e maleducata. Sei stato molto coraggioso a Éllëgur» disse abbassando lo sguardo, imbarazzata.

Simón la guardò stupito, non si sarebbe mai aspettato una cosa del genere da Ana. Poi fece un sospiro e le sorrise.

«Ormai sono cose passate. Piuttosto, faresti meglio a dirmi come hai fatto a scatenare quella tempesta di vento» disse versandole un po' di decotto.

«L'ho desiderato ed è successo» rispose Ana prendendo la tazza tra le mani e bevendone un sorso. «Anche se, a dire il vero, pensavo che lo stregone ci avrebbe... uccisi».

«Lo pensavo anch'io. Ci siamo salvati per un pelo. È davvero fantastico poter essere ancora qui, in questo bosco meraviglioso, anche se mi fa ancora un po' male il braccio» disse scoppiando a ridere.

Sentendo quelle risate Firret si svegliò. Anche Ema aprì gli occhi e guardò Simón con un sorriso che andava da un orecchio all'altro. Dopodiché si alzò e corse ad abbracciarlo, mentre Firret sorrideva a braccia conserte. Aveva il pelo arruffato, con qualche foglia appiccicata qua e là, ma era bianco come la prima volta che l'avevano visto. Un attimo dopo anche lui corse da Simón e lo abbracciò, cosa che fece sorridere le due sorelle. Quando sciolse l'abbraccio, si asciugò una lacrima e congiunse le zampine.

«Stai bene! Sei stato molto coraggioso, avremmo potuto morire» disse tutto agitato. «Non avrei mai immaginato che su Éllëgur incombesse una simile oscurità».

«Era lui la creatura che ha messo fine alla tranquilla vita dei conigli?» chiese Ana.

«Sì. Non l'aveva mai visto nessuno, se non sotto forma di corvo, sempre nascosto nell'ombra. Prima ha distrutto la vegetazione, poi ha oscurato tutto, facendo marcire i campi e riempiendo il cielo di nuvole cariche di pioggia» disse Firret tremando.

«Cosa ti è successo quando eri lì con lo stregone? Sembrava che fossi da un'altra parte» chiese Ana.

Mentre fissava la tazza con l'acqua fumante, a Simón tornarono in mente le parole che gli aveva detto quando lo aveva catturato. Ema si andò a sedere accanto a lui, guardandogli la ferita sulla spalla.

«Ha detto una cosa molto strana» sussurrò il ragazzo, con l'immagine della maschera di ferro vicinissima al suo viso ancora davanti agli occhi. «Ha detto che eravamo l'arma più potente... sembrava che stesse pensando a voce alta. E poi ha detto qualcosa su un primo stregone. Cosa significa, Firret?»

Il furetto alzò lo sguardo verso gli alberi, si mise una mano sotto il mento con fare pensieroso, poi si voltò verso di loro.

«Non lo so, so solo che il Primo Stregone è Myrddin. Lui è il mentore dell'ordine dei Rill, eletto dalle stesse arti magiche per guidarli... Ma non capisco cosa abbia a che fare con voi» disse incrociando le braccia.

«Forse ci ha presi per qualcun altro» sussurrò Ana. In fondo loro erano solo tre ragazzini che stavano cercando di aiutare un amico portando un messaggio a un regno che non conoscevano. Le parole dello stregone non avevano alcun senso.

Si guardarono tutti e quattro preoccupati, dopodiché Ema si alzò in piedi.

«Adesso però sarà meglio rimetterci in cammino, la strada per Cállfir è lunga. A proposito di Cállfir, dove siamo?» chiese lanciando un'occhiata al bosco.

Si guardarono attorno alla ricerca di qualcosa che indicasse loro dove si trovavano, ma non c'era altro che una fitta vegetazione e un ruscello.

«Ho un'idea, magari Rarr ha una mappa, o ci sa dire qualcosa su questo posto» disse la ragazzina subito dopo, tutta contenta di avere nella borsa un simile tesoro. Tirò fuori il libro e iniziò a sfogliarlo, finché non notò che mancavano alcune pagine, come se fossero state strappate. «No, non ci posso credere! Si è rovinato, deve essere successo durante la fuga».

A Ema cominciarono a scendere lacrime di sconforto, che mescolandosi alla terra che aveva sul viso le macchiarono le guance. Si sedette a gambe incrociate e tappandosi gli occhi con le mani sporche tentò di usare il libro per interrogare la mappa anche se gli mancava qualche pagina, ma non apparvero nessuna lettera e nessun disegno.

«Sono stata proprio una stupida! L'ho rovinato, il mio regalo è rovinato, e adesso i Delant si arrabbieranno moltissimo!» disse tra i singhiozzi, mentre sua sorella correva ad abbracciarla.

«Non sei stata stupida, è stato un incidente. Ti ricordi quando sono andata a dormire con la gomma da masticare e mi è finita tra i capelli? Li ho dovuti tagliare, ma poi mi sono ricresciuti. Dobbiamo solo ritornare a Pérfel e i Delant rimetteranno al libro le pagine che mancano» disse Ana dandole dei colpetti consolatori sulle spalle.

«Davvero non si arrabbieranno?» chiese Ema tra i singhiozzi.

«Ma no! Devono solo rimetterlo a posto. E poi abbiamo la mappa, Firret ci guiderà» aggiunse Simón sorridendo.

I tre ragazzi si girarono verso il furetto, che mosse le manine nervosamente con un sorrisino forzato.

«Uhm... la mappa?» disse sorridendo di nuovo. «Credo di averla persa quando ci inseguiva lo stregone».

Corse verso la borsa e ne rovesciò il contenuto per terra, cercandola affannosamente, ma uscirono soltanto dei pezzi di carne e di pesce. Quindi ritornò con passi nervosi dai tre ragazzi, che si sentivano ancora più persi di quando avevano attraversato lo specchio.

«E adesso cosa facciamo? Questo viaggio sta diventando un incubo... Siamo molto indietro, sono già passati più di due giorni e non siamo avanzati granché. E adesso non sappiamo nemmeno dove siamo!» esclamò Ana incrociando le braccia sconfortata e pestando i piedi.

«Be', poteva andarci peggio, lo stregone avrebbe potuto ucciderci, invece siamo riusciti a scappare, e so che possiamo arrivare a Cállfir» ribatté Simón raccogliendo le sue cose e mettendosele in spalla. «Io dico che dobbiamo proseguire, è un dovere che abbiamo nei confronti dei Delant e di Firret. Loro confidano in noi, e quindi dobbiamo farlo».

Le due sorelle e il furetto lo fissarono per un secondo con una certa perplessità.

«Chi sta come me?» chiese Simón allungando la mano perché gli altri ci posassero sopra la loro.

Ema guardò Ana, che arricciò le labbra non troppo convinta, per poi lasciarsi sfuggire un sorriso che contagiò sua sorella. Si avvicinarono a Simón e posarono le mani sopra alla sua. Il ragazzo sorrise. Dopodiché si voltarono a guardare Firret, che rimaneva immobile, con le orecchie basse e la coda tra le zampe.

«Sarà un suicidio, ma non posso non unirmi a dei ragazzi così coraggiosi» dichiarò il furetto correndo verso di loro, e appoggiò la sua manina su quella degli altri.

«È ora di ripartire, Firret ci guiderà a Cállfir» disse Simón, guardando verso gli imponenti alberi.

Raccolsero le loro cose e si misero in marcia. Il bosco continuava a essere illuminato in quel modo magico, con i raggi del sole che formavano riflessi di mille colori. Camminarono tranquillamente per sentieri nascosti, sotto querce giganti e piante con foglie enormi.

«Dove stiamo andando, Firret?» chiese Simón, scavalcando un tronco caduto che ormai era completamente ricoperto di funghi.

«Guardate! Sono come quelli di Güillit!» esclamò Ema, lasciandosi cadere in ginocchio davanti all'albero per vedere meglio i bellissimi funghi rossi. Nessuno di loro pareva animato, sembravano del tutto normali. «Ma perché non parlano?» chiese la ragazzina.

Simón le si avvicinò e li osservò, poi sorrise e le fece segno con il dito di fare silenzio. Si avvicinò ai funghi, come se volesse dire loro un segreto, e si mise a bisbigliare, perché nessuno sentisse le parole antiche.

«Gillur» sussurrò e uno dei funghi alzò il cappello, guardandolo con i suoi occhietti scuri. «Nillur» bisbigliò, e un altro più sottile alzò a sua volta il cappello. «Millur, Cillur» proseguì, sempre a voce bassissima.

Dopo che ebbe pronunciato le parole vuote, tutti i funghi dell'albero alzarono le loro testoline, fissandoli. Ema sorrise ma non osò toccarne nessuno, ricordando quello che aveva raccomandato loro Güillit.

«Sono molto belli. Che cosa gli hai detto?» chiese.

«Di svegliarsi, perché vorremmo salutarli» rispose Simón fiducioso.

In quell'istante si sentirono in lontananza dei passi che si avvicinavano da sud. Erano talmente pesanti che facevano vibrare la terra. Simón guardò i funghi spaventato e si rialzò.

«Dobbiamo portare via il tronco, altrimenti faranno loro del male! Forza, aiutatemi a spostarlo dal sentiero» disse sollevandolo da un'estremità.

Ana accorse e sollevò l'altra, aiutata da Ema, mentre Firret correva verso uno degli alberi più vicini per vedere chi stesse arrivando. I ragazzi con grande sforzo spostarono lentamente il tronco dal sentiero, ma in quel momento il furetto lanciò un urlo soffocato che poterono sentire solo loro tre. Allora sollevarono lo sguardo nella sua direzione e lo videro agitare le zampette in aria per attirare la loro attenzione.

«Sono i goblin, e ci sono anche degli omuncoli con loro!» bisbigliò terrorizzato il furetto.

I ragazzini spostarono il tronco da un lato e corsero all'arbusto più vicino, mentre Firret scendeva veloce dall'albero e li raggiungeva. Simón con un gesto della mano chiese ai funghi di nascondersi. Alla sua richiesta tutti abbassarono il cappello e chiusero gli occhi in silenzio. Erano centinaia di goblin, con un viso raggrinzito, di un colore verdastro, protetti con grandi armature e armati di corte spade e grandi scudi di ferro. Avanzavano come se stessero marciando, lungo il sentiero che stavano percorrendo i ragazzini fino a poco prima.

Non fu però quello spettacolo a impressionarli: dopo di loro veniva un gruppo di giganteschi bestioni, gli omuncoli, appunto. Camminavano trainati da alcuni esemplari un po' più piccoli, i quali li tenevano con lunghe briglie agganciate alle bocche. Erano alti sei metri, con un braccio più lungo dell'altro, zanne grandi come un cucchiaio da cucina, occhi piccoli e piedi con un solo dito. Ognuno di loro portava un martello o un maglio enorme, che si trascinava dietro tra ruggiti sordi che ricordavano il verso degli orsi. Tutt'intorno si aggiravano altre creature di dimensioni notevoli, più alte di un lupo, con una folta criniera e le zampe da leone, grandi e artigliate. Avevano il pelo nero e impolverato, mandibole possenti con lingue sottili come quelle delle lucertole e code molto corte. Erano montate da alcuni goblin, che controllavano la zona circostante.

Simón non riusciva a credere che nell'universo potessero esserci tante creature. Fino a pochi giorni prima il suo mondo aveva i confini del giardino del signor García e adesso continuavano a sfilargli sotto gli occhi mostri di ogni tipo. E quelli lì si stavano anche avvicinando rapidamente...

«Alphyns» sussurrò Firret che se ne stava nascosto tra il fogliame, correggendo Simón che aveva detto "lupi". «Sono creature molto capricciose e velocissime nella corsa».

«E dove stanno andando?» chiese Ana vedendo il rapido avanzare dei giganteschi omuncoli.

«A Sílgard. L'oscurità avanza rapidamente verso il regno dei nani» sussurrò Firret con le mani che gli tremavano. «E questo non va per niente bene, proprio per niente bene...»

«Non possiamo continuare su questo sentiero. Dove andiamo, adesso?» chiese Ema, sedendosi sull'erba gelida.

«Dobbiamo tenerci più alti» rispose il furetto, alzando lo sguardo verso la cima della montagna che si ergeva dietro di loro.

«Passare per la montagna? Ma io non so scalare!» brontolò Ana.

«Non sarà necessario scalare, c'è un sentiero che sale, anche se è pericoloso. Ma non abbiamo altra scelta». Firret si rialzò, ancora scosso, e si diresse verso il bosco che cresceva alle pendici del monte.

I tre ragazzi si guardarono per un attimo, e lanciando un'ultima occhiata all'esercito di bestie, seguirono il furetto.

Avanzarono lungo sentieri che non finivano mai, correndo per guadagnare tempo, tra colline e centinaia di alberi, e quando arrivarono alla fine del bosco si ritrovarono su un terreno roccioso che saliva a perdita d'occhio, sul quale crescevano solo spine e arbusti secchi. Il furetto salì rapidamente per la pietraia, mentre per i ragazzi la scalata fu più faticosa; le loro mani cominciarono a escoriarsi e i vestiti a insudiciarsi, mentre avanzavano sotto il sole a picco. Quando furono a metà della salita, il sentiero divenne più pericoloso. Da lì si riusciva a vedere il grande bosco sottostante e al di là un lago che confinava con le terre dei Delant. Man mano che salivano Firret diceva i nomi di quello che si vedeva in lontananza, come le Montagne Basse, dove vivevano gli gnomi, e il passo di Fáfnir e Varinn.

All'orizzonte questo era segnalato da due giganti di pietra che svettavano enormi sulle cime di due montagne, indicando la strada che passava in mezzo. Uno era un giovane uomo con un elmetto alato, un lungo mantello gettato su una spalla e una spada appesa alla cintura, che fissava con aria seria e molto serena la montagna che stavano scalando. L'altro, con una grande armatura, era molto più alto, con lunghi capelli ricci e la barba corta, un aspetto atletico e l'espressione accigliata. Come il primo, puntava il suo lungo braccio in direzione della strada tra le due montagne, che si perdeva all'orizzonte.

«Chi sono?» chiese Ema a Firret, fermandosi e mettendosi una mano davanti al viso per non essere accecata dal sole.

«Si dice che prima che iniziasse questa guerra un grande male abbia dilagato in tutto il mondo, divorando tutto ciò che incontrava sulla sua strada e generando creature orribili, che avanzarono fin dove l'occhio poteva arrivare. Varinn e Fáfnir, un uomo e un Poltraits, lottarono insieme, in un'unione che durò cent'anni. Si dice che fossero fratelli... Oggi riposano lì, dove indicano quella che è stata la loro terra, un luogo freddo e lontano, la città grigia di Abys, nell'attesa che un giorno questa possa conoscere di nuovo la pace».

I ragazzi rimasero a guardare in silenzio le enormi statue, riflettendo sulle parole del furetto. Dopodiché Firret con un balzo riprese il cammino e i tre amici lo seguirono, scalando veloci quanto le gambe permettevano loro. Man mano che si saliva, la vista diventava sempre più ampia, scoprendo la meravigliosa terra che si estendeva tutt'intorno. La montagna, invece, si faceva sempre più desolata: c'erano solo piante spinose e rocce friabili che si sgretolavano a ogni loro passo mentre avanzano lungo stretti sentieri che serpeggiavano tra alti pinnacoli rocciosi e vertiginosi precipizi. Infine, il bellissimo panorama venne nascosto da grandi nuvoloni grigi.

Ormai stanchi, si fermavano ogni ora per riposare un po', ma il sentiero cambiava repentinamente e diventava difficile da seguire. Nessuno di loro era preparato a una simile fatica, avevano tutti le gambe che tremavano e le mani scorticate. Era finita anche l'acqua che avevano preso al ruscello e l'unica cosa che rimaneva era un po' di pane. Incominciavano ad avere freddo e a perdersi d'animo, quando improvvisamente iniziarono a scendere dei fiocchi di neve, lenti e sottili, che il vento faceva cadere obliqui contro i loro visi.

«Sta nevicando!» esclamò Ana cercando di acchiapparne qualcuno con le mani.

I ragazzini scoppiarono a ridere e si misero a correre felici.

«Guarda, si riesce a fare le palle di neve!» gridò Simón rigirandosene una tra le mani, per compattarla bene.

«Sembra che non abbiate mai visto la neve...» bofonchiò Firret incrociando le braccia e aggrottando le sopracciglia.

I ragazzi si voltarono verso il furetto, che li guardò bene in faccia tutti e tre: le loro espressioni dicevano chiaramente che in effetti era proprio così. Ema allora corse a fare una palla di neve, che lanciò a Simón, il quale la schivò. Intanto Ana, che si era nascosta dietro una roccia, ne fece velocemente un'altra e la lanciò a sua sorella, colpendola sulla schiena.

«È fredda!» gridò Ema. «Ma adesso vediamo chi vince!» aggiunse ridendo.

Simón corse veloce tra i biancospini, dando inizio alla battaglia, e Firret si mise dietro a Ema per aiutarla. Dopodiché tutto divenne talmente bianco che era difficile riuscire a vedere qualcosa per via di tutte quelle palle che sfrecciavano senza sosta, tra le risate e le corse a nascondersi. La battaglia continuò a lungo, finché non finirono per essere tutti talmente fradici che dovettero fermarsi.

Simón allora si mise a osservare il cielo, affascinato dai fiocchi che cadevano lentamente sopra di lui. Aveva letto della neve, ma non l'aveva mai vista a Bogotá, ed era molto meglio di come se l'era immaginata. "Vorrei che la mamma fosse qui, per guardarla insieme a lei" pensò, chiudendosi bene il mantello.

Terminata la sosta si rimisero in marcia e camminarono finché non raggiunsero la cima della montagna. Lì le correnti d'aria erano talmente forti da creare una vera e propria tormenta che impediva di vedere il sentiero. Inoltre la neve, ormai alta, li faceva affondare a ogni passo, soprattutto Ema, che era la più piccolina. Ana e Simón la presero quindi per mano, aiutandola ad avanzare senza fare troppa fatica. Firret, invece, che continuava a pensare con grande nostalgia alla sua tana e al calduccio del suo caminetto, viaggiava sulle spalle di Ana, nascosto sotto il mantello, lasciando fuori solo la testa in modo da riuscire a vedere dove stavano andando. A un certo punto si aggrappò forte per sporgersi a guardare dove fosse il sentiero, ma era molto difficile scorgere qualcosa. Sapeva però che dovevano andare avanti comunque, perché fermarsi lì era troppo pericoloso.

«Il vento non ci aiuta» gridò per farsi sentire dagli altri nella bufera. «Dobbiamo arrivare il più in fretta possibile alla strada sull'altro versante della montagna».

Sulla cima si apriva un vasto spazio aperto, con alti cumuli di neve che facevano da baluardo contro il vento. I tre ragazzini corsero con grande fatica a mettersi al riparo dietro a uno di questi, dove poterono finalmente riposare. Ema ci si appoggiò con la schiena, scuotendosi i fiocchi di neve dalla testa.

«Cosa non darei per una tazza di cioccolata calda!» esclamò Simón, cingendosi con le braccia per cercare di riscaldarsi.

«Con le frittelle...» aggiunse Ana.

«... e il formaggio filante!» concluse Ema, passandosi la lingua sulle labbra come se le stesse assaporando davvero.

I tre ragazzi sospirarono guardando il sentiero che serpeggiava tra i cumuli e le dune di neve, poi rivolsero lo sguardo a Firret, che sospirava a sua volta molto rumorosamente.

«Sono mortificato per avervi portato qui» disse in tono afflitto. «Se non fosse stato per me, adesso forse sareste a casa vostra, a bere la cioccolata davanti al caminetto, lontano da questo freddo che gela le ossa».

«Non dire così, saremmo qui comunque. Ci eravamo persi e tu ci hai aiutati» rispose Ana sfregandosi le mani per riscaldarle. «Ti abbiamo promesso che ti avremmo aiutato e lo faremo».

Ema e Simón assentirono sorridendo, al che il furetto si lasciò sfuggire un mezzo sorriso, ma subito dopo si incupì.

Quando si sentirono sufficientemente riposati, ripresero il cammino, saltando tra le dune e correndo lungo i sentieri che serpeggiavano tra i cumuli di neve. Il cielo adesso era illuminato dalla luce del sole che filtrava attraverso le nuvole, ma il vento continuava a soffiare forte, trasportando i fiocchi che cadevano lenti. Lo si sentiva fischiare attraverso le dune, che a metà strada divennero più alte e coperte da una neve ancora più candida. Continuarono a camminare, sempre più stanchi, finché un boato non li fece fermare. Allora si accorsero che la neve sotto i loro piedi tremava. Una seconda scossa, ancora più violenta, li fece indietreggiare.

«Trema tutto!» esclamò Firret angosciato. «Crollerà tutto e ci franerà addosso, e noi moriremo! Ahi, che destino crudele!»

«Non dirlo nemmeno per scherzo!» ribatté Simón. Poco dopo la scossa smise. «Fate attenzione» sussurrò, pensando che il suono potesse smuovere tutto quanto, vista l'eco che c'era in quel punto. «È meglio parlare pianissimo».

«Credi che sia un omuncolo che è andato a sbattere contro la montagna?» chiese Ana con un filo di voce, continuando a guardare il terreno sotto i suoi piedi.

«Sarà meglio muoversi, prima che ci frani tutto addosso» disse Ema avanzando molto lentamente.

Fecero un passo, ma tutto tremò di nuovo, la neve sotto i loro piedi venne smossa e si sollevò in una nuvola di spruzzi come se fosse pioggia. Stentavano ad avanzare, la scossa era così forte che Simón cadde, ma riuscì a rialzarsi, con un vago senso di vertigine. Continuava a muoversi tutto avanti e indietro, e i tre ragazzini e il furetto dovettero fermarsi. Poco dopo il terreno sotto i loro piedi si trasformò in un faccione di neve, che sbatté le palpebre fissandoli. Ema e Ana lanciarono un urlo vedendo l'enorme viso bianco sul quale il vento cancellava a poco a poco tutte le rughe, e retrocessero, cercando di allontanarsi. Ma dietro di loro si alzarono due enormi gambe, anch'esse fatte di neve. Per il forte movimento la neve cominciava a sgretolarsi, ma le creature riuscivano comunque a muoversi. I ragazzini si misero a correre vedendo che il terreno si inclinava in modo strano, finché non comparvero due braccia che aiutarono il gigante ad alzarsi. Doveva essere alto una quindicina di metri e con la bocca faceva uno strano rumore, molto simile a un gemito roco, che si perdeva nel vento.

I ragazzini si immobilizzarono spaventati quando lo videro fermarsi e guardarsi intorno. Dopodiché, quando iniziò ad avanzare verso di loro con passi piccolissimi ma sufficienti a raggiungerli in un baleno, si diedero alla fuga, terrorizzati. La neve alta lo costringeva a camminare lentamente, e a ogni suo passo tutto tremava. Improvvisamente il gigante emise un gemito, o meglio, un lungo verso che risuonò per tutta la montagna. Un attimo dopo un nuovo boato li fece urlare dallo spavento. E davanti ai ragazzini emerse un altro gigante, sollevando sopra di loro grandi lastre di neve che, sbriciolandosi, cadevano a pezzi per terra, e che i tre amici riuscirono a schivare per miracolo.

Poi il gigante di neve emise un gemito e avanzò a passi pesanti verso una grande duna, passando accanto a loro tre, che fecero di tutto per non essere schiacciati. Quando fu dietro di loro emise un altro gemito, più roco, e in lontananza comparve un altro gigante con una faccia informe perché, più che di neve, era fatta di ghiaccio. Ema abbassò lo sguardo, temendo che i giganti la guardassero negli occhi. Ma i giganti non avevano occhi, solo facce plasmate nella neve. Quello più lontano camminò fino in fondo al sentiero, esattamente dove erano diretti loro, e il tremore aumentò, facendoli fermare per qualche secondo. Simón non sapeva se correre o aspettare lì: la pioggia di neve era incessante e i forti scossoni gli facevano girare la testa.

Un attimo dopo, un forte lamento gutturale risuonò sopra di loro e si alzarono altri due giganti, che iniziarono a camminare lentamente tra le dune. I ragazzini si misero a correre terrorizzati dai quei suoni cavernosi, che, sebbene informi, erano evidentemente il modo di comunicare dei giganti.

«Ma cosa sono?» chiese Ema, che Ana e Simón tenevano per mano.

«Non lo so» esclamò Firret, coprendosi il viso con il mantello di Ana.

Poco dopo un passo fortissimo li separò: Simón restò con Ema e Ana con Firret, che cercava di aggrapparsi a lei per non cadere. Si misero a correre, tra quei passi che facevano tremare tutto, sotto la neve che continuava a fioccare. Man mano che avanzavano, sorgeva un nuovo gigante.

«Attenta, Ana!» gridò Ema, vedendone uno avanzare verso sua sorella.

La ragazzina vide sopra di sé un enorme piede di neve che si avvicinava. Allora fece un salto, scansandolo, mentre un vento impetuoso le scompigliava i capelli, proprio mentre il piede del gigante toccava il suolo. In quell'istante uno di loro si avvicinò a un cumulo di neve, si chinò e si sbriciolò come un biscotto in enormi pezzi che caddero come sassi, producendo un rumore assordante. E lo stesso fecero gli altri.

«L'abbiamo scampata bella!» esclamò Ana, con il fiato corto per la corsa che aveva fatto.

«E non è ancora finita! Non ho mai visto espressioni così gelide e movimenti così freddi e letali! Che disgrazia, che disgrazia!» singhiozzò Firret.

«Ma cosa stanno facendo?» chiese Simón.

Gli altri giganti erano caduti a pezzi, ma quello che aveva ululato per primo riprese a farlo, aggirandosi tra i cumuli di neve finché tutti non riemersero. Vedendoli riapparire tra le dune agitando le braccia e balbettando con le loro voci roche, i ragazzini si diedero alla fuga, e nella corsa riuscirono a riunirsi.

«Credo che stiano giocando» disse Ema, notando come sparivano e riapparivano quando un compagno emetteva un gemito.

«Giocando?» chiese Ana, tirandosi su il mantello che stava per cadere.

«Non è un'idea poi così assurda...» osservò Firret, guardando quegli enormi corpi avanzare accanto a loro.

«E a cosa starebbero giocando?» chiese Simón, schivando un enorme piede di neve.

«A nascondino» rispose Ema indicando il gigante che ululava e poi quelli che sparivano e riapparivano proprio quando quello li chiamava.

«Cavoli, non ci avevo pensato! È vero, stanno giocando» disse il ragazzo.

Era sempre più difficile avanzare, perché le dune diventavano delle vere e proprie colline quando i giganti ci si nascondevano dietro, ritardando il loro cammino. Quando arrivarono finalmente al sentiero, dopo esserseli lasciati alle spalle, si voltarono a guardarli giocare.

«Adesso cerco in Rarr chi sono» disse Ema tirando fuori il suo prezioso libricino. «Creature di neve» pronunciò.

Sfogliò il libro alla ricerca delle creature finché non iniziarono ad apparire dei bellissimi disegni di animali avvolti nella neve, grandi cani e stranissimi orsi con lunghe braccia con gli artigli. Da ultimo apparve una meravigliosa immagine dei giganti.

Spiriti del ghiaccio

Creature dal temperamento gioviale, ma con le quali bisogna fare molta attenzione perché non amano essere disturbate. Si aggirano sulle montagne coperte di neve, a guardia delle vette e del gelo. Sono di stazza imponente e amano giocare.

I ragazzini sorrisero nel constatare che effettivamente aveva ragione Ema: con quelle corse e quegli ululati, i giganti non avevano minimamente intenzione di spaventarli, ma solo di divertirsi, come degli enormi bambinoni che non stavano facendo altro che giocare a un... gelido nascondino.

Capitolo XVI

Un incontro e una bugia

La discesa lungo l'altro versante della montagna fu decisamente più agevole, nonostante il bosco avesse ceduto il passo a chilometri e chilometri di stretti sentieri pietrosi tra rocce a tratti enormi, che li costringevano ad aggirarle. Di tanto in tanto si concedevano delle soste, durante le quali Simón a volte si addormentava, a volte si sedeva a guardare il paesaggio ripensando alle parole dello Stregone Cupo; non riusciva a smettere di temere che potesse ancora aggirarsi nelle vicinanze, motivo per cui insisteva sempre per non fermarsi, per paura che potesse succedere qualcosa a Ema e Ana. Spesso prendeva tra le mani la penna di Avalerion che gli aveva dato re Oisín, chiedendosi come un oggetto così fragile potesse salvare la vita a tante persone e a tante creature.

«Da dove viene Myrddin?» chiese Ana sedendosi su una roccia per riposare.

Firret si voltò verso di lei, poi si appoggiò a una parete rocciosa e sospirò rumorosamente.

«Myrddin... be', nessuno lo sa. I Rill sono uomini e donne eletti, che hanno il compito di proteggere il mondo» rispose il furetto, mentre Ema passeggiava poco più in là, osservando la valle che si vedeva in lontananza. «Appare solo quando il mondo è in pericolo o quando l'ordine richiede urgentemente un suo intervento. Talvolta sparisce e nessuno lo vede più per lunghissimo tempo».

«Pensi che nelle vicinanze ci possano essere dei Perlustratori?» chiese ancora Ana, ricordando quello aveva detto re Oisín.

«In realtà sarei sciocco a pensare il contrario» rispose il furetto. «I Perlustratori faranno di tutto per evitare che arrivi un aiuto a Sílgard. Dobbiamo stare in guardia».

«Allora è meglio continuare. Qui siamo troppo in vista e potremmo attirare l'attenzione di qualcuno» rispose Simón, alzandosi in piedi e andando verso Ema che stava ancora contemplando la valle.

«Ho paura. La strada è ancora lunga, Cállfir non si riesce neanche a vedere da qui, non so se arriveremo in tempo...» sussurrò la ragazzina stringendosi nelle spalle.

«Non devi avere paura, Ema. Non ho mai visto nessuno coraggioso come te: quando lo Stregone Cupo mi ha catturato, tu sei stata la più valorosa, mi hai salvato la vita».

Guardarono tutti e quattro la valle e la strada che avrebbero dovuto percorrere per arrivare al regno di Cállfir. All'orizzonte si scorgeva un bagliore incandescente proveniente da un vulcano, che illuminava il percorso che avrebbero dovuto seguire.

«E se poi mi prende la paura? E se le cose vanno in un altro modo? Non riuscirei a continuare, non sono così coraggiosa, Simón, non lo sono affatto...» sussurrò Ema tra i singhiozzi.

«Ci saremo noi ad aiutarti, sorellina» intervenne Ana, mettendole un braccio intorno alle spalle.

«Tutte le volte che ne avrai bisogno» aggiunse Firret.

Ema sospirò e si asciugò le due colate scure di lacrime miste a terra che le rigavano il viso. Aveva una gran nostalgia di Pérfel, ma la terra dei Delant era ormai lontana. Qui erano isolati da tutto, circondati solo da montagne, rocce e radici secche. Se almeno avesse potuto sapere come stavano i suoi genitori! Dovevano essere preoccupati e sicuramente li stavano cercando dappertutto.

Ripresero a camminare, scendendo finché non arrivarono a valle. A un certo punto Simón liberò il sentiero dalla vegetazione che impediva il passaggio, recidendola con la spada, e solo allora si vide davanti la grande terra che avrebbero dovuto attraversare, con Cállfir in lontananza. Lì il terreno era screpolato dalla siccità, ricoperto unicamente da arbusti spinosi, tra i quali serpeggiava il sentiero che imboccarono.

Tutt'a un tratto un forte scalpitio di zoccoli li fece correre a nascondersi dietro ai cespugli. Era un grande cavallo bianco, che veniva velocemente verso di loro al galoppo, con un mantello nero che gli sventolava in groppa. Ema chiuse gli occhi, pensando che fosse lo Stregone Cupo che aveva finito per scovarli. Il rumore degli zoccoli del cavallo che si avvicinava sempre di più fece accelerare il cuore a tutti e quattro. Quando vide che il cavallo si fermava, lasciandosi dietro un nugolo di polvere, Simón si accucciò, per nascondersi ancora meglio dietro al cespuglio dove si era riparato.

Un paio di stivali neri toccarono terra proprio davanti ai loro occhi. Ana abbassò la testa nel tentativo di non farsi vedere, smettendo quasi di respirare per paura di attirare l'attenzione dello Stregone Cupo, e Simón deglutì, tentando di appiattirsi tra le pietre e le radici secche, mentre Firret seguiva con lo sguardo i passi che si avvicinavano con grande calma. I loro respiri si perdevano in un silenzio surreale, che sembrava non dovesse finire più. Il mantello strisciò sul terreno, coprendo la già fioca luce che arrivava loro, e a quel punto non videro altro che un'ombra che copriva il cespuglio. Subito dopo si udì una voce bassa, come trattenuta.

«Dhardans...» Nessuno di loro aveva dimenticato quella parola: sapevano benissimo cosa significasse.

Ema aprì gli occhi e guardò sua sorella, che stava sguainando il pugnale. Le fece segno di non farlo scuotendo la testa, ma Ana la ignorò e portò lentamente la mano tremante e sudata verso il fodero. Quindi estrasse l'arma e la strisciò sulla terra secca, ma andò a sbattere contro alcune pietre, che rotolarono rumorosamente.

La ragazza si bloccò e rivolse lo sguardo agli stivali, che tornarono verso il cavallo per capire da dove provenisse il rumore. Simón chiuse gli occhi per un istante; aveva la fronte imperlata di sudore e un piede intorpidito per la posizione in cui si trovava.

«Simón?» chiese la voce. Si girarono tutti verso di lui, che non riusciva ancora a darle un volto.

Lentamente il ragazzo si alzò in piedi e guardò il mantello nero, da cui spuntò un viso che alzò lo sguardo su di lui. Aveva lunghi capelli neri e un paio di orecchie a punta.

«Nilus!» esclamò, correndo ad abbracciarlo.

«Che bello rivedervi, signore!» disse il Delant, che continuava a rivolgersi a lui come se fosse un cavaliere.

Allora anche gli altri uscirono da dietro i cespugli, sbalorditi nel vedere lo scudiero di re Oisín, perché non avrebbero mai pensato di fare un simile incontro in mezzo al nulla. Ana, anche se non lo disse, era felice che ci fosse qualcuno più grande di loro ad aiutarli. Ema corse ad abbracciare Nilus, subito imitata da sua sorella, mentre Firret si limitò a salutarlo con un gesto della testa. Sembrava perso nei suoi pensieri, come se qualcosa lo preoccupasse, e Simón lo notò.

«Cosa ci fai qui, Nilus?» chiese Ema, rinfoderando Piuma.

«Re Oisín ha chiesto che qualcuno venisse a cercarvi e io mi sono offerto» rispose il giovane, sistemando la sella.

«È meglio rimettersi in marcia» disse Simón. «Ti racconteremo quello che è successo da quando abbiamo lasciato Pérfel mentre camminiamo».

«Sono d'accordo, questo non è un luogo sicuro» disse sottovoce lo scudiero, guardandosi attorno con circospezione.

Camminarono tra le rocce e gli arbusti per un buon tratto, allontanandosi sempre di più dalla montagna. Avanzavano tra erbacce e radici, attraversando enormi pozze di acqua stagnante, sotto un cielo grigio spazzato da un forte vento. L'umidità nell'aria lasciava presagire un'imminente tempesta, annunciata anche dai nuvoloni grigi che si ammassavano a oriente. Nilus, che era in testa alla fila assieme a Simón, continuava a guardare verso la pianura che si estendeva al di là delle rocce.

«Perché re Oisín ha mandato qualcuno a cercarci?» chiese Simón tentando di mantenere bassa la voce, dal momento che il giovane manteneva il silenzio.

«Non ha ricevuto alcuna notizia del vostro arrivo a Cállfir,» rispose Nilus quasi sussurrando «e quindi ha pensato che vi avessero catturato. Vi ho cercati lungo il fiume, ma dopo un po' ho capito che non eravate passati di lì e così ho deciso di seguire le vostre tracce. Non è stato facile» disse sorridendo.

«Ci siamo persi, semplicemente. Ma siamo quasi arrivati, no?» chiese Simón, aggrottando la fronte.

«Siamo vicini, ma questa non è la strada più breve» sussurrò Nilus, tirando il cavallo.

«È che abbiamo anche perduto la mappa e Rarr si è rovinato» gli spiegò il ragazzo, a cui qualcosa cominciava a non quadrare.

«Che strada avete fatto?» gli chiese allora lo scudiero, con un'espressione seria.

Simón gli raccontò tutto quello che avevano passato da quando avevano lasciato Pérfel a quando erano arrivati alla montagna dei giganti di neve: l'incontro con lo Stregone Cupo e la marcia dei goblin e degli omuncoli, quello che era accaduto a Éllëgur e di come Ana avesse rischiato di rimanere intrappolata nel cerchio delle fate.

«Ed è sempre stato Firret a guidarci» aggiunse. Allora si bloccò di colpo e si voltò verso il furetto, che avanzava con lo sguardo a terra e le orecchie basse, lanciando di tanto in tanto delle occhiate furtive ai suoi compagni di viaggio. Poi, fissandolo, si lasciò sfuggire un sospiro.

Anche le ragazze si voltarono a guardare il furetto, mentre Nilus attendeva in silenzio una spiegazione, avvolto nel mantello come una statua, con un'espressione risoluta.

«Ci hai fatto prendere tu quella scorciatoia quando siamo usciti da Pérfel!» esclamò Simón a voce troppo alta, ma senza arrivare a gridare.

Aveva capito perfettamente quel che aveva fatto Firret, ma non riusciva ancora a crederci.

«Io non volevo...» riuscì a dire a fatica il furetto.

«Abbiamo rischiato di perdere Ana per colpa tua!» esclamò Simón.

«Avevo paura!» sussurrò Firret.

«Siamo passati per Éllëgur, dove siamo finiti in una trappola in cui abbiamo rischiato di lasciarci la pelle!» continuò, e a quel punto era a un filo dall'urlare.

«In realtà non volevo farvi del male» disse il furetto tra i singhiozzi. «Non è mai stata mia intenzione».

«E io ho rischiato di morire tra le grinfie dello Stregone Cupo!» Simón non era mai stato così arrabbiato in vita sua. Si voltò verso Nilus con gli occhi pieni di lacrime. «Allora hai perso apposta la mappa e a questo punto immagino anche che sia stato tu a strappare le pagine dal libro di Ema».

Firret non riuscì a dire nulla, limitandosi ad assentire. Poi si nascose il viso tra le mani.

Ana non parlava, tenendosi una mano sulla bocca per evitare di dirgli qualcosa di cui poi si sarebbe potuta pentire. Ema non capiva cosa stesse succedendo, rifiutandosi di credere alle parole di Simón.

«Cosa succede? Perché dici così, Simón?» chiese con veemenza, interponendosi tra il suo amico e il furetto.

«Ci ha tradito!» urlò Simón, puntando il dito contro Firret. «In realtà non ci ha mai guidato verso Cállfir, ci ha sempre portato fuori strada».

Ema si girò verso il furetto con i pugni chiusi e le lacrime che le scendevano lungo le guance, senza dire niente, guardandolo fisso negli occhi. Nilus si avvicinò a piccoli passi ai tre ragazzi, rompendo il silenzio che era seguito alla rivelazione di Simón.

«Perché l'hai fatto, Firret?» gli chiese.

Il furetto osservò tremando il viso accigliato di ognuno di loro, poi cominciò a camminare avanti e indietro scuotendo la testa e facendo fremere i baffi, mentre bofonchiava tra sé e sé.

«Io non volevo, no, ma ho dovuto farlo, altrimenti avrei perso tutto» disse continuando ad andare avanti e indietro, angosciato. «Non è stata colpa mia, è stato lui a costringermi...»

«Chi ti ha costretto, Firret Pumpkin?» chiese Nilus chinandosi su di lui.

«Non posso, o mi ucciderà» disse il furetto con una voce tremante che gli si strozzò in gola, mentre retrocedeva con il pelo dritto, che da bianco era diventato grigio. «Lui conosce atroci metodi di tortura, magia nera che fa perdere il senno alle persone. Ha minacciato di prendersela con voi, se non lo avessi fatto. E non potevo permetterlo, non potevo lasciare che vi facesse del male, se non addirittura qualcosa di peggio».

Tutti notarono il brivido che corse lungo la schiena di Ana, che subito dopo si cinse con le braccia per cercare di trattenere un po' di calore, mentre il vento diventava sempre più forte e gelido, fischiando tra le rocce. Ema smise di piangere sentendo quelle parole e si asciugò le lacrime. Firret, con la coda tra le gambe, fissava il vuoto e il suo viso era una maschera d'angoscia, con i baffi che cadevano all'ingiù e le orecchie appiattite all'indietro. Dal canto suo, Simón non riusciva ancora a credere che fosse accaduta una cosa del genere, dopo tutto quello che avevano passato insieme per arrivare lì.

«Risponda, signor Pumpkin!» ordinò allora Nilus con un'espressione severa.

«Bihann Skirr» rispose il furetto. «È un Perlustratore».

Nilus si voltò verso i ragazzini, con gli occhi sbarrati dal terrore, un sentimento che non avevano mai visto in lui. Le sue labbra erano tese come due linee, l'incarnato, da rosato, era diventato pallido come la cera e le sopracciglia erano talmente aggrottate da non lasciar quasi vedere gli occhi. Il giovane era stato il suo scudiero, prima che il re lo volesse per sé, ma quando era al suo servizio Skirr era un uomo di grande serietà e di assoluta fedeltà al regno di Pérfel, abile spadaccino e cavaliere Zajir, membro del consiglio e dotto in filosofia. Simón se lo ricordava bene, magro e senza barba, con i capelli scuri, gli zigomi pronunciati e il naso aquilino.

«Non può essere vero...» sussurrò Nilus chinando la testa e scuotendola piano, «deve esserci un errore».

«Non sto mentendo» disse Firret muovendo nervosamente la coda mentre guardava per terra come cercando di ricordare qualcosa. «Mi ha minacciato di persona, indossava un Expelor, ed è stato così che ho capito che è un Perlustratore».

I ragazzini guardarono Nilus, disorientati dalla parola che aveva utilizzato Firret e che non avevano mai sentito. Sapendo che non potevano avere capito, il giovane fece un sospiro e ripose alla domanda che sentiva aleggiare nell'aria.

«Un Expelor è un guanto utilizzato per canalizzare l'energia mentre si pronunciano determinate parole» disse con quell'espressione di terrore ancora dipinta sul viso. «Solo gli stregoni lo possono usare».

«E questo guanto ha per caso tre sole dita?» chiese Ema, a cui era ritornata in mente una scena.

«Sì» rispose Nilus sorpreso, guardandola. «Ne hai visto uno?»

Alla ragazzina era riaffiorato alla memoria il guanto che portava la donna quel pomeriggio nel salone dei ritratti e la strana conversazione che aveva deciso di dimenticare, visto che non aveva capito a cosa si riferisse.

«Qualche giorno fa ho sentito un uomo e una donna che discutevano bisbigliando a proposito di dovere aspettare che finisse qualcosa» rispose stringendosi nelle spalle. «E parlavano di qualcuno, ma non ho capito niente delle loro parole. L'uomo chiamava la donna Úna, e questa indossava un guanto con tre dita soltanto».

«E perché non hai detto niente?» le chiese Ana, incrociando le braccia.

«Allora non sapevo cosa fosse un Perlustratore, e tanto meno un Expelor. Mi spiace, sono stata una sciocca» rispose Ema, mortificata.

«Questa è una cosa gravissima» disse Ana. «Skirr ha pianificato assieme ai cavalieri l'ingresso a Sílgard e se è un Perlustratore significa che... probabilmente è una trappola».

«Dobbiamo arrivare a Cállfir il prima possibile» disse Nilus prendendo le redini del cavallo per tirarlo a sé verso la strada. «Non possiamo permettere che l'esercito arrivi al Passo del Pellegrino».

«Chi credi che possa essere questa Úna?» chiese Simón, che gli camminava accanto.

«Non lo so. Non ho mai sentito un nome simile, tantomeno a Pérfel». Il giovane ormai non avanzava più con passo normale, correva quasi.

Continuarono a camminare, tra le pozzanghere di acqua scura piene di insetti, sul sentiero che costeggiava le colline e lungo il quale crescevano moltissimi funghi delle fate in una linea retta che si perdeva all'orizzonte. Ana li osservava pensando a Güillit e a quanto avrebbe apprezzato una bella rima in quel momento. Avevano l'impressione che tutto il loro mondo di ragazzini fosse ormai un lontano ricordo, spazzato via dalle grinfie dello Stregone Cupo. Erano stanchi, sporchi e affamati, ma sollevati all'idea di essere ormai vicini a Cállfir.

Ema continuava a pensare a chi potessero essere l'uomo e la donna che aveva sentito parlare nel salone dei ritratti, ma non aveva altri indizi che il vestito lungo di lei e quello strano guanto marrone. Si ripeteva mentalmente la conversazione, ma non riusciva a cavarne alcun senso. Allora si sistemò Piuma a tracolla e continuò ad avanzare nella fanghiglia che rendeva ancora più difficoltoso il cammino.

Capitolo XVII

Il clip, clap, clop della morte

Gli arbusti e le erbacce erano molto alti e impedivano la visuale ai ragazzini, mettendo in difficoltà anche Nilus, che pure non era piccolo di statura. Solo il rumore dei loro piedi che avanzavano calpestando profonde pozzanghere di fango e acqua sudicia rompeva il silenzio che era calato su di loro.

Nessuno aveva più aperto bocca, e anche Firret aveva preferito non aggiungere altro sul suo tradimento: ormai era chiaro che aveva preso una decisione sbagliata. Simón di tanto in tanto gli lanciava un'occhiata furtiva, chiedendosi perché li avesse protetti, senza riuscire a darsi una risposta. Nel frattempo, per poter procedere più velocemente, Nilus aveva fatto salire Ema in groppa al cavallo, dal momento che per lei le pozzanghere erano troppo profonde.

«E se quell'uomo fosse stato Skirr?» chiese la ragazzina, con lo sguardo fisso davanti a sé e le mani al riparo dal freddo, ripensando alla conversazione che aveva sentito.

«È l'ipotesi più probabile, in effetti. Ma resta sempre il mistero sulla donna» rispose Nilus tirando il cavallo per farlo avanzare tra la macchia. «A meno che...»

Non terminò la frase, costretto ad aguzzare la vista per farsi strada tra la vegetazione e la cortina di pioggia, che cadeva sempre più fitta, inzuppando il terreno, da cui saliva un forte odore di terra bagnata. Il suo cavallo era ormai fradicio, come tutti loro, del resto, che avanzavano a fatica, con le erbacce che si appiccicavano sul viso.

«A meno che... cosa, Nilus?» chiese Ana.

«Che non sia qualcuno di molto vicino al consiglio, ai cavalieri» rispose il giovane tirando le redini per superare una pozzanghera, con lo sguardo perso nel vuoto di chi è preoccupato e pensieroso. «Quella donna può essere chiunque, anche una spia di Firkling o di Brynhilb».

Simón sguainò Mukar i berr e tagliò la vegetazione più alta per aprire la strada al cavallo. Avanzavano costretti a farsi largo tra foglie e rami enormi, in mezzo agli insetti e alle bisce.

«O qualcuno di peggio» intervenne Firret. «Un'assassina...»

Nilus si lasciò sfuggire un lungo sospiro prima di fermare il cavallo per capire che direzione prendere, dal momento che la pioggia, sempre più fitta, permetteva di vedere solo a pochi metri.

«Potrebbe anche essere così, ma io non ho nessuna intenzione di scoprirlo, signor Pumpkin» rispose il giovane in tono secco.

«Con questa pioggia non si vede niente» disse stizzito Simón, mettendosi lo scudo sulla testa nel tentativo di scorgere qualcosa.

«Cállfir non è mai stato un posto piovoso, ha un clima secco. Ai cavalli di fuoco piacciono i luoghi caldi. Tutto questo è opera di qualcuno» sussurrò Nilus osservando il cielo coperto di nuvoloni grigi. «Qualcuno che non vuole che ci si arrivi».

I ragazzini guardarono il cielo, cercando di immaginare chi potesse governare il clima in quel modo. Sopra di loro aleggiava una leggera nebbiolina e faceva talmente freddo che i fiati si condensavano in vapore.

«Sembra che la pioggia non abbia nessuna intenzione di smettere» disse Ana fermandosi. Ormai non le importava più niente dello stato dei suoi vestiti, voleva solo arrivare a Cállfir.

Simón aveva freddo e gli facevano male i piedi, intirizziti da tutta quell'acqua gelida. Si fermò un attimo mentre gli altri continuavano a camminare e si appoggiò a un ramo alto per riposare, osservando la vegetazione che lo circondava. Poco dopo sentì qualcosa tra l'erba, tre colpi secchi.

Il primo lo sentì a circa un metro da lui, tra le foglie fradice e gli steli dei denti di leone. Era come una martellata sulla roccia, un *clip* breve e asciutto.

Il secondo lo udì alla sua sinistra, tra la fila di funghi e gli spessi fili d'erba, ed era un rumore stridente, come se qualcosa fosse trascinato per terra, tra i sassi, facendo *clap*.

Il terzo veniva da dietro, vicino alle profonde pozzanghere di acqua sudicia piene di girini, con le mosche che ci ronzavano sopra, ed era un rumore simile a qualcosa che cadeva nell'acqua facendo *clop*.

Simón si voltò aguzzando la vista, cercando di guardare tra la fitta vegetazione, ma non vide nulla. Riprese a camminare ma udì di nuovo i tre colpi, che questa volta si ripetevano costanti, a tratti più vicini, a tratti lontani, tra i rami, come portati via dal vento. Il ragazzino si avvicinò a Nilus, continuando a guardarsi intorno, con la mano su Mukar i berr.

Avanzavano tra pozzanghere e buche profonde, sferzati dal vento, che adesso era diventato più forte, e la sottile pioggerellina in cui si era trasformato il diluvio di prima. I tre colpi continuavano, regolari come il metronomo che usava Ana quando suonava il piano: un *clip*, *clap*, *clop* che si ripeteva sempre uguale.

Ema smontò, stanca dei sobbalzi del cavallo che superava le pozzanghere. Si scrollò via l'acqua dal viso con un sospiro e si mise a camminare accanto ad Ana, che avanzava con lo sguardo a terra, cercando di non pensare alla strada che dovevano ancora percorrere, come se in quel modo potesse diventare più corta. Nilus, invece, camminava a la testa alta, tirandosi dietro il cavallo, ma aveva un'espressione accigliata.

In quell'istante il rumore di un ramo spezzato, poco più avanti di dove si trovavano, lo fece fermare.

«Portate indietro il cavallo e nascondetevi» ordinò il Delant sguainando la spada.

I ragazzini lo videro avanzare aprendosi il cammino tra la fitta vegetazione, finché non lo persero di vista. Legarono il cavallo a una grossa radice e andarono a cercarlo, ben nascosti nel verde, seguendo le tracce che il giovane aveva lasciato dietro di sé. Sentendolo parlare ad alta voce si accucciarono, per poi proseguire finché non arrivarono a una radura che si apriva accanto a un sentiero, circondata da monticelli di terra ricoperti d'erba. Nel mezzo videro Nilus, in piedi, con la spada abbassata e lo sguardo rivolto verso un punto preciso, tra gli alberi davanti a lui.

«Sapevo che ci saremmo incontrati» disse il giovane con voce pacata.

«E non ti sbagliavi» rispose una voce maschile secca e acuta che proveniva dal fitto della vegetazione al di là della radura. «Ma cosa porta un Delant sulla strada del regno che il suo stesso re ha disdegnato?»

I ragazzini cercarono di capire dove fosse la persona che stava parlando con Nilus, aguzzando la vista tra i rami e le foglie, ma non riuscirono a vedere nessuno.

«Ci sono domande a cui non è il caso di rispondere» disse il Delant con la massima tranquillità, guardando tra la macchia.

«O sei molto saggio o sei molto sciocco» rispose la voce, scoppiando in una sonora risata.

«Se essere prudente significa essere sciocco, vada pure per lo sciocco. Ma chi ti ha portato qui? Forse l'ordine di un traditore?» chiese lo scudiero. «O solo il desiderio di tormentare?»

I tre ragazzi e il furetto si appiattirono bocconi sul terreno fangoso, tenendo lo sguardo su Nilus, che sembrava perplesso. La pioggia continuava a cadere, fine ma molto fitta.

«Entrambe le cose, direi. Non c'è niente di meglio di una bella passeggiata sotto la pioggia» rispose la voce, sarcastica «per deliziarsi con un po' di sangue».

E lentamente dall'erba comparve un pallido volto di uomo, con i capelli fradici che ricadevano sulle spalle, gli occhi infossati e la bocca aperta, che mostrava una dentatura giallognola. Gli mancava mezzo orecchio e la pelle del viso sarebbe stata lucida anche se non fosse stata bagnata dalla pioggia. Portava un mantello con la pellegrina color verde bottiglia e due strisce rosse lungo i bordi interni.

«... non credi?» chiese l'uomo, avanzando con un sorriso sinistro.

Dietro di lui, tra i rami, giaceva il corpo di una donna con le orecchie a punta come quelle dei Delant: era immobile, con il viso pallido e gli occhi sbarrati. Nel vedere il corpo senza vita, Nilus indietreggiò. Ema spalancò la bocca, pronta a urlare, ma Ana gliela tappò con la mano, mentre con l'altra le faceva segno di non fiatare.

«È questo quello che ti offre Firkling?» chiese Nilus indignato. «Morte e distruzione?»

«Oh, no! Questo viene dalla natura di noi Mezzosangue» rispose l'uomo quasi gridando.

Firret abbassò le orecchie, lasciandosi sfuggire un gridolino talmente soffocato che riuscì a sentirlo solo lui. Simón respirava affannosamente, ossessionato da quei tre colpi, che adesso diventavano sempre più ravvicinati.

«Firkling non è che il prossimo passo. I segreti dei Rill sono stati di grandissimo aiuto, ma questo è solo l'inizio» disse l'uomo, scoppiando a ridere di nuovo.

«Aureo!» gridò una voce femminile dal fitto della vegetazione. «Aureo!»

In quell'istante apparve una donna con i capelli castani, che indossava un mantello molto simile a quello dell'uomo, ma con una pellegrina più corta, azzurro scuro, e un cappuccio che aveva tirato sulla testa e le nascondeva gli occhi. La donna avanzò verso colui che aveva chiamato Aureo.

«Non possiamo trattenerci, lo sai bene. Devi piantarla di fare queste cose» disse, ignorando completamente la presenza di Nilus e tenendo gli occhi fissi sul corpo senza vita dell'altra donna.

«Avevo solo sete, tutto qui» rispose Aureo, che sembrava molto agitato e continuava a guardarsi attorno da tutte le parti, come se stesse cercando qualcosa.

«Ricorda gli ordini» disse la donna togliendosi il cappuccio e piazzandosi di fronte a lui. «Dobbiamo solo fare in modo che nessuno...»

«... che nessuno esca da Cállfir. Nessun soldato o Rill» la interruppe Aureo. «Ricordo le regole, Cordelia!» grugnì, distogliendo lo sguardo dalla donna e mettendosi a camminare avanti e indietro. «Non sono mica stupido!»

«Allora non comportarti come se lo fossi! Se continui così finirai per attirare l'attenzione dei Delant del Sud» ribatté Cordelia con un filo di voce e un gesto di rimprovero «o di qualche Sentinella di Myrddin».

L'uomo tacque. Cordelia si voltò e vide Nilus. Poi, seguendo con lo sguardo la linea del suo braccio, notò la lunga spada che il giovane impugnava.

«E lui chi è?» chiese agitando le dita come se stesse suonando un pianoforte immaginario.

«Un seguace del Primo Stregone?» rispose Aureo con ironia. «Non vedi le orecchie?»

«Tu! Chi sei?» chiese la donna puntando il dito pallido contro Nilus, mentre lo guardava dritto negli occhi.

Aveva un viso scarno, incorniciato dai capelli ricci, con gli zigomi sporgenti e il mento aguzzo, di un incarnato chiarissimo, che in quella luce livida sembrava ancora più pallido. Il suo sguardo era cupo e si capiva che era anche molto stanca dalle occhiaie scure che le cerchiavano gli occhi.

Nonostante Cordelia continuasse a fissarlo, Nilus non rispose. Allora la donna, innervosita, si voltò verso Aureo, che, immobile, continuava a guardarsi attorno, scandagliando l'erba alta in cui si nascondevano i tre ragazzini e il furetto, senza rendersi conto della loro presenza.

«Ti hanno mangiato la lingua i topi?» chiese seccata.

Ma Nilus continuava a tacere, con lo sguardo fisso davanti a sé.

«Pare proprio di sì» rispose Aureo.

«Cosa dobbiamo fare con lui?» chiese Cordelia quasi tra sé e sé.

Si sentiva solo la pioggia che cadeva sulle foglie e il mantello trascinato per terra, sul fondo di quel *clip*, *clap*, *clop* che sembrava aumentare di ritmo e intensità.

«Lasciami... bere il suo sangue...» supplicò Aureo, mostrando i denti e ansimando.

Si avvicinò a Nilus, dilatando le narici e arricciando le labbra in una smorfia di ansietà. Nessuno dei ragazzini riusciva a capire perché il Delant non lo attaccasse, dal momento che nessuno di quei due era armato; tanto più che Nilus con la spada non temeva confronti. Finché Ana non si rese conto di chi avevano effettivamente di fronte.

«Non può essere!» sussurrò voltandosi verso sua sorella e Simón. «È impossibile».

«Cosa?» le chiese Ema.

«Non vedete?»

«Cosa, Ana? Parla!» la incalzò Simón.

«Sono umani, come noi» sussurrò la ragazza, fissandoli con aria smarrita.

Si voltarono tutti e quattro a guardarli. Era vero: Aureo e Cordelia erano umani, il che era impossibile in un mondo in cui la razza umana si era estinta da tempo immemorabile.

«Ma come? Ci hanno sempre detto che eravamo gli unici... Com'è possibile?» chiese Simón con un filo di voce e un'espressione sbigottita.

Aureo inspirò a fondo, come se volesse annusare Nilus, ma il Delant rimase impassibile.

«Non essere impulsivo, Aureo» disse Cordelia sbuffando, come se la richiesta dell'uomo fosse del tutto insensata. «Ci potrebbe essere molto più utile...»

«Tanto non dirà nulla» la interruppe Aureo scuotendo la testa. «Ma cosa pensi, Cordelia, che parlerà solo perché glielo si chiede?» E richiuse il mantello, facendo guizzare le due strisce rosse come lingue di fuoco.

«Magari con un po' di... perseveranza» rispose la donna, sollevando la mano guantata.

I ragazzini riconobbero immediatamente il guanto. Era lo stesso di cui aveva parlato Nilus poco prima, identico a quello che aveva visto Ema sulla mano della donna che rispondeva al nome di Úna: un guanto con tre sole dita, che coprivano il mignolo, l'anulare e il pollice. Cordelia portò la mano sul viso di Nilus, accarezzandogli il mento.

«È un... Expelor» sussurrò Ana con la voce che le tremava. «Sono Perlustratori».

«Questo non va affatto bene, nossignori» bisbigliò Firret. «Ci troveranno e...»

Il furetto non riuscì a terminare la frase perché, al solo pensiero, si sentì venir meno. Rimase in silenzio, guardando la coppia di Perlustratori.

«Ci saresti di grande aiuto se avessi la compiacenza di dirci chi sei» lo incalzò Cordelia, camminandogli intorno con lo sguardo rivolto a terra. «Rispondi!»

«Mi piace guardare dritto negli occhi, soprattutto quando ci leggo la paura...» sussurrò Aureo, avvicinandosi al Delant. «Quando sento il cuore battere sempre più forte, come fa il tuo adesso. Che dici, Cordelia, cosa si potrebbe fare perché questa povera anima si decida ad aiutarci?»

«Una maledizione... forse. Qualcosa che gli ricordi chi è» sibilò la donna alzando bruscamente la mano guantata verso Nilus. «*Oppressio*!»

In quell'istante dalla mano di Cordelia uscì una violenta raffica di vento che andò dritta verso il giovane, avvolgendolo in una sorta di manto trasparente. Il Delant si portò le mani al petto, cadendo in ginocchio con la bocca spalancata, come se gli mancasse improvvisamente l'aria.

Ema chiuse gli occhi, non riuscendo a sopportare l'atroce vista di quello che stava accadendo. Ben presto le due sorelle sentirono salire le lacrime, che Simón riuscì invece a trattenere.

Il ragazzo continuava a udire i colpi che avevano attirato la sua attenzione poco prima e che adesso si facevano sempre più forti e sempre più ravvicinati.

«*Extrémité*!» ordinò Cordelia, e l'asfissia smise di colpo, lasciando Nilus, terreo e con gli occhi iniettati di sangue, in preda a un accesso di tosse. «Adesso risponderai alle mie domande?» chiese la donna in tono beffardo.

Il giovane, con lo sguardo fisso nel vuoto, sembrava sfinito.

«Avanti, Nilus» sussurrò Simón «di' qualcosa! Una cosa qualsiasi, così ti lasceranno andare!»

«Ma perché non parla? Perché non si difende?» chiese Ana piangendo.

«Sta proteggendo il suo popolo» rispose Simón afferrando la spada con la mano di cui tentava di controllare il tremore. «Se si lasciasse sfuggire qualcosa su Skirr e la nostra missione, sarebbe la fine di tutto ciò che ama».

Ma Nilus rimase in silenzio, e in quel silenzio risuonò la sguaiata risata di Aureo, che si mise ad applaudire percorrendo a passi lenti la radura.

«Non è facile da convincere. Lascia che ci provi io, Cordelia. Magari riesco a essere più persuasivo» disse con una calma di cui non aveva mai dato prova da che si era palesato.

«D'accordo» acconsentì la donna. «Ma non ucciderlo, potrebbe tornarci utile».

«Ci proverò, ma non ti prometto nulla» rispose Aureo, avvicinandosi a Nilus a passi felpati.

Dopodiché successe qualcosa che lasciò pietrificati i tre ragazzini. Pronunciando l'oscura formula "*Atrium Profeza*", l'uomo allungò la mano, con il palmo rivolto verso il Delant, che cadde improvvisamente a terra contorcendosi, con le estremità improvvisamente irrigidite e rattrappite, dalle quali si sprigionava una pioggia di scintille, come accade ai cavi elettrici in caso di cortocircuito.

Nilus urlava sempre più forte e i ragazzini ben presto non ressero più la vista di quel che stava succedendo. Ana tirò fuori Citrek, ma nonostante le chiedesse insistentemente di fare qualcosa, non accadde nulla. Anche Simón avrebbe voluto essere di aiuto, ma era consapevole che due spade non avrebbero potuto nulla contro un simile potere.

Intanto la pioggia continuava a cadere, formando intorno a Nilus, che respirava sempre più a fatica, una grande pozzanghera di melma e acqua sudicia che gli infangava il viso e gli inzuppava i vestiti.

«Stiamo perdendo tempo» disse Cordelia guardando il corpo straziato del giovane. «Sarà meglio andare».

«Sei proprio una guastafeste! Andarcene proprio adesso che incominciava a essere divertente... Almeno lasciamo un bel regalino al Primo Stregone!» ribatté l'uomo, andando a mettersi a fianco a lei.

«Cos'hai intenzione di fare, Aureo?» gli chiese Cordelia.

«*Verbrennen*...» rispose l'uomo con un sorriso sornione.

«E va bene. Servirà a ricordare al Primo Stregone che sono finiti i tempi in cui avevamo timore di lui» disse la donna. Dopodiché si chinò sul Delant con un'espressione glaciale, e avvicinando il mignolo e il pollice fino a farli toccare, stese le altre tre dita verso di lui pronunciando «*Verbrennen*».

Dalla punta delle tre dita uscì una lama di luce arancione che andò dritta verso Nilus, incendiandogli la tunica fino a toccargli la pelle del petto, mentre la donna continuava a muovere la mano come se stesse disegnando. L'urlo del Delant squarciò l'aria, accompagnato dalla risata di Aureo. Quando ebbe finito, Cordelia si rialzò e sospirò soddisfatta.

In quel preciso istante si udì il sordo ticchettio accelerare sempre più: un *clip*, *clap*, *clop* crescente che risuonava contro la roccia e i rami.

«Pensaci tu, Aureo» sussurrò Cordelia andandosene.

«Con grande piacere» rispose l'uomo. E fece per allontanarsi insieme a lei.

Nilus si trascinò nel fango, sotto la pioggia che gli lavava il viso, e con la poca forza che gli rimaneva afferrò la spada. Aureo si voltò e puntò sul suo corpo esausto la mano con il medio, l'anulare e il pollice piegati.

«Sarà veloce» disse il Perlustratore. «E ti assicuro che me lo godrò».

Nilus volse lo sguardo al di là dell'uomo, verso i tre ragazzini e il furetto che si nascondevano nella macchia e, respirando ormai con grande fatica, socchiuse gli occhi scuotendo la testa. Il *clip*, *clap*, *clop* ormai era diventato talmente forte che sembrava una pioggia di pietre.

Tutt'a un tratto si sentì un soffio, come se qualcuno avesse spento una candela, e subito dopo si vide una luce talmente bianca che per un attimo li accecò. Dalla mano del Perlustratore si sprigionò un bagliore diffuso, come una specie di fantasma, che andò verso Nilus, avvolgendolo in una sottile nebbiolina biancastra, e gli strappò via qualcosa di luminoso. I ragazzini non avevano mai visto come la morte arriva a portarsi via qualcuno, ma di quel pomeriggio tetro e piovoso non avrebbero mai dimenticato né la terribile parola "*Exstinctio*" che Aureo pronunciò nel momento in cui tolse la vita a Nilus, né la raccapricciante freddezza con cui lo fece.

Conclusa la terribile opera, la coppia di Perlustratori si allontanò nella macchia, finché non scomparve tra la vegetazione. In quell'istante, sul sentiero che i due avevano imboccato, un raggio andò a colpire il terreno con un gran frastuono. Poi fu solo silenzio. Non si sentiva nemmeno più il *clip*, *clap*, *clop*, che era cessato nell'istante in cui Nilus aveva smesso di respirare.

Trascorsero dieci minuti durante i quali nessuno dei quattro ebbe il coraggio di uscire allo scoperto. Quando furono sicuri di essere soli, si rialzarono, completamente fradici, e si avvicinarono lentamente alla radura dove giaceva il corpo di Nilus.

Ema non riusciva a frenare il fiume di lacrime che la travolgeva, mescolandosi alla pioggia che le grondava sul viso. Ana piangeva in silenzio, con lo sguardo fisso alla radura, e Firret, che continuava a rivedere la terribile scena, era squassato da un tremito che non riusciva a controllare. Simón si avvicinò assieme ad Ana al corpo esanime del Delant, che sul petto aveva il segno di un'ustione. Era una grande cicatrice a forma di S, attraversata nel mezzo da una specie di pugnale che terminava in un teschio di corvo con le orbite vuote e scure.

«Perdonami, Nilus, perdonami!» singhiozzò il ragazzino lasciandosi cadere in ginocchio. «Avrei dovuto fare qualcosa. Ti chiedo perdono, Nilus. Sono un codardo!»

Il grido di Simón squarciò il silenzio. Ana passò un braccio attorno alle spalle del suo amico, che piangeva inconsolabile, incolpandosi di quello che era successo.

«Non colpevolizzarti, ragazzo» disse Firret mesto, con le orecchie basse. «Non avresti potuto fare nulla, erano troppo potenti».

«Chi può dirlo?» rispose Simón tra le lacrime.

«No, Simón» intervenne Ema a braccia conserte, tremando più per lo spavento che per il freddo. «Non avremmo potuto fare niente, saremmo morti anche noi».

«Cos'è questo segno?» chiese Ana guardando il petto di Nilus.

«È per Myrddin. In ricordo di quella parola... *Verbrennen*» rispose Simón pulendosi il viso mentre si rialzava.

«Dobbiamo arrivare a Cállfir il più presto possibile, è pericoloso, potrebbero esserci degli altri Perlustratori» avvertì Firret.

«Non possiamo lasciarlo qui» replicò Simón, con gli occhi rossi. «Dobbiamo riportare il corpo a Pérfel e consegnarlo a suo padre».

«E con lei cosa facciamo?» chiese Ema guardando il corpo senza vita della donna delant. «Forse qualcuno la sta aspettando».

«È vero, ma non possiamo portare via anche lei. La cosa migliore è avvisare i Delant di Cállfir» rispose Firret.

Nessuno replicò, accettando la decisione. Quando Simón ritornò con il cavallo di Nilus, sollevarono con garbo il corpo del giovane e glielo adagiarono sulla groppa, mettendogli accanto la sua spada. Dopodiché ripresero il cammino che sarebbe rimasto il più triste di tutto il viaggio, passando per gli alti pascoli.

Simón teneva le redini del cavallo, scrutando attentamente la strada. Tutt'a un tratto sentì di nuovo il *clip*, *clap*, *clop*. Si girò di scatto verso la poca erba alta che cresceva in quel punto e vide tre creature che stavano camminando verso est. Erano alte come un bambino di cinque anni, con i tratti del viso appuntiti, gli occhi stanchi come quelli dei vecchi e le orecchie grigie a punta piegate all'ingiù. Erano vestiti con abiti eleganti, pantaloni di lino e gilet, e portavano una borsa di panno e un cappello fatto di foglie d'albero. Ognuno di loro aveva in mano un attrezzo da lavoro. Il primo, alto e magro, con le mani affusolate e le unghie bianche, trascinava un martello sul terreno roccioso, facendo *clip*. Il secondo, che indossava un gilet rosso, era di media statura e aveva il viso schiacciato, avanzava a testa bassa dondolando un falcetto che, sbattendo contro i rami e le foglie, faceva *clap*. Il terzo, che era basso e grasso, con il naso adunco e la faccia gioviale, si allontanava veloce a piccoli balzi, sbattendo un piccone contro i sassi, che facevano *clop*.

Capitolo XVIII

Lo Specchio Evanescente

La pioggia continuava a cadere, fitta e sottile, e da nord si era messo a spirare un forte vento. I ragazzini avevano i mantelli talmente fradici da sentire il freddo penetrare fin nelle ossa, ma nessuno di loro sembrava curarsene granché. Camminavano a passi rapidi in direzione dei due vulcani, lungo il sentiero che proseguiva sempre uguale, con l'unica differenza che non era più ingombro di alte erbacce ma ricoperto da un bel prato costellato di denti di leone e bordato da tantissimi funghi delle fate. In lontananza, sotto il cielo che si tingeva di arancione, la stessa coppia di cavalli che avevano visto entrando a Pérfel annunciava il regno di Cállfir.

Erano finalmente arrivati alla meta, ma non riuscivano a scacciare il pensiero che fosse stato tutto inutile, e la profonda tristezza che sentivano nell'animo si accompagnava al freddo che intirizziva loro il corpo. Simón camminava in silenzio, con lo sguardo dritto davanti a sé e la spada ben salda in mano. Il suo pensiero era altrove, in un altro mondo, un mondo in cui c'erano i suoi genitori, anche se le parole di sua madre, che continuava a ripetersi nel tentativo di comprenderle, non sembravano avere più alcun senso.

"Tuo padre diceva che, quando agisci bene e con amore, il cielo ti tiene aperte le porte, qualsiasi cosa accada. Ti ha trasmesso l'umiltà e l'amore per le cose semplici. Non te lo dimenticare mai, tesoro, perché, anche quando sembra che vada tutto male, questo ci aiuta a non inasprirci".

Sebbene quelle parole gli dessero forza, l'unica cosa che riusciva a fare in quel momento era piangere di rabbia, rabbia per non essere riuscito a fare nulla per Nilus, per non essere stato abbastanza forte, perché – si diceva – forse avrebbe dovuto uscire allo scoperto e combattere.

Quando arrivarono all'ingresso della città, videro i due enormi cavalli: quello di bronzo guardava in direzione di Cállfir, mentre quello alato aveva lo sguardo rivolto all'esterno, verso il cammino da cui erano arrivati. Ma questo non era più deserto come lo era stato fino a quel momento: a presidiare l'entrata, vicino alla quale crescevano moltissimi funghi delle fate che proseguivano sulle lastre del selciato, c'erano centinaia di soldati, protetti da armature scure come quelle dei Delant dell'Est, con cotte di maglia scurissime, ampi pantaloni neri e lunghi mantelli dello stesso colore, chiusi da un blasone con la mela scintillante. I ragazzini e il furetto avanzarono verso di loro, che si avvicinarono con le spade sguainate.

«Chi siete?» chiese un soldato con l'elmo in testa.

I tre ragazzi, ormai sfiniti, si fermarono. Simón fece un passo avanti, tenendo ben salde le redini del cavallo.

«Siamo Dhardans» rispose sommessamente.

«Chiamate la regina» ordinò il soldato, correndo verso l'entrata.

Dopo pochi minuti, un drappello si avvicinò loro a passo di marcia e si fermò. Tra loro c'era una donna delant bellissima con i capelli castani da cui spuntavano due lunghissime orecchie a punta, gli occhi verdi e la pelle bianca come l'avorio. Avanzò verso i ragazzi, incurante della pioggia, nel suo lungo abito marrone decorato di grandi foglie dello stesso colore.

«I miei soldati hanno detto che siete Dhardans» sussurrò la regina. «Allora Myrddin aveva ragione a dire che sareste ritornati».

«Maestà, veniamo da molto lontano per consegnarvi questa pergamena» disse Simón porgendole il plico ormai sporco.

Frey lo prese, osservando attentamente i loro volti, dal piccolo muso di Firret al viso pallidissimo del ragazzo. Allora Simón tirò fuori dalla tasca la penna dell'Avalerion, che era rimasta morbida come gliel'aveva consegnata Oisín. La regina la prese in mano e passò le dita sui puntini dorati.

«Una piuma di Avalerion! C'è una sola persona al mondo che conosce questo segreto... Quando eravamo piccoli, mio fratello e io ne abbiamo visto uno, ed è una cosa rarissima, perché ne possono esistere solo due per volta. Depongono infatti due sole uova in tutta la vita, e quando queste si schiudono, loro volano verso la fonte più vicina e vi si immergono, lasciandosi annegare. Gli Avalerion sono uccelli capaci di volare velocissimi e di curare le ferite mortali. Una loro piuma è un messaggio di pace» disse la regina, accarezzandola.

Solo allora Frey notò il corpo in sella al cavallo. Si avvicinò e sollevò il mantello che lo ricopriva. I tre ragazzini e il furetto non riuscirono a trattenere le lacrime.

«Nilus!» esclamò la regina con voce tremante e con un'espressione atterrita sul viso.

«I Perlustratori lo hanno catturato, torturato e ucciso» spiegò Simón piangendo, con lo sguardo perso nel vuoto. «Non siamo riusciti ad aiutarlo...»

«Oh... Direll!» sussurrò Frey cercando di trattenere le lacrime. «È stato un grande... amico al tempo in cui vivevo a Pérfel. Ma perché lo hanno fatto?»

«Sappiamo solo che erano un uomo e una donna e che rispondevano ai nomi di Aureo e Cordelia» rispose Ana.

«Avete idea di chi possano essere, Maestà?» chiese Firret.

«No. I Perlustratori esistono da poco, da quando Firkling ha iniziato a insegnare le arti ai suoi seguaci» rispose la regina, stringendo i pugni e lasciando cadere il mantello.

«Hanno ucciso anche un'altra persona, una donna. Avremmo voluto portarla via con noi, ma non era possibile» disse Ana. «Si trova a circa cinque chilometri da qui, lungo la strada da cui siamo arrivati».

«Ci pensiamo noi. Manderò dei soldati a prenderla».

«Ma c'è dell'altro, Maestà. Dell'altro che dovete sapere» intervenne Ema.

«Cosa?» chiese Frey.

I ragazzini guardarono i soldati, e temendo che tra loro si nascondesse qualche traditore, scossero il capo.

«Ci dispiace, Maestà, ma è una cosa che dovete ascoltare solo voi» rispose Simón.

La regina assentì e con un gesto della mano chiese loro di seguirla. I tre ragazzi si avviarono dietro di lei e Simón tirò le redini del cavallo, ma Frey lo fermò.

«Devi lasciarlo. Lo porteranno via loro, per dargli l'ultimo saluto, così potrà andar via in pace con Direll e Serefell» spiegò.

Simón assentì e passò le redini a uno dei soldati. Frey guardò il petto di Nilus, con la cicatrice dell'ustione.

«Lo hanno segnato...» sussurrò con un sospiro di dolore.

«Cosa significa?» chiese Ema. «Quando l'hanno segnato, i Perlustratori hanno detto una parola...»

«*Verbrennen*...» ripeté Simón ad alta voce.

La regina si voltò di scatto, con le labbra che le tremavano e gli occhi rossi per le lacrime che si sforzava di trattenere. Sul viso bagnato dalla pioggia si leggeva un'espressione di terrore.

«È una minaccia. Quel segno è la firma della Congrega Cupa. Ma una minaccia a chi?» chiese.

«A Myrddin, Maestà» riposε Firret. «Così hanno detto quei due».

Baciando la fronte di Nilus, Frey sussurrò sull'orlo del pianto «*Angderer uldeg belldar Manhann, árnan deref*»**.

I tre ragazzi la osservarono con la coda dell'occhio: sembrava che stesse soffrendo davvero moltissimo.

** "Vola ai campi di Serefell, amore mio".

«Entriamo, così potremo parlare» disse Frey riprendendo velocemente il cammino per Cállfir, dopo essersi voltata a guardare il corpo di Nilus per l'ultima volta.

Lì il era tutto verdissimo e faceva anche molto più caldo, per la vicinanza dei due vulcani che si ergevano, enormi, ai due lati, sprigionando una luce arancione. Il sentiero all'interno della città era costellato da una miriade di funghi delle fate, che crescevano tra le lastre di pietra del selciato.

Cállfir era molto diversa da Pérfel, più estesa e con edifici bassi che ricordavano quelli delle fiabe delle Mille e una notte. Alcuni particolari tuttavia la ricordavano, come le statue di uomini e donne che puntavano il dito verso quello che doveva essere il palazzo della regina, da cui svettavano altissime torri, sottili come minareti, che si vedevano fin dall'entrata. Lì non c'erano laghi, e neppure meli, ma centinaia di fiori gialli e arancioni che decoravano le finestre e crescevano sui muri. Faceva molto caldo e le persone indossavano abiti ampi, bianchi e color sabbia, con copricapi e turbanti colorati. Quando entrarono, si fermarono tutti a guardarli, fissandoli come se non avessero mai visto nessuno con un aspetto simile. I ragazzini non ci fecero caso e proseguirono, finché non arrivarono a una grande carrozza su cui la regina salì, invitandoli a fare altrettanto.

«Ma Maestà, non possiamo!» esclamò Ema osservando l'interno foderato con una candida stoffa decorata da riccioli d'argento. «Siamo tutti sporchi, rovineremmo la vostra carrozza».

«Miei cari ragazzi, come posso farvi camminare ancora?» rispose la regina. «Avete fatto un lunghissimo viaggio per arrivare fin qui, quindi vi prego di salire per venire con me al palazzo».

I ragazzini obbedirono e la carrozza si mise in movimento. Attraversarono vie costeggiate da case con grandi patii e mercati rumorosi in cui si accalcavano centinaia di persone che esponevano merci di ogni tipo. Durante il tragitto nessuno di loro disse una parola, erano intenti a osservare quel che sfilava sotto i loro occhi. Sembrava che tutto fosse tornato alla normalità, ma per Simón, che continuava a ripensare a quello che i due Perlustratori avevano fatto a Nilus, non era sufficiente e più di una volta il ragazzo si ritrovò con la mano sull'impugnatura di Mukar.

Quando giunsero al palazzo, si ritrovarono di fronte a un'enorme cupola alta parecchi metri, con grandi finestre di cristallo che si vedevano fin dall'ingresso. Sulla piazza d'armi era schierato in formazione un drappello di soldati con lunghe spade e grandi armature. La carrozza si fermò e la regina scese, seguita dai tre ragazzi, che dovettero subito fermarsi, accecati dalle luci rosse e arancioni che si muovevano a grande velocità nel cortile. Un istante dopo si sentì il nitrito di un cavallo.

Simón sbatté gli occhi, nel tentativo di capire cosa fossero quei bagliori, e muovendo un passo in avanti si ritrovò di fronte a un bellissimo destriero in fiamme, con la criniera rossa come il fuoco che esce dalla bocca dei vulcani e il pelo nero lucidissimo. Aveva grandi zoccoli, una coda fiammeggiante e occhi scintillanti color dell'ambra. Il cavallo girò intorno al ragazzo e gli si fermò di fronte sbuffando. Ema e Ana rimasero pietrificate nel vedere l'animale avvolto dalle fiamme, chiedendosi come riuscisse a sopravvivere. Simón, invece, alzò la mano per accarezzarlo, pur con un certo timore e notevoli dubbi, perché sapeva bene che una simile occasione capita una sola volta nella vita. Il cavallo rimase tranquillo, con lo sguardo fisso sul ragazzo, soffiando rumorosamente. Quando la mano di Simón toccò il fianco dell'animale, lo trovò caldo come il sole del mattino sulla pelle o le ceneri nel camino dopo che il fuoco si è spento. Il ragazzino la fece scorrere lentamente lungo il fianco, con il cuore che gli batteva sempre più forte, e sul suo viso si disegnò un sorriso appena accennato. Allora portò fiducioso la mano alla criniera, dove le fiamme danzavano più fitte, come in una torcia, e le attraversò senza riportare alcun danno: quello che gli scivolava tra le dita era solo un setoso pelo tiepido.

«Complimenti, signor Dhardan!» disse il cavallo, facendo un passo verso di lui.

Simón indietreggiò spaventato: aveva dimenticato che quelli erano cavalli in grado di parlare, e per di più lo aveva accarezzato senza chiedergli il permesso.

«Mi dispiace, signor cavallo, non volevo importunarla. È che non ho mai visto una cosa del genere...» disse il ragazzo indietreggiando lievemente, lo sguardo perso negli occhi del destriero.

«Nemmeno io, signor Dhardan, ho mai visto un essere umano» rispose il cavallo con voce calma ma molto ferma.

«Vedo che avete già fatto conoscenza» li interruppe Frey. «Vi presento Air, uno dei cavalli di fuoco Zajir».

E si soffermò sulla mano di Simón, che era ancora sulla criniera.

«Ne avevate mai visto uno, prima d'ora?» gli chiese.

Simón scosse la testa e tornò a guardare il destriero, che aggrottava il sopracciglio, guardandolo a sua volta. Poi si voltò di nuovo verso la regina, che continuava a fissare la sua mano, alquanto sorpresa.

«Sapete come fa un cavallo di fuoco Zajir a scegliere il suo cavaliere, Simón?» chiese Frey.

«No, Maestà».

«Nessuno lo può toccare, se non è destinato a essere tale. O verrà consumato dalle fiamme» rispose la regina in tono solenne.

Simón guardò il cavallo, osservandosi la mano, che continuava a tenere sulla criniera. Poi, lentamente, la tolse, piegando avanti e indietro le dita: erano intatte, senza il minimo segno di ustione. Ema sembrava stesse trattenendo un urlo di gioia e Ana non riusciva a smettere di sorridere, felice per le parole di Frey. Firret, invece, era nervoso e osservava gli occhi del cavallo, che adesso scintillavano ancora di più.

«Mio carissimo Simón, senza volerlo e senza saperlo, il destino vi ha scelto perché abbiate un aiuto, l'aiuto di un amico Zajir» sussurrò Frey, prendendo la mano del ragazzo e posandola di nuovo sulla criniera del cavallo.

Simón non riusciva a ancora a capire bene cosa fosse successo, sapeva solo di avere visto una bellissima creatura di luce cavalcare sul selciato di pietra, tra sbuffi e nitriti.

«Ma perché proprio io?» chiese al cavallo.

«Questo solo il destino lo sa» rispose Air.

Simón si sentiva felice di avere un simile amico e a quell'annuncio così inaspettato si voltò verso le due ragazze e il furetto, che gli sorrisero, un po' tesi ma raggianti.

«So che siete confuso, ma un amico arriva quando è il momento giusto, senza bisogno di essere invitato, e spesso si rivela una compagnia molto preziosa» disse la regina.

All'improvviso, dietro di loro si sentirono dei passi decisi. Un uomo alto, con i capelli corti e abiti che ricordavano quelli che indossano i vecchi saggi si fermò di fronte a loro e li guardò.

«Mia signora» disse con voce agitata «vengo per una cosa di primaria importanza: il consiglio si è riunito, deve essere successo qualcosa».

La regina si voltò verso l'uomo e assentì con il capo. Quindi si girò di nuovo verso Simón e Air.

«Sono desolata di interrompervi, ma se i membri del consiglio si sono riuniti, dobbiamo andare a parlare con loro» esclamò Frey.

Il ragazzo si voltò verso il cavallo e fece un inchino.

«Mi dispiace di non potere restare qui a parlare, ma devo andare per prestare il mio aiuto» gli disse.

«Capisco, mio caro Dhardan. Che il vento vi sia di guida e che possa il momento in cui ci rivedremo essere meno cupo» rispose il destriero abbassando la testa in segno di omaggio.

I tre ragazzi seguirono la regina attraverso il cortile fino all'entrata principale del palazzo. Lì Frey imboccò un corridoio, che percorse a passo veloce dopo avere attraversato un meraviglioso giardino con una cascata e fiori che profumavano di cannella. Quindi girò l'angolo e proseguì lungo un secondo corridoio che conduceva a una porta, davanti alla quale si fermò. Al di là si sentivano delle voci che discutevano animatamente.

«Il consiglio di Cállfir si riunisce qui. Così potrete dirci cos'è successo a Pérfel» disse Frey con espressione angosciata.

«Siamo desolati, Maestà, ma parleremo solo con voi. Voi e nessun altro» disse Ana.

La regina guardò la pesante porta di ferro che avevano di fronte.

«D'accordo. Torniamo in giardino, lì potremo parlare indisturbati».

Ripercorsero quindi il corridoio, ritrovandosi nuovamente nel giardino, dove si fermarono. Anche lì crescevano funghi delle fate ovunque e in sottofondo si sentiva il rumore di una cascata che si gettava nel canale che scorreva ai piedi delle mura fino a perdersi in lontananza.

«Adesso siamo soli» disse la regina.

«Prima dovete aprire la pergamena» le ricordò Ema.

Frey la srotolò e lesse velocemente il messaggio, per poi voltarsi verso la cascata.

«Mio fratello ha bisogno d'aiuto, dobbiamo marciare immediatamente a Pérfel, per il Sentiero del Pellegrino...» disse in tono risoluto.

«No, Maestà. Prima dovete ascoltarci» la interruppe Simón.

«C'è un traditore a Pérfel, Bihann Skirr, cavaliere Zajir» sussurrò Ana.

«Skirr? No, non può essere! Lui non lo farebbe mai...» esclamò la regina abbassando lo sguardo.

«È la verità, Maestà» intervenne Firret. «Mi ha minacciato lui stesso, costringendomi a tradire i miei amici» aggiunse il furetto in tono afflitto, con le orecchie basse.

«Ma non è tutto» continuò Ema. «Assieme a re Oisín e al resto dei cavalieri, Skirr ha pianificato l'incursione a Sílgard passando per il Sentiero del Pellegrino».

«Abbiamo fondate ragioni per credere che sia una trappola» disse Simón. «Tanto più che abbiamo sentito i Perlustratori dire che stanno sorvegliando l'ingresso di Cállfir per controllare chi entra e chi esce dalla città» aggiunse con un sospiro, sfoderando la spada. «E Skirr continuava a insistere che i soldati di entrambi i regni dovevano prendere il Sentiero».

Frey alzò lo sguardo verso il cielo, osservando le nuvole che si posavano su Cállfir. Poi si voltò, con aria smarrita.

«Pensate che aspettino che i nostri soldati e quelli di Pérfel si ritrovino lì per tendere loro un'imboscata?» chiese.

«Esattamente. I Perlustratori sono qui per controllare che tutto proceda come è stato pianificato. O perlomeno, questo è quel che pensiamo noi» rispose Simón.

«Devo avvisare Pérfel del tradimento di Skirr» disse la regina torcendosi le mani.

«Ma in che modo pensa di farlo, Maestà? Il cielo è sorvegliato e la strada per Pérfel è lunga e piena di insidie» le fece notare Ana.

«Magari via cielo... anche se è pericoloso» rispose Frey.

«Ho un'idea migliore» disse Simón guardando il prato.

Corse verso un gruppetto di funghi che cresceva lì vicino e sussurrò:

Gillur, Nillur, Millur, Cillur,
parole vuote, parole sciolte,

parole che non saranno mai rivolte;
anche se chiedi di qui e di là,
la mia bocca mai le ripeterà;
giuro e scongiuro tutti i sospetti
che io ai funghi mai farò dispetti.

A quelle parole, ogni fungo scoprì il suo faccino, scuotendo il cappello.

«Ho bisogno che trasmettiate un messaggio» disse Simón, questa volta ad alta voce. «Per favore, riferite a Güillit quello che sto per dirvi». E raccontò del tradimento di sir Skirr, di quello che era accaduto a Nilus, dell'attacco dello Stregone Cupo e dell'assetto di guerra dei goblin e degli omuncoli sul Sentiero del Pellegrino. «Questo messaggio deve essere ascoltato solo dallo gnomo Güillit, che deve trasmetterlo a sua volta al re Oisín, a Pérfel» concluse Simón.

Dopodiché ogni fungo iniziò a bisbigliare fitto fitto per passare il messaggio al suo vicino, muovendo la bocca a una velocità tale che era difficile capire cosa stessero dicendo. Finché le loro voci non si persero in lontananza, quando il passaparola arrivò ai funghi che crescevano fuori dal giardino.

«Che bell'idea, Simón! Davvero geniale!» esclamò Ema osservando come ogni fungo si scuoteva e poi iniziava a sussurrare.

Dopo qualche minuto i funghi alzarono la testa e guardarono Simón, che si sedette per terra vicino a loro.

«Gillur» disse uno.

«Nillur» disse un altro, inclinando il cappello per far scivolare giù una goccia d'acqua.

«Millur, Cillur» riprese il primo che aveva parlato. «Messaggio di Güillit per Simón da parte di re Oisín» aggiunse subito dopo.

«Coraggio, potete parlare, le persone che sono qui non vi faranno alcun male» li rassicurò lui.

«Miei cari ragazzi,» disse un fungo alto con il cappello lungo e stretto picchiettato di puntini bianchi «mi sono arrivate le dolorose notizie e ho trasmesso il messaggio al re – stop».

«Al che il re mi ha risposto così – stop» continuò un altro fungo così piccolo che anche la sua voce era sottile e acuta. «Mio stimatissimo signor gnomo, le vostre notizie mi riempiono di dolore – stop. Abbiamo affrontato Skirr e questi, vistosi scoperto, si è dato alla fuga nel momento in cui stava per essere arrestato – stop».

Il messaggio di Güillit era molto simile a un telegramma. Evidentemente, i funghi funzionavano come il telegrafo: ogni volta che uno di loro parlava, ripeteva parola per parola, compresa la punteggiatura.

«Skirr ha ferito diversi soldati servendosi della magia, grazie all'Expelor che portava con sé – stop» proseguì un fungo grassoccio. «A quanto pare, la donna che risponde al nome di Úna non è altri che sua moglie Thira, la quale, vedendosi smascherata, ha tentato di fuggire con il suo sposo – stop. Ma le Sentinelle di Myrddin hanno rapidamente contrastato la sua magia e l'hanno catturata – stop. Ho saputo che Skirr, invece, è riuscito a fuggire ricorrendo a un incantesimo – stop».

«Miei cari ragazzi, fate attenzione – stop» continuò il suo vicino. «I Perlustratori di Firkling hanno aperto una caccia ai Dhardans e adesso ci sono diverse forze oscure che si muovono con un unico intento, eliminare gli umani – stop. Un caro saluto – stop. Güillit delle Montagne Basse».

I funghi si zittirono, e alla fine Simón si rialzò in piedi.

«Siete stati di grandissimo aiuto, adesso potete riposare» disse loro, voltandosi.

E ogni fungo chiuse occhi e bocca tra sussurri e risate, tornando a essere un normalissimo fungo.

La regina sospirò e poi guardò i ragazzini, che aspettavano che dicesse qualcosa.

«Allora Myrddin aveva ragione,» disse come se stesse parlando tra sé e sé «qualcosa è cambiato. Le decisioni dei Far Muhltres, la guerra a Sílgard e adesso anche questo... La guerra a Sílgard è scoppiata per una vendetta, ma adesso si stanno muovendo anche Firkling e i suoi, e anche Brynhilb permette che le sue orribili creature prendano parte a una guerra che non la riguarda. Ma cosa li muove? Cosa cercano?»

«Myrddin è qui?» chiese Simón, interrompendo le riflessioni a voce alta di Frey.

La regina assentì, ancora assorta nei suoi pensieri. Cercava di capire che cosa stesse succedendo e perché i Delant Ehnnwn volessero entrare in guerra.

I tre ragazzi si guardarono sbigottiti: credevano che Myrddin fosse a Sílgard e invece si trovava lì, in qualche luogo di quel regno. Il Primo Stregone, delle cui imprese e del cui potere avevano sentito parlare così tanto, era lì, vicino a loro.

Simón era agitato e le mani iniziarono sudargli e a tremare. Ema distolse lo sguardo dalla regina e si mise a osservare il giardino con fare nervoso. Ana invece sorrise, pensando che finalmente potevano contare sull'aiuto di Myrddin. Dal canto suo, Firret sembrava provare più vergogna del solito, perché immaginava che il Primo Stregone fosse stato informato del suo tradimento.

«Vi sta aspettando» disse Frey. «Seguitemi. Dopo quello che mi avete detto, è di primaria importanza che parliate con lui».

Lasciarono in fretta il giardino e percorsero nuovamente il corridoio. Questa volta passarono davanti alla porta della sala dove il consiglio stava discutendo animatamente, ma la regina non si fermò. Salirono una scala talmente ripida che non si riusciva a vederne la fine, ma solo le porte che, man mano che salivano, apparivano ai due lati. Arrivati in cima si trovarono di fronte a una porta di legno, la regina abbassò la maniglia ed entrò, seguita dai ragazzini.

Si ritrovarono in un enorme salone con grandi finestre su ogni lato; anche il soffitto era vetrato, mentre il pavimento era di pietra. Al centro c'era un grande specchio dalla cornice sottile, con la stessa stella che decorava quello che avevano trovato nella casa nel bosco, e di fronte allo specchio stava un uomo alto, con una tunica scarlatta stretta in vita da un laccio e un copricapo rosso con la punta che ricadeva sul davanti. I ragazzini si fermarono per capire chi fosse.

Lentamente si girò e li guardò: era un uomo anziano con una lunga barba scura, si appoggiava a un lungo bastone e teneva appesa alla cintura una grande spada. L'uomo non disse nulla. L'unico rumore che si sentì fu il batter d'ali di un enorme gufo che entrò dalla porta dietro di loro. Ema osservò l'uccello, sorpresa di rivederlo.

«È il gufo che abbiamo visto nel bosco e che ci ha portati alla casa!» sussurrò Simón incredulo.

«È vero» confermò Ema con un filo di voce.

Il gufo attraversò la stanza volando rasente il soffitto, poi planò sopra le teste dei ragazzini e si diresse verso l'uomo, aprendo le ali.

«Mio carissimo Silverwing!» esclamò questi sorridendo. «Sono felice che tutto sia andato così bene».

Il gufo atterrò sulla punta del bastone e, dopo aver sollevato le ali ed essersi scrollato un po', si mutò in legno, divenendo tutt'uno con esso. L'uomo avanzò di un passo e i ragazzini gli si avvicinarono.

«Myrddin, sono arrivati» disse la regina con voce soave. «Eccoli qui».

I tre ragazzi non riuscirono ad articolare parola. Finalmente erano arrivati al cospetto del Primo Stregone di cui parlavano tutti. Era serio, ma aveva lo sguardo sereno e quel viso segnato dal tempo trasmise loro una grande tranquillità.

«Benvenuti nel Salone dello Specchio Evanescente» disse Myrddin con un piccolo inchino.

Nessuno di loro riuscì ad aprir bocca, limitandosi ad assentire con il cuore in gola e il fiato corto. Allora Frey gli si avvicinò.

«Sono desolata di dovervi dare notizie così terribili» disse, e gli raccontò del tradimento a Pérfel, della morte di Nilus e dello sventato piano d'attacco di Skirr sul Sentiero del Pellegrino.

«Lo so. Fedora mi ha parlato da Pérfel, raccontandomi di quel che è successo con Skirr e la sua sposa. Mi dispiace moltissimo che abbiate dovuto passare per simili orrori» disse lo stregone rivolto ai ragazzini. «Questa guerra è andata troppo oltre e forze che mai avrei immaginato si sono coalizzate per mettere fine alla pace. Adesso... è giunto il momento di agire».

I ragazzini osservarono in silenzio il gesto di Myrddin, che li invitava ad avvicinarsi allo specchio. Firret fece il primo passo, e benché fosse timoroso, fu felice di essere vicino al Primo Stregone. Ema, che era molto agitata, si lasciò sfuggire un sospiro.

«Tranquilla, tranquilla» sussurrò. «Di' solo buongiorno».

Myrddin la osservò per un attimo, prima di assentire.

«Buon... buongiorno» balbettò la ragazzina.

«Piacere di conoscerti, Ema» rispose lo stregone.

«Gra... grazie» replicò lei con un sorriso.

«Sono felice di potervi finalmente conoscere, Simón, Ana e Ema» disse Myrddin porgendo la mano ad Ana.

La ragazza la guardò e lentamente gliela strinse. Poi lo stregone si voltò verso lo specchio, fissandolo.

«Maestà,» disse, continuando a guardarlo «ho mandato un messaggio a Pérfel. Devono andare a Sílgard, ma devono utilizzare gli specchi del Salone dei Riflessi e non prendere assolutamente il Sentiero del Pellegrino, ve ne prego. Fedora mi ha spiegato che, a quanto pare, i Perlustratori hanno utilizzato la magia per cercare di chiuderli tutti, ma le Sentinelle si sono già attivate per contrastarli.

«Invierò il messaggio con lo specchio del salone del consiglio» rispose la regina con un'aria assorta e lo sguardo perso nel vuoto.

«Fate in modo che i soldati e i cavalli Zajir vi arrivino con quello del Nord» le raccomandò lo stregone, facendo cenno ai ragazzi di avvicinarsi.

«Venite voi, è ora di combattere».

I tre ragazzi avanzarono verso lo specchio, osservandone i riflessi. Ema si posizionò di fronte, stringendosi un po' nelle spalle, Simón a destra e Ana a sinistra, con Firret che le si arrampicò sulla spalla. Myrddin si mise dietro di loro, osservando le cinque immagini riflesse.

«Ne avete già visto uno, no?» chiese il Primo Stregone guardandoli.

«Sì» rispose Ana con un sospiro. «Siamo arrivati con uno uguale».

«Ma cos'è?» chiese Firret.

«Questo, miei cari Cercatori, è uno Specchio Evanescente, il miglior strumento quando si vogliono percorrere lunghe distanze». Myrddin si avvicinò e toccò la cornice, tenendo gli occhi scuri sulle loro immagini. «Sono difficili da maneggiare, bisogna conoscere i giorni giusti, altrimenti non funzionano, impedendoti di viaggiare o portandoti nel posto sbagliato».

«Ma come si fa a viaggiare?» chiese Simón.

«Si deve solo pensare al luogo in cui si vuole andare, dare tre colpetti alla cornice e passare al di là» rispose lo stregone, battendovi sopra tre volte.

Capitolo XIX

Verità e addii

Improvvisamente, le immagini riflesse nello specchio si agitarono, come se questo fosse attraversato da un forte vento, lasciando Ema a bocca aperta. Allora Myrddin appoggiò il bastone a terra e si voltò verso i ragazzini con un bel sorriso.

«È ora, Maestà»» disse guardando Frey con la coda dell'occhio. «Ci vediamo lì».

«Certamente» rispose la regina.

Lo stregone avanzò facendo svolazzare il mantello e attraversò lo specchio, in un mulinello d'aria che ne distorse l'immagine riflessa, fino a inghiottirlo del tutto. Ema lo imitò, saltando per passare al di là. Sentì un forte vento e da ogni parte delle voci che le parlavano, ma sebbene quella sensazione fosse uguale a quella che aveva provato la prima volta, quel che si trovò di fronte non fu un bel prato verde su cui atterrare, bensì un luogo buio, da cui proveniva tutta quell'aria, e umido, come se contenesse dell'acqua.

Dopo di lei passò Ana, che saltò timorosa, con i gomiti attaccati al corpo e i capelli scompigliati da quel vento che veniva dal nulla. Firret si aggrappò con forza al suo mantello, sforzandosi di non farsi strappar via dal mulinello d'aria.

Simón invece lo attraversò lentamente, dopo avere dato un'ultima occhiata al grande salone in cui si trovava. Il soffitto vetrato lasciava filtrare i raggi del sole, che illuminavano le pareti dorate e si riflettevano sullo specchio; dalle finestre, in lontananza, si vedevano le alte torri di Cállfir. Il ragazzino sospirò, fece un passo verso lo specchio e lo attraversò, risucchiato dal mulinello d'aria gelata dietro alle sue due amiche. Caddero tutti e tre su un terreno soffice e freddo, mentre lo stregone atterrò in piedi, molto lentamente, avvicinandosi a piccoli passi ai tre ragazzini e al furetto, fino a toccare terra davanti a loro. I quattro alzarono gli occhi su di lui, che li guardava intensamente: era molto buio e l'unico rumore che si sentiva era quello dell'acqua che cadeva contro una roccia.

«Sei pesante, Simón, spostati» si lamentò Ema, sulla cui gamba era atterrato il ragazzino.

«Scusa, non l'ho fatto apposta, è che è stato incredibile» rispose il suo amico, alzandosi subito in piedi.

Anche Ana si rialzò, appoggiandosi con le mani sulla terra umida e sbattendo gli occhi nel tentativo di abituarsi all'oscurità, mentre Firret le scendeva dalla spalla e annusava l'ambiente.

«C'è aria fresca, qui. Il che significa che l'uscita non deve essere lontana» disse muovendo velocissimamente il naso.

«Ma dove siamo?» chiese Ema.

Myrddin si avvicinò e mise una mano sulla spalla di Simón, che si voltò verso di lui cercando di vederlo nel buio.

«La luce che non si spegne mai, nonostante le tenebre che incombono, è con te, Cercatore» disse lo stregone con un tono affettuoso.

Il ragazzo abbassò lo sguardo, confuso, e vide l'oggetto che gli pendeva dalla cintura.

«La luce di Pérfel» disse «Mukar i berr...»

In un baleno sguainò la spada portandosela davanti al viso, mentre una forte luce bianca ne illuminava la lama, irradiando un bagliore che mostrava loro la strada. Simón la agitò un paio di volte fendendo l'aria.

«Wow!» esclamò Ana osservando quel luccichio.

«È davvero meravigliosa!» disse Ema avvicinandosi per toccarne la lama, freddissima.

«Non ho mai visto un'arma come questa. Devo ammettere che avrei molta paura se qualcuno mi si avvicinasse puntandomela contro» sussurrò Firret.

«Siamo sotto Sílgard» disse Myrddin.

Simón si voltò verso di lui.

«È stato tutto inutile?» chiese, con la fronte aggrottata.

«Nient'affatto» rispose lo stregone.

«Ma Nilus è morto» intervenne Ema, sforzandosi di trattenere le lacrime.

«E la guerra è arrivata fino a Sílgard» aggiunse Ana.

«La guerra sarebbe arrivata comunque, con o senza di voi». La voce dello stregone si era fatta più pacata, vagamente accorata «Ci sono cose che vanno affrontate, nella vita, cose che non si possono cambiare, come la morte».

«Ma avremmo potuto fare qualcosa per Nilus, potrebbe essere ancora con noi...» ribatté Simón con gli occhi pieni di lacrime e lo sguardo perso nel vuoto.

«Le nostre vite sono collegate tra loro. Spesso il nostro cuore nutre sentimenti che sono più forti di quanto non lo siamo noi, e anche se lo desideriamo con tutte le forze, ci sono cose che non possiamo cambiare» rispose Myrddin, abbassando lo sguardo.

«Tutto quello che abbiamo fatto non è stato di alcun aiuto» proseguì Ema incrociando le braccia per ripararsi dall'aria fredda che arrivava da nord.

«Miei cari Cercatori, il fatto che su tutto siano calate le tenebre non significa che non esista la luce» disse lo stregone facendo un passo in direzione del cammino illuminato dalla spada, seguito dagli altri. «Senza il vostro aiuto i Delant sarebbero caduti sul Sentiero del Pellegrino e anche ai soldati di Cállfir sarebbe sicuramente toccata la stessa sorte».

Si trovavano in una grotta rocciosa molto alta, con una cascata che cadeva per una trentina di metri in un solco scavato ai piedi della parete rocciosa lungo tutto il cammino, a perdita d'occhio; una sorta di acquedotto della città, pensò Ana.

Consapevole che sopra di loro si stava combattendo la peggior guerra mai vista, Firret si voltava al minimo rumore, scrutando nervoso il buio, e man mano che si avvicinavano alla fine del tunnel gli tremavano sempre di più le gambe al pensiero delle creature che si sarebbe trovato di fronte.

«Perché siete tornati?» disse tutt'a un tratto Myrddin, appoggiandosi al bastone, che affondò nella terra umida. «Perché l'essere umano e gli Stregoni Cercatori sono complementari, come lo sono il freddo e il caldo, la luce e l'ombra, il bene e il male. Nulla si muove senza un perché, è tutto interconnesso, e tutto finalizzato a un unico scopo: salvaguardare la vita...»

«Ma tutto quello in cui Nilus credeva è andato perduto...» sussurrò Simón.

«Ascoltatemi bene, ragazzi» disse Myrddin avanzando verso una pesante porta di ferro scuro. «La fine di una persona non è la morte, ma la perdita della fiducia, e Nilus non ha mai perso la fiducia in voi, miei cari Cercatori».

Si mise di fronte alla porta e la spinse. La grotta fu invasa da una luce violenta e si sentirono un forte odore di legno bruciato e un gran frastuono in lontananza.

«Il buio non è poi così male» disse Firret voltandosi di scatto, scosso da un forte tremito alla vista delle fiamme che divoravano centinaia di case.

«Seguitemi senza fermarvi, a meno che non lo faccia anch'io» ordinò lo stregone varcando la porta di corsa.

Per le vie della città si sentiva solo l'incessante grido di guerra di centinaia di uomini e i terribili ruggiti delle creature chiamate Far Muhltres. I soldati erano bassi, della statura di Simón, con barba e capelli lunghi; alcuni di loro portavano delle armi, altri erano appostati accanto alle porte e maneggiavano le catapulte.

I ragazzini corsero tra la folla, schivando i soldati e gli enormi sassi che cadevano dall'alto. Non riuscivano a vedere il cielo, perché erano come all'interno di una montagna. Sopra le loro teste c'era solo un enorme buco e in alto un grande castello che era sotto l'assedio di enormi bestioni con le braccia lunghe e le gambe robuste. Questi sollevavano massi delle dimensioni di un cavallo e li scagliavano contro il castello senza il minimo sforzo, come se stessero giocando a palla, ruggendo e farfugliando, mentre vari Perlustratori attaccavano le entrate. La città era ormai nelle loro mani.

Mentre correva, Simón cercava di capire dove si trovassero: la strada che avevano percorso dopo che avevano varcato la porta li aveva condotti alle mura del castello e adesso dovevano essere nella piazza d'armi. I soldati nani si difendevano lanciando frecce dall'alto e dal cielo piovevano quelle lanciate dai goblin e dai Far Muhltres più piccoli, facendo numerosi feriti che venivano soccorsi da donnine molto basse.

Improvvisamente apparve un nano con i capelli rossi e il pizzetto; aveva la fronte imperlata di sudore e il viso sporco di caligine.

«Non arrendetevi, uomini di pietra! Che il nostro sangue sia di fuoco e il nostro cuore di ghiaccio!» urlò ai soldati, sguainando la spada. «Siete in compagnia, vedo» aggiunse avvicinandosi a Myrddin.

«Mio caro Eufir, noto con piacere che avete resistito dacché sono partito per andare in cerca dei nostri amici. Porto notizie di Cállfir e di Pérfel» rispose lo stregone in tono grave. «Grazie a questi valorosi Cercatori, i Delant Ehnnwn del Sud e quelli dell'Est hanno deciso di scendere in campo per aiutarvi».

Il nano si voltò verso i ragazzini e abbozzò un sorriso, quindi si girò verso un altro nano che stava seduto su un massiccio frammento di mura.

«Eurik, vieni a vedere» gridò.

Questi si avvicinò e quando fu di fronte ai ragazzini sgranò gli occhi, guardando prima Myrddin e poi Eufir.

«Ma non può essere!» esclamò con un filo di voce, nel rumore assordante delle esplosioni e dei ruggiti dei bestioni. «Solo pochi giorni fa ho inviato una coppia di Dhardan per la strada di Hundí... Com'è possibile?»

«Signori» disse Myrddin in tono solenne «vi presento Ana, Ema e Simón, i Cercatori del Nord, da ora e per sempre Sentinelle dell'Ordine dei Rill».

I tre ragazzi sorrisero nel sentire quelle parole: anche se delle Sentinelle non sapevano molto di più di quel che aveva accennato loro Güillit, si rendevano conto che si trattava di un grande onore. Ma come potessero diventarlo, digiuni com'erano di qualsiasi nozione di magia, ai loro occhi restava un mistero.

«È un piacere avere di nuovo del sangue dhardan tra noi» disse Eurik. «Ma cosa ci fate qui?»

«Vengono da Pérfel e hanno evitato una terribile sorte ai Delant dell'Est e a quelli del Sud» rispose Firret sorridendo. «Grazie a questi valorosi ragazzi i Delant potranno aiutarvi a porre fine a questa guerra.»

«I Dhardans sono sempre i benvenuti qui. Prima hanno salvato il mondo e adesso aiutano la nostra città» disse Eufir sollevando la spada davanti al petto. «Sono pronto a dare la mia vita per ricompensarvi e prometto di proteggervi oggi e ogni volta che ne avrete bisogno».

«Grazie, signor Eufir» rispose Simón.

I tre ragazzini chinarono il capo, sorpresi da quelle parole. In quell'istante, dall'altro lato del cortile arrivò di corsa un nano con i capelli neri; aveva la barba in fiamme e cercava di spegnere il fuoco con le mani.

«Sono arrivati i signori dell'Est e del Sud. Hanno viaggiato con lo Specchio Evanescente del Nord» annunciò fermandosi di fronte a Eufir e ai tre ragazzini.

«Ottima notizia, Euler. Andiamo a dare loro il benvenuto» disse Eufir incamminandosi assieme agli altri due nani.

Myrddin li seguì, e i tre ragazzini e il furetto con lui. I soldati facevano di tutto per arginare gli attacchi dei Far Muhltres; i pochi che riuscivano a entrare venivano subito abbattuti, nonostante fossero alti più di dieci metri.

L'esercito dei bestioni, ormai decimato, era troppo ridotto per riuscire a espugnare la città. Ma da lontano Simón vide avvicinarsi le torri d'assalto che, cozzando contro la pietra delle mura, abbassarono un grande ponte mobile per far entrare un drappello di duecento goblin e Far Muhltres.

Il gruppetto di nani e ospiti percorse il patio in direzione dei giardini del castello dove, da una porta nera come l'inchiostro che si apriva nella parete di roccia, uscirono centinaia di Delant Ehnnwn, cavalcando i cavalli Zajir.

I primi a entrare furono re Oisín, che montava Teluc, il cavallo alato di Pérfel, e sua sorella Frey, in sella a una bellissima giumenta di fuoco. Erano alla testa di un grande esercito che avanzava fiero, con grandi scudi bianchi e lunghe spade. Eufir si avvicinò loro e li salutò con un inchino.

«Signori dell'Est e del Sud, questo è un giorno memorabile, perché oggi si conferma e si rinnova la fratellanza dei sette regni» disse in tono solenne.

«Lo confermo, signor Eufir» rispose immediatamente Oisín, che indossava un lungo mantello, bianco come il manto del suo cavallo, e aveva in testa la corona sotto la quale spuntavano le lunghe orecchie a punta. «Oggi, come nei tempi passati, saremo fratelli di battaglia grazie al sangue antico» e il suo sguardo andò a posarsi sui tre ragazzini «grazie ai Dhardans».

«Che questa unione, rinata dalle ceneri, duri in eterno» continuò Frey con voce soave.

«E così sarà» disse a sua volta Eurik.

Tra le centinaia di cavalli arrivati con i Delant, Simón ne aveva riconosciuto subito uno, con la criniera brillante e gli occhi scuri. Quando i sovrani ebbero finito di parlare, si allontanò dal gruppo e si avvicinò al cavallo di fuoco Zajir, che chinò rispettosamente la testa.

«Air, cosa ci fai qui?» gli chiese.

«Sono venuto ad aiutarvi, mio signore» rispose il cavallo.

«Sei davvero un buon amico, Air» disse il ragazzo con un sorriso.

Dal profondo della caverna da cui erano usciti i soldati delant, risuonò il grido di guerra degli eserciti di Oisín e di Frey. Simón saltò in groppa al cavallo, appoggiò le mani sulla sua schiena calda e si avvicinò ai suoi amici, che guardavano ammirati la stupenda criniera di fuoco del destriero.

«Miladies,» disse Oisín rivolto alle due sorelle, facendo un gesto di presentazione con la mano «vi ho portato compagnia Zajir».

Accanto al re c'era un meraviglioso cavallo alato con una grande macchia nera sul costato e un'altra sull'occhio destro, e diverse piume nere nelle ali. Ema gli corse subito incontro e con un inchino si presentò.

«Molto lieta, mi chiamo Ema García e lei è mia sorella Ana» disse, mentre la ragazza si avvicinava, limitandosi a chinare il capo, emozionata.

«Il piacere è mio, miladies» rispose il cavallo. «Lasciate che mi presenti: sono Bernard».

Con l'aiuto di un soldato delant, le due ragazze montarono in groppa al cavallo: Ema, che teneva le redini, davanti e Ana dietro.

I tre ragazzini si unirono al re e alla regina per affrontare le orde nemiche, che avanzavano a passi pesanti, battendo sugli scudi. Ma una violenta esplosione fece voltare tutti verso il castello: dal suo interno uscivano alte fiamme e dense colonne di fumo.

«La sala del trono!» gridò Euler, guardando suo fratello con un'espressione di terrore.

«C'è nostro padre lì dentro!» esclamò Eurik tirandosi la barba.

Myrddin si avvicinò a un cavallo nero e gli balzò in groppa nonostante non fosse sellato, aggrappandosi alla criniera con una mano e reggendo il bastone con l'altra.

«Verrò con voi» disse Frey facendosi avanti.

«Lotterò a fianco dei soldati nani» affermò a sua volta re Oisín.

«Seguitemi, Dhardans» ordinò Myrddin ai ragazzini, aiutando Eufir a salire a cavallo mentre un gruppo di soldati faceva altrettanto con gli altri nani.

Bernard fece un balzo e si mise a correre dietro a Myrddin sbattendo con forza le ali. L'aria smossa scompigliava i capelli alle due ragazzine, che gridarono di meraviglia quando si alzarono in volo sulla città, sfiorando le altissime torri.

Dall'alto videro i goblin e i Far Muhltres che lottavano per entrare: erano accalcati a centinaia davanti a ognuna delle porte della città e il ponte che univa quest'ultima al castello stava per crollare sotto gli attacchi dei mostri, continuavano a essere respinti dai nani. Simón seguì Frey, che teneva a sua volta dietro a Myrddin. Attraversarono il giardino in direzione dell'entrata principale del castello e con un balzo si ritrovarono all'interno, dove passarono attraverso una serie di porte di ferro.

Dopo pochi istanti, Myrddin svoltò un angolo e l'intero gruppo si ritrovò in un lungo corridoio con il pavimento nero e grandi finestre da cui si poteva vedere la battaglia che infuriava all'esterno. Da lì giunsero a un grande vestibolo circondato da una gran quantità di porte chiuse. Una, in particolare, spiccava per le sue dimensioni e per l'albero dorato, carico di frutti d'argento, che era inciso sulla sua superficie. Myrddin accelerò il galoppo, il cavallo nitrì e con una violenta zampata aprì la porta, che fece un rumore assordante.

All'interno della sala un gruppetto di omuncoli, quasi tutti di media statura, stava lottando con i soldati nani. Myrddin colpì con il suo bastone il primo che si trovò di fronte, smontò da cavallo insieme a Eufir e sguainò la spada. In quell'istante, un omuncolo alto una decina di metri, che era tenuto alla catena da due più piccoli, lanciò una sedia attraverso il salone, tentando di colpire Simón, che la schivò.

«Tenetevi forte, mio signore» gli disse Air, pronto a saltare una barriera di omuncoli di media statura che gli avevano sbarrato la strada.

Simón si inclinò e abbracciò il collo del cavallo, lasciando che il fuoco lo coprisse, mentre una spinta li sollevava sopra le teste degli omuncoli, che Air colpì con forza.

Solo allora il ragazzo riuscì a vedere il nano biondo, col capo cinto da una corona d'oro a forma di albero con una grande pietra al centro, che stava lottando con due goblin in mezzo al salone, accanto ad altri nani impegnati a tenere testa a un gruppetto di Alphyns, usati dai goblin come cavalli. Improvvisamente dall'alto piombarono sul primo Alphyn Ema e Ana, atterrando il goblin che lanciava frecce contro i soldati che stavano entrando nel salone. Intanto, dalla grande breccia che si era aperta sul lato destro del salone, tra le fiamme, continuavano a entrare omuncoli.

Mentre Eufir, Eurik e Euler correvano in aiuto del nano con la corona, nel salone riecheggiò un ruggito talmente stridulo da costringerli a tapparsi le orecchie. Si voltarono tutti di scatto e dalla breccia nel muro videro entrare un uccello enorme, con le piume bianche e la cresta rossa, quattro zampe rosse ed enormi che terminavano in artigli affilati e una lunga coda molto simile a quella delle lucertole che Simón si divertiva a catturare nel giardino di casa. Le ali erano grandissime e nere, come il becco, e gli occhi talmente azzurri da sembrare zaffiri.

Ema chiese a Bernard di volare più in alto, per poter vedere meglio l'uccello, e il cavallo si alzò fino al grande buco che si apriva sul soffitto della sala. Ana abbassò lo sguardo e sgranò gli occhi nel vedere che a guidare l'uccello era una donna, che gli sedeva in groppa tenendo le redini.

«Chi è?» chiese.

«Brynhilb» rispose Bernard.

«È la strega!» esclamò Ana, aggrappandosi alla vita di sua sorella. «Dobbiamo avvisare Simón».

Indossava un lungo mantello verde sopra un vestito a maniche lunghe dello stesso colore, aveva i capelli neri e ricci, tutti spettinati, e degli occhi grandi, che quando sbatté le palpebre sembrarono trasformarsi in quelli di un gatto. Dietro di lei entrarono venti omuncoli con grandi scudi e pesanti mazze che trascinavano sul pavimento, accompagnati da diversi Alphyns montati dai loro cavalieri e da quattro Perlustratori, che corsero subito in avanti per lanciare incantesimi ai soldati.

Bernard volò verso Air, che stava combattendo assieme a Simón contro due omuncoli. Il ragazzo sollevò il bellissimo scudo con il cavallo alato davanti a sé, per bloccare un violento attacco del bestione, che continuava a colpirlo alla cieca. Poi sguainò la spada, che per un istante si illuminò accecando la creatura, la quale indietreggiò indifesa di fronte all'attacco del ragazzo.

«Simón, Simón! È qui! La strega è qui!»

Il ragazzo si guardò intorno e la vide avanzare verso quattro nani impegnati a contrastare il nuovo attacco. Fece per andare in loro soccorso, ma si bloccò quando vide che i soldati che si avvicinavano all'enorme uccello venivano trasformati in statue di pietra e poi sbriciolati dai suoi affilatissimi artigli.

«Non possiamo combattere contro questa creatura, è troppo pericoloso!» esclamò Ema sguainando Piuma.

«Ma... cos'è?» chiese Bernard.

«Una Cockatrice» rispose Air. «Come vi sarete già resi conto, il suo sguardo pietrifica chi la guarda dritta negli occhi. Ma lo fa solo quando vuole o quando glielo ordina la sua padrona».

«Sta per attaccare Eufir e i suoi fratelli!» gridò Ana.

«E anche re Eurrig!» aggiunse Bernard, sbuffando.

«A essere sincero, questa cosa non mi piace proprio per niente» disse Firret, agitatissimo. «Non voglio essere una statua per il resto della mia vita!»

Myrddin sbarrò la strada alla Cockatrice, che fissava lo stregone con le ali spiegate verso l'alto.

«Fermati, Brynhilb! Questa guerra non ti riguarda!» le ingiunse, appoggiandosi al bastone dopo aver rinfoderato la spada.

«Ma guarda chi si rivede! Il Primo Stregone, signore dei Rill e guardiano dei sette regni...» rispose ironica la strega «Mi pare che tu chieda più di quel che ti meriti...»

«Sta' indietro, strega di Stall!» le ordinò Myrddin.

«Ho smesso da tempo di temere le arti antiche e i Rill. Cosa ti fa pensare che farò quello che mi chiedi, Primo Stregone?» Il volto di Brynhilb era contratto dalla rabbia, le labbra tirate in una smorfia.

«Ti condannerai con le tue mani, come chiunque corrompa le arti e la natura» rispose Myrddin con voce pacata nel tentativo di ammansirla, mentre faceva un passo verso di lei.

«La mia magia è superiore alle tue arti, che non sono niente in confronto alle mie. Ormai sei come quei vecchi libri tutti sgualciti. Tu...» urlò Brynhilb. «Sei solo un vecchio rimbambito! Nessuno si ricorderà più di te né delle arti!»

La strega tirò con forza le redini e la Cockatrice emise un suono stridulo, mentre i suoi occhi si illuminavano lanciando bagliori azzurri a Myrddin che le stava di fronte.

«*Intemerata*!» esclamò lo stregone, sollevando il bastone davanti a sé con entrambe le mani. Da esso uscì allora una raffica dorata, che si interpose tra lo sguardo pietrificante della Cockatrice e Myrddin. Era una sorta di grande scudo che continuava a fluire neutralizzando l'effetto di quell'attacco, di cui non restava che il rumore assordante di due oggetti che cozzano uno contro l'altro. Myrddin continuò a tenere il bastone davanti a sé per qualche istante, poi lo batté con forza sul pavimento, che tremò sotto l'orribile uccello, facendo rischiare a Brynhilb di perdere l'equilibrio.

Allora la strega alzò una mano e fece comparire un sottile bastone con una sfera sulla punta, strappò una penna alla Cockatrice e la lanciò in aria toccandola con il bastone. La penna si trasformò in un enorme omuncolo alto venti metri, con occhi grandi e azzurri come quelli della Cockatrice, una testa informe piena di penne nere, grandi mani con le unghie lunghe e piedi come quelli di un elefante, talmente grosso che per un attimo sembrò che dovesse rotolare.

L'omuncolo sollevò le sue lunghe braccia e con un rapido movimento attaccò Myrddin, che corse di lato schivando il colpo. La creatura, interdetta di fronte alla prontissima reazione dello stregone, emise uno stridulo gemito di stizza.

«Non sono venuta per te, Primo Stregone, ma per la rinascita del freddo» disse la strega con un sorrisino maligno. «Vengo per un nuovo inizio. Vengo per la fine di tutto. Per prendermi quel che mi è stato negato».

Dopodiché aizzò il bestione contro Eurrig e i suoi figli. Vedendo ciò, il re dei nani attraversò di corsa il salone e andò a rifugiarsi nella stanza che si trovava al di là della porta dietro al trono.

Intanto Oisín teneva a bada gli omuncoli di media statura, perché di quelli più grandi non ne restavano che due, che erano alti sei metri e continuavano a far volare soldati e a colpire chiunque si avvicinasse. In sella a Teluc, il re delant si sollevò sulla bestia che continuava a sferrare colpi, per cercare di fermarla, ed ergendosi sul cavallo vide che in lontananza gli omuncoli, ancora molto numerosi, si stavano ritirando rapidamente, diretti verso il fondo alle miniere, probabilmente per poi risbucare fuori da lì.

«Guarda laggiù, Teluc» disse il re al suo cavallo, che stava girando intorno all'enorme omuncolo. «Si stanno ritirando. C'è qualcosa di strano...»

«Maestà, credo che abbiamo fatto lo stesso pensiero. Perché fuggire da una battaglia in cui si sta vincendo?» rispose il cavallo alato.

In quell'istante l'enorme braccio dell'omuncolo sbarrò la strada al cavallo in volo, Oisín rischiò di essere sbalzato dalla sella. Ma Teluc lo aggirò per poi riprendere quota e sorvolare la testa del mostro. Allora Oisín si lasciò cadere sulle spalle della gigantesca creatura, affondandogli più volte la spada nel collo, finché il bestione non si accasciò lentamente e pesantemente al suolo.

Myrddin rimase a fissarlo nella luce del pomeriggio che entrava dalla breccia nel muro illuminandogli il viso. L'omuncolo emise un lungo gemito che fece tremare il furetto, aggrappato sempre più saldamente al mantello di Ana. In quell'istante i suoi occhi si illuminarono della stessa luce azzurra di quelli della Cockatrice, liberando il loro potere contro lo stregone, il quale si difese con lo stesso scudo che aveva utilizzato con Brynhilb.

«Dobbiamo fare qualcosa o lo pietrificherà!» gridò Ema.

«Ho un'idea: alzatevi più in alto che potete e al mio ordine attaccatelo» disse Simón.

Il ragazzo cavalcò facendosi largo tra i soldati, contro i quali i Perlustratori continuavano a lanciare sortilegi. Vedendo che alcuni Alphyns cercavano di trattenerlo, grugnendo e scoprendo le loro lunghe zanne, brandì Mukar i berr, pronto ad attaccare. Il primo Alphyn corse a sbarrargli la strada, con le fauci spalancate. Simón si inclinò, tenendo la spada dritta davanti a sé, mentre altri due gli si avvicinavano a gran velocità, fece un profondo respiro e con una sola stoccata trapassò l'Alphyn, che cadde a terra dietro di lui. Continuò ad avanzare con la spada sguainata, inseguito dagli altri Alphyns, che vennero subito fermati dai cavalli Zajir.

«Sei pronto, amico?» chiese il ragazzo al cavallo.

«Oggi più che mai» rispose Air accelerando il passo.

«Allora, all'attacco!» lo incitò Simón.

Il cavallo galoppò più veloce, con l'aria che sferzava il viso del suo cavaliere, e quando furono di fronte all'omuncolo si fermò bruscamente, sollevandosi sulle zampe posteriori. Simón sollevò Mukar, che si illuminò, mentre Air aumentava al massimo grado le sue fiamme, che divennero talmente forti da costringere il bestione a chiudere gli occhi. Al grido del ragazzo Ana e Ema sorvolarono la testa dell'omuncolo. Poi Bernard si avvicinò a quella massa informe, Ana sfoderò il pugnale e con l'aiuto di Ema glielo affondò un paio di volte negli occhi, accecandolo. L'omuncolo si contorse dal dolore, sferrando colpi nel vuoto, mentre i tre ragazzi si allontanavano velocemente.

Allora Myrddin fece un passo verso di lui e gli puntò contro il bastone. Poi chiuse gli occhi e animò il gufo, che volò verso il bestione emettendo il suo cupo verso. Silverwing gli girò intorno finché, a un lieve cenno della mano di Myrddin, non prese fuoco.

Mentre le sue penne venivano consumate da una fiamma azzurra, l'uccello continuò a sorvolare il corpo dell'omuncolo, creando un vortice di fuoco che lo avvolse completamente.

L'energia era talmente forte che scompigliava i capelli dello stregone e dei tre ragazzini. Tutt'a un tratto il fuoco si estinse e Silverwing tornò a posarsi silenziosamente sul bastone di Myrddin, lasciando una semplice penna dove fino a poco prima si divincolava il mostro.

Ema aveva un sorriso che le andava da un orecchio all'altro per la gioia. Simón cercava di darsi un contegno, ma non aveva mai visto nulla di simile, e non riuscì a non sorridere a sua volta.

«Hai visto, Ana? È stato... È stato davvero fantastico!» disse la ragazzina a sua sorella.

«Non ci avrei mai creduto se non l'avessi visto con i miei occhi» sussurrò Ana, che si sentiva un po' in colpa per lo scetticismo che aveva dimostrato all'inizio. «Mi dispiace, Ema, sono stata una sciocca».

«Non ha più nessuna importanza, adesso» le rispose Ema.

Dopodiché, Myrddin inseguì Brynhilb e re Eurrig nella sala successiva e i tre ragazzi gli volarono dietro con i loro cavalli.

Entrando, rimasero accecati per qualche istante e quando riuscirono a recuperare la vista si trovarono davanti un immenso tesoro: la stanza era ingombra di centinaia di monete d'oro, lingotti e pietre preziose, calici e scrigni d'oro e d'argento che si accumulavano fino al soffitto, lasciando solo un piccolo varco per poter passare. Brynhilb teneva sotto tiro il re e i suoi tre figli dietro un grosso cumulo di lingotti e di pietre preziose.

«Credi di poterti portar via le ricchezze di Sílgard?» chiese il re dei nani con voce ferma.

«Tu sei solo uno sciocco che non vede al di là delle ricchezze» rispose la strega tenendo ferma la Cockatrice davanti a loro.

«Strega! Fermati, o morirai!» urlò Eurrig brandendo in alto l'ascia.

«Spiacente, nanerottolo, ma il gioco è finito» replicò Brynhilb con un sorrisino cattivo, puntando il suo bastone contro il re.

Al che i tre ragazzini attaccarono la Cockatrice, che li colpì con un rapido movimento della coda, lanciandoli contro un ammasso d'oro. Myrddin corse allora verso la strega, abbattendo i goblin che gli si paravano davanti, mentre Simón, smontato dalla groppa di Air, gli si avvicinava a grandi passi. Anche Erna e Ana scesero dal loro cavallo e circondarono Brynhilb, ben presto raggiunte da Frey, appena entrata nella sala.

«Arrenditi, strega! Non hai più scampo» disse Eurik, alzandosi in piedi.

«Ormai è la fine, Brynhilb!» esclamò Eufir. «Non ti resta che arrenderti».

«Scendi da quella bestia e lascia perdere questa follia» continuò Myrddin.

«Adesso capisco il tuo gioco, Primo Stregone» rispose Brynhilb con ironia. «Dhardans? Quanto sei prevedibile, grande stregone! Magia antica, umani? Ti senti così debole da avere bisogno dell'aiuto dei Dhardans? Sei proprio un vecchio sciocco!»

«Tu non capisci le arti, strega, non le hai mai capite» rispose Myrddin in tono grave. «E finirai per consumarti con la magia che non conosci».

«Cerchi di convincermi come hai fatto con Quintus, non è vero, stregone?» disse sarcastica la strega. «Guarda com'è finito, poveretto. Te lo ricordi, Myrddin?»

Myrddin distolse lo sguardo da Brynhilb con tristezza, appoggiandosi al bastone per non cadere. Vedendolo, Ema si voltò verso sua sorella, sconvolta per quello che la strega stava facendo.

«Che donna orribile e malvagia!» esclamò.

Brynhilb sorrise guardando i tre ragazzi.

«Stupidi ragazzini, sparirete come sono spariti Dral e tutto il suo regno Verda». E tirò le redini della Cockatrice, che sferrò un altro attacco con la coda, colpendo i ragazzini e i nani.

Myrddin e Frey schivarono il colpo, ma la strega subito dopo puntò il bastone contro il re dei nani, lanciando un incantesimo che lo stese al suolo, facendogli volare la corona dalla testa. Con un rapido gesto l'afferrò, strappò la pietra che vi era incastonata e la gettò per terra. Poi la Cockatrice corse verso la pila d'oro più alta e vi salì in cima spiegando le ali. In quell'istante un rumore secco e improvviso fece voltare Frey: accanto alla strega erano apparsi dal nulla dieci Perlustratori. Tra loro Ana riuscì a riconoscere la donna chiamata Cordelia e il suo compagno Aureo.

«Ha la mia corona, me l'ha rubata!» gridò il re rialzandosi e correndo verso Myrddin.

«Perlustratori, pensateci voi. Cordelia, Aureo, seguitemi» ordinò Brynhilb, mentre la Cockatrice si allontanava in volo sbattendo forte le ali.

Dopodiché scoppiò il finimondo. I Perlustratori iniziarono ad attaccare lanciando incantesimi con strane parole e sparando razzi di luce di vari colori contro i nani e i Delant, mentre i ragazzini, rialzatisi, correvano a mettersi al riparo. Finché nella stanza non entrò Oisín, seguito da Fedora e da diverse Sentinelle di Myrddin, che attaccarono i Perlustratori.

«L'esercito della strega si sta ritirando. Non era una guerra, ma solo un'aggressione» disse Oisín cavalcando in volo verso sua sorella. «Sono venuti per qualcosa!»

In quell'istante una violenta esplosione fece cadere a terra i tre ragazzini, trascinando giù anche Firret, che se ne stava aggrappato alla spalla di Ana e fu preso da un forte senso di vertigine. Myrddin si avvicinò loro e li fissò con un'espressione tranquilla e coraggiosa.

Poco dopo accanto a loro si sentirono tre colpi secchi: toc-toc-toc. I ragazzini si girarono per vedere da dove venissero e videro un grande specchio, talmente grande che avrebbe potuto essere attraversato da parecchi soldati contemporaneamente. Si alzarono in piedi e guardarono lo stregone.

«Il vostro viaggio finisce qui, ragazzi» disse Myrddin con mestizia. «Quando l'alba sorgerà verde, ci rivedremo».

Si guardarono tutti e tre sbigottiti, senza riuscire a capacitarsi di quelle parole. "Cosa stava succedendo?" si chiedevano, "perché Myrddin diceva così?", "cosa significavano quelle parole?"

«*Éaradh*!» disse lo stregone sollevando il bastone di fronte a loro, che vennero sospinti da un flusso trasparente verso lo specchio e vi caddero dentro. «Addio».

I ragazzi riuscirono a vedere solo la battaglia che infuriava dietro lo stregone e Firret che gridava «grazie, grazie di tutto!» agitando la zampetta in aria. Dopodiché un forte vento li allontanò da lì, facendoli cadere in un mulinello d'aria che li risucchiò verso il basso. Poi il fragore della battaglia tacque e l'unica cosa che si sentì furono le urla di loro tre che cadevano pesantemente sul pavimento di legno.

Ema uscì rotolando dallo specchio, seguita da Simón e poi da Ana. I tre amici guardarono il soffitto, un soffitto che Ema conosceva molto bene perché era quello della sua stanza.

Tutt'intorno si vedevano le bambole di pezza e le loro casette, e lo specchio con cui erano arrivati lì. Si alzarono in piedi frastornati e ci si avvicinarono, appoggiandovi sopra le mani: era un normalissimo specchio, integro e impenetrabile.

«Cos'è successo?» chiese Ema.

«È finita. Era ora di tornare a casa, sorellina» rispose Ana sistemandosi il vestito, che era lo stesso con cui aveva attraversato lo specchio la prima volta.

«Non sono neanche riuscita a salutare Bernard e Firret!» osservò Ema con tristezza.

«Forse un giorno li rivedrai» la rassicurò Simón.

In quell'istante si udì un forte rumore di passi di diverse persone che stavano salendo di corsa le scale che portavano alla stanza.

«Non dite niente di tutto quello che abbiamo visto, o penseranno che siamo impazziti» disse Simón. «Giuratelo con i mignoli!»

Le due sorelle unirono i mignoli e giurarono. In quell'istante entrò nella stanza il signor García, seguito da sua moglie e dalla signora Alicia, la madre di Simón. Avevano tutti un'aria molto preoccupata.

«Ma dove siete finiti? Vi abbiamo cercato dappertutto!» esclamò la signora Angelica correndo ad abbracciare le figlie.

«È da più di tre giorni che vi stiamo cercando! Ma dov'eravate?» chiese il signor García, che era già un po' più tranquillo.

La signora Alicia si accovacciò accanto a Simón per controllare se avesse graffi o ferite.

«Stai bene, vero, piccolo mio?» chiese abbracciandolo.

«Sì mamma, sto bene» rispose il ragazzino stringendola forte.

«Ma ci volete dire dove siete stati? Ci siamo rivolti persino alla polizia per farvi cercare, ma non vi hanno trovati» esclamò irritato il signor García, stropicciando nervosamente il cappello. «Vi rendete conto di cosa hanno passato le vostre madri?» chiese con voce forte, senza tuttavia gridare, da uomo calmo qual era.

Ema guardò Ana con la coda dell'occhio, al che la ragazza si alzò in piedi.

«Ho detto a Ema che ero capace di andare nel bosco e ritornare senza problemi» spiegò la ragazza con il tono bisbetico che i genitori ben conoscevano. «Lei mi ha detto di non farlo, ma io non le ho dato ascolto. Ema mi ha seguito e abbiamo finito per perderci. Simón è venuto a cercarci, ma ci ha messo molto tempo a trovarci. E quando ci ha trovate, siamo tornati indietro subito. C'erano tanti frutti da mangiare nel bosco, altrimenti...» disse, guardando suo padre dritto negli occhi.

Dopo una raffica di domande dei genitori, che volevano sapere a tutti i costi come avessero fatto a ritrovare la strada e come se la fossero cavata nei giorni di pioggia, la questione fu chiusa per sempre, anche se Ana si prese un bel castigo, di cui peraltro non le importò un granché.

I tre ragazzini tornarono alla vecchia casa nel bosco, ma lo specchio era scomparso.

Non ne parlarono mai più, e anche se talvolta Ema si soffermava a osservare quello che c'era nella sua stanza, non affrontò mai più l'argomento. Le bastava ricordare le parole che aveva detto Myrddin: "*Quando l'alba sorgerà verde, ci rivedremo*". Le facevano sperare che un giorno sarebbe ritornata in quella strana terra dove nulla è ciò che sembra e dove tutto può succedere.

Per saperne di più sui personaggi

In queste poche pagine intendo solo descrivere un po' più approfonditamente i miei amati Dhardans – Simón, Ana ed Ema – che hanno dovuto affrontare pericolosissime creature, Perlustratori capaci di usare la magia corrotta e animali spaventosi, incontrando eroi che hanno aiutato a salvare il buon popolo di Sílgard. Alcune delle annotazioni sulle creature magiche, streghe e altri abitanti del bosco, le ho prese dal grimorio magico chiamato Rarr, una guida unica, che racchiude informazioni preziosissime anche sui luoghi magici abitati dalla gente del bosco e sui mostri che si nascondono nei posti più impensati. Oltre a una serie di formule di difesa da usarsi contro le fate e altre creature dotate di poteri, il grimorio contiene informazioni uniche sulla magia e su alcuni sortilegi inconsueti ancora da decifrare. Insomma, Rarr è la guida pratica che ogni Sentinella deve avere. Io stesso, che di magia ne so qualcosa, non smetto di sorprendermi della sua ricchezza.

Bradan Myrddin

PS: Non intendo spaventare nessuno, ma mi sono lasciato sfuggire per errore un paio di Swallow Shine's, che amano mangiare la luce, che venga da una candela, da una fiaccola o da una lampadina. Sono molto abili e veloci, quindi ti raccomando di tenerti vicino una torcia, perché possono lasciare al buio un'intera città.

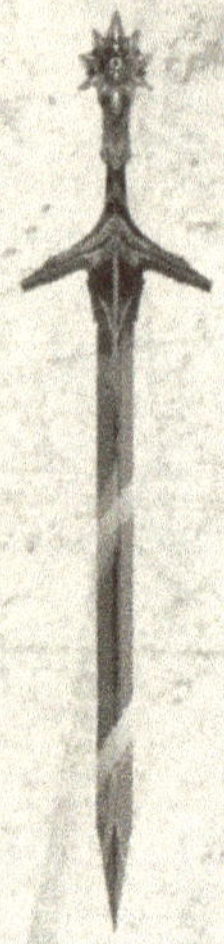

Simón il Temerario

Simón Blanco Soto

Una tra le menti più brillanti, con un'immaginazione senza limiti e il cuore più puro e più buono che abbia mai conosciuto. Un ragazzo capace di rischiare tutto per aiutare gli altri, anche se talvolta è testardo, come ogni eroe che si rispetti. Simón è un ragazzino umile, assomiglia moltissimo a sua madre, ma ha gli occhi castani come suo padre e i capelli ricci del nonno. Maneggia con grande abilità Mukar i berr, la spada forgiata con la luce del sole: un'arma unica, per un guerriero senza pari.
L'ho conosciuto personalmente e credo che la sua forza risieda nell'umiltà, una magia assai poco comune.

Ana l'Incrollabile

Ana García Moreno

Quando penso a qualcuno capace di vedere la vera magia, la prima persona che mi viene in mente è Ana. Questa ragazzina con i capelli castani e ricci, poco più bassa di Simón, ha imparato a riconoscere la magia, anche se non è stato facile, perché quando feriscono il tuo modo di vedere le cose, è difficile tornare a credere. Ma lei ha il dono unico di vedere la magia in tutto e in tutti. Agile con il pugnale, possiede Citrek,

una delle antiche pietre magiche che racchiude un potere di cui si sa ben poco.
Direi che non è mai esistito né mai esisterà qualcuno che creda nella magia più fermamente di Ana.

Ema la dotta

Ema García Moreno

Tutto deve avere un significato e un perché: è così che vede il mondo Ema, la quale deve sapere sempre come funziona tutto ed è capace di lottare per farsi ascoltare. È una paladina delle cause giuste e non lascerà mai solo nessuno che abbia bisogno del suo aiuto. Ha i capelli castani ricci, che virano al biondo ai raggi del sole. Non è molto alta, essendo la minore dei tre, e condivide una fervida immaginazione con Simón, con il quale ama giocare nel bosco. Ha imparato a brandire la spada, di cui possiede un agilissimo esemplare, Piuma, e posso garantire che, pur essendo piccolina, è una guerriera intrepida. Ma il suo dono più prezioso è Rarr, un libro pieno di nozioni sulle creature fantastiche, gli spiriti del bosco, i luoghi magici e i segreti più inimmaginabili.
Senza dubbio alcuno, una guerriera senza pari.

Firret Pumpkin

Un furetto della stirpe dell'Ovest. Sebbene i furetti siano esseri solitari, una volta all'anno si riuniscono per raccontarsi le loro avventure e per l'occasione organizzano una grande festa sulle rive del fiume con torte, pesce e coniglio. Firret discende dal grande furetto marrone Fídred, ma essendo sempre stato un gran fifone, quando vide come la sua famiglia rischiava la vita con le sue imprese, decise di andare a vivere nel bosco di Lériall da solo, vicino a un campo di girasoli, lontano dalle avventure. Ma nonostante non sia un cuor di leone, sarebbe capace di mordere chiunque cercasse di fare del male ai suoi amici. Non incontrerai mai compagno più leale di Firret in tutto il bosco, io stesso ho trovato dei grandi amici tra i furetti, tanto più che è facile farli felici, basta un po' di carne di coniglio e li avrai conquistati per sempre.

Güillit lo gnomo

I guardiani degli animali e delle piante del bosco, stranamente, si possono incontrare anche al di fuori della foresta. Li si riconosce perché indossano una casacca azzurra che arriva alle ginocchia, dei pantaloni marroni e una cintura a cui portano appesa una borsetta con gli attrezzi. Ai piedi hanno scarponi di pelle di cervo e in testa un alto berretto rosso, molto diverso da quello delle femmine, che si vestono di colori più chiari, principalmente di verde e di bianco. Sono molto agili nel correre tra l'erba e le foglie e il loro patto con i funghi delle fate è incondizionato. Güillit, che è uno dei miei migliori amici, imbattibile negli scioglilingua e negli indovinelli, vive con la sua sposa nei pressi delle Montagne Basse, nel più importante paese degli gnomi. Non lasciatevi trarre in inganno dalla barba bianca: con i suoi 293 anni, lui è uno dei più giovani!

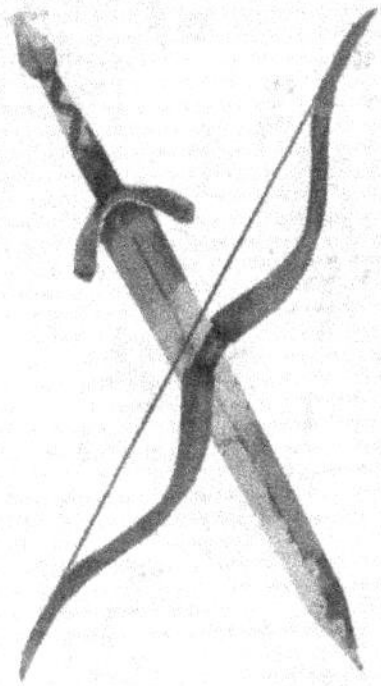

I Delant dell'Ovest

Gli Ehnnwn di Pérfel

Oisín, re di Pérfel

Figlio di Godrim spada di fuoco e signore di Ser A Car, Hin Zajir e dei cavalli alati, Oisín governa il regno galleggiante di Pérfel.

È il sovrano che ogni regno dovrebbe avere, un Delant della stirpe Ehnnwn, gli antichi signori dei cavalli Zajir, valorosi e agili guerrieri con lunghe orecchie a punta, conoscitori della magia antica della forgia e della terra, noti per il loro senso dell'onore e la loro abilità con la daga e con l'arco. Capelli corti e ricci, barba e profilo da nobile eroe, Oisín assomiglia molto a suo padre. Ho conosciuto Godrim di persona e posso assicurare che suo figlio Oisín è un sovrano grande e benevolo come lo fu lui.

Nianh, regina di Pérfel

Figlia di Awnn, discendente di Fyrthrum, capostipite degli Eämin che vivono ancora a Cáedas, e sorella di lord Feëor, signore di Ásden, Nianh ha il dono dell'ippomanzia, l'arte di leggere il futuro negli occhi dei cavalli Zajir. Dotata di grandi capacità magiche e di una rara bellezza – si diceva che la sua lunga chioma fosse la più bella di tutta Cáedas – è la sposa di Oisín. Non so molto di lei, se non che nel bosco corre voce che Nianh, che è della stirpe delle prime Sentinelle, leggendo il futuro abbia visto grandi pericoli e cinque forze di luce.

I Delant del Sudovest

Frey, regina di Cállfir

Sorella di Oisín e figlia di Godrim, nonché regina di Cállfir che sorge tra due vulcani, Frey è signora di Ser A Fill, Vel Zajir e dei cavalli di fuoco. Guerriera armata di una spada doppia chiamata Cálldred, ha imparato la magia del fuoco unico, che può essere trasmessa solo ai cavalieri di fuoco Zajir, e fondato l'ordine dei cavalieri dell'alba, i soli a poter montare i cavalli di fuoco. Bellissima, con lunghi capelli castani e gli occhi verdi, è stata l'unico amore di Nilus. Se la forza dovesse incarnarsi, prenderebbe le sembianze di Frey, la regina di fuoco e di luce.

Nilus figlio di Trilus

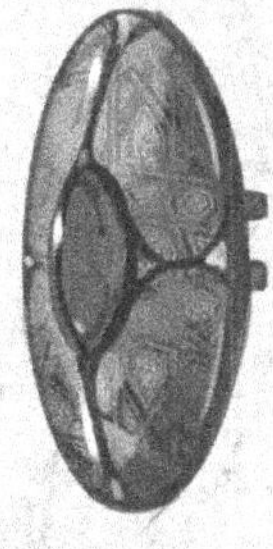

Scudiero di re Oisín (prima era stato al servizio di Skirr) e fiero cavaliere Zajir, Nilus è figlio del letterato di Pérfel. Sebbene non sia esperto quanto suo padre, è un fine conoscitore delle storie del regno e del mondo, oltre che maestro di spada e della forgia magica.

Trilus

Letterato di Pérfel e memoria vivente dei Delant, dal momento che scrive ogni avvenimento di ogni regno e terra, è un uomo anziano, con una folta barba lunga e i capelli bianchi. Un Delant saggio, figlio di Édran, cavaliere Zajir che aiutò Godrim a sconfiggere Feldûm l'invocatore durante la guerra dei Poltraits, appoggiando Hrófir. A differenza di suo padre, Trilus fu sempre molto amante dei libri e dopo la morte di questi si dedicò interamente a trascrivere ogni singolo avvenimento per la memoria dei posteri.

Cavalieri Hin Zajir

Re Oisín, sir Frojen, lord Heimr, Nilus e Brenna, che ha preso il posto di Skirr, dopo il suo tradimento. Valorosi signori dell'aria, che hanno cavalcato per centinaia di anni i venti dell'Ovest.

Alicia Soto

Madre di Simón, è una donna generosa e amorevole, che farebbe di tutto per il bene di suo figlio. Non so molto di lei, ma da quel che ho letto nelle foglie di Iwderg, posso assicurare che questa Dhardan ha una forza inaudita.

Manuel García e Angelica Moreno

Uomo giusto e amorevole, il signor García è sempre stato molto interessato ai libri e alla ricerca. Ha studiato legge ed è anche un bravo cantante di tango. Sua moglie, la signora Angelica, è una graziosa signora della buona società, pianista e amante della natura. Sono entrambi molto amati dalle loro due figlie, Ana e Ema, e sebbene non credano nella magia, come invece tutti dovrebbero fare, sanno che nei libri e nella musica c'è qualcosa di fantastico.

Perlustratori

Bihann Skirr

Cavaliere Zajir, è un Delant corrotto dalle arti oscure, sposato con Thira e nominato Perlustratore da Firkling. Oltre a essersi macchiato del più alto tradimento verso il regno di Pérfel e di Sílgard, è colpevole di inviare dalle montagne più settentrionali orde di mostri nei boschi, assieme ad altri Perlustratori.

Thira/Úna

Sposa falsa e corrotta di Skirr, di lei si sa solo che è uno dei Perlustratori.

Aureo e Cordelia

Coppia di Perlustratori di cui non si sa nulla.

Meigas: streghe d'Europa.

Brynhilb di Stall

Grandi pericoli incombono su chi percorre le terre occidentali, abitate da streghe di ogni tipo. Alcune sono talmente malvagie che mangiano i bambini, altre, invece, generano creature maligne. Come nel caso di Brynhilb, una delle famigerate meigas, streghe specializzate in pozioni e incantesimi che distruggono e creano malefici. Si riconoscono perché hanno alcune parti del corpo diverse da quelle degli umani: artigli o peli sulle orecchie come i felini o, ancora, occhi da gatto. Lunga è la storia di Brynhilb, corruttrice delle arti e generatrice di creature che conoscono solo la distruzione.
Per saperne di più su queste incredibili creature, consulta Rarr, il grimorio magico.

Cavalli alati Zajir

Velmut, Teluc e Bernard

Si narra che quando Serefell creò le montagne di Gall-hurr, con le loro altissime cime verdi, le vide talmente belle che decise che un solo tipo di creature potesse abitarle. Prese quindi una piuma di cigno e creò i cavalli Zajir dalle bellissime ali bianche, in grado di volare per centinaia di chilometri, oltre che di controllare le correnti d'aria.

Per saperne di più su queste incredibili creature, consulta Rarr, il grimorio magico.

Cavalli di fuoco Zajir

Air

Creati nel fuoco che ribolle sotto Cállfir, furono modellati con la luce del sole, una luce che illumina la notte più buia e allontana i terrori generati dalle tenebre. Fratelli dei cavalli alati di Gall-hurr, appartengono alle pianure selvagge di Daanam. Le loro fiamme sono talmente forti che nei giorni più limpidi li si riesce a vedere da molto lontano. Si dice che nelle terre di Pérfel e di Cállfir ogni Delant sia destinato ad avere un cavallo Zajir, alato o di fuoco.

Per saperne di più di queste incredibili creature, consulta Rarr, il grimorio magico.

Meli, spiriti del bosco

Talgur, Sulem, Calrrug

Creature molto affabili, amano moltissimo i giochi verbali, soprattutto se hanno una morale e se costituiscono una sfida per la mente. Inclini alla distrazione, quando si conversa con loro si deve richiamarli spesso al tema principale perché tendono a cambiare argomento. Il loro regno si estende a Ovest, ma se ne possono incontrare diversi gruppi in zone boscose poco accessibili. A ogni solstizio d'estate cadono in un sonno che dura tre mesi, durante il quale non possono né muoversi né parlare, sembrando comunissimi alberi.
Per saperne di più su queste incredibili creature, consulta Rarr, il grimorio magico.

Gufo evocatore

Silverwing (Cornuto Albar)

Silverwing è un gufo evocatore, in grado di farti riaffiorare alla memoria qualsiasi ricordo, anche quelli che pensavi di avere dimenticato. Inoltre sa immagazzinare informazioni ed è una fonte inesauribile di conoscenza. I Cornuti vivono sulle alte cime delle montagne e ve ne sono molte sottospecie, tutte dotate di abilità diverse. Quella degli Albar, in particolare, è di favorire, con la sola vicinanza, la concentrazione, l'intelligenza e la memoria.
Per saperne di più di queste incredibili creature, consulta Rarr, il grimorio magico.

Caradrio/Caladrio

Siref

Uccelli reali dotati di straordinari poteri magici, abitano unicamente castelli e palazzi e sono in grado di portare messaggi e di infondere forza a chi sta per morire. Li si riconosce dal meraviglioso piumaggio bianco e dal grande becco, simile a quello dei corvi. Siref è il secondo Caradrio a essere arrivato a Pérfel, dove solo due sovrani hanno potuto godere della compagnia di questi uccelli, che eleggono da sé il proprio regno.
Per saperne di più di queste incredibili creature, consulta Rarr, il grimorio magico.

Funghi delle fate

Quante canzoni ho ascoltato su questi piccoli amici, imbattibili nel raccontare storie e fare battute! Sono il nascondiglio perfetto delle piccole creature del bosco, e sebbene non amino avere a che fare con gli umani, quando riesci a farteli amici si rivelano davvero molto utili.
Per saperne di più di queste incredibili creature, consulta Rarr, il grimorio magico.

Omuncoli

Creature della magia nera, che solo una strega o uno stregone potenti sono in grado di generare. Ciononostante, non sono per nulla intelligenti e riescono a eseguire un solo ordine alla volta.
Per saperne di più di queste incredibili creature, consulta Rarr, il grimorio magico.

Alphyn

Creature selvagge che si spostano in branco e amano cacciare di notte nei boschi, dove si aggirano nel buio in cerca delle loro prede, che trovano e immobilizzano con i loro ruggiti e pietrificano una volta catturate. Augurati di non incontrarle mai, poiché cacciano qualsiasi cosa si muova. Più alte dei lupi, con una folta criniera a lunghi ciuffi, il pelo scuro e le code corte, hanno zampe grandi come quelle dei leoni, con lunghi artigli, mandibole possenti e lingue biforcute come quelle delle lucertole.
Per saperne di più di queste incredibili creature, consulta Rarr, il grimorio magico.

Cockatrice/Coccatrice/Cocatis/ Calcatrix/Ichneumon

Creatura di grandi dimensioni, metà gallo e metà lucertola, ricoperta di un piumaggio bianco e dotata di due grandissime ali. Pur stando in piedi su quelle posteriori, ha quattro zampe, che terminano tutte in lunghi artigli, una cresta rossa, un becco che sputa veleno e una saliva molto corrosiva, capace di sciogliere anche l'armatura più spessa. La Cockatrice può essere molto pericolosa, soprattutto quando ti guarda dritto negli occhi, perché ha il potere di pietrificare.

Per saperne di più di queste incredibili creature, consulta Rarr, il grimorio magico.

Pesce coda di pietra

Pesce che vive nei fiumi o negli stagni, di preferenza in acque fangose e paludose.

Per saperne di più di queste incredibili creature, consulta Rarr, il grimorio magico.

Spiriti del ghiaccio

Spiriti di natura giocosa che si nascondono negli elementi naturali e se ne prendono cura.

Per saperne di più di queste incredibili creature, consulta Rarr, il grimorio magico.

Lunanteshee

I guardiani dei pruni selvatici

Detti anche creature o fate dei pruni selvatici, non amano essere disturbati, ragione per cui si nascondono nei tronchi e nei rami di questi alberi, con i quali si mimetizzano grazie al colore della loro pelle. Bassi e minuti, hanno fattezze umane, con occhi molto piccoli e un corpo bianco completamene glabro. Lunatici e scontrosi, quando si sentono invasi da qualche malcapitato che si aggiri incautamente tra i pruni lo legano con i lunghi rami, che usano come staffili.
Per saperne di più di queste incredibili creature, consulta Rarr, il grimorio magico.

Spero che queste informazioni ti siano di un qualche aiuto, in modo che quando sarà il momento di avventurarti in luoghi magici, tu sia preparato. Anche se, naturalmente, ci sarebbe ancora molto da conoscere e da imparare. Come sempre la magia può manifestarsi quando meno te l'aspetti, quindi fa' attenzione, giovane Dhardan, perché adesso che hai tutte queste informazioni sulle arti e il mondo magico, chissà quali avventure ti aspettano...

Bradan Myrddin

Ringraziamenti

Non posso concludere questo libro senza ringraziare Dio e la Vergine Maria, che sono la mia compagnia costante, la mia ispirazione e il mio sostegno. Della mia famiglia ringrazio mio padre José Antonio Moreno, che ha sempre appoggiato il mio lavoro nel corso del lungo e meraviglioso cammino per portare a termine i miei scritti, e mia madre, Yamille Mayorga García, che con le sue parole e il costante sostegno che mi ha dispensato per tutta la vita mi ha dimostrato che la forza più grande è la determinazione. Ringrazio anche mia sorella Andrea Moreno Mayorga, il bastone su cui mi appoggio quando sembra che vada tutto male: per me sarai sempre fonte di ispirazione e tranquillità. Una strada come questa non si può percorrere senza un mentore: un grazie particolare al mio amico Gianfranco Troso, che mi è stato accanto fin dall'inizio di questa avventura. Accanto a lui, Alzbeta Senesiova, amica incomparabile e persona piena di gioia, generosa di consigli a Roma e guida insostituibile, e Andrés Leonardo Ruiz Bayona, che mi ha letto regolarmente fin dall'inizio dispensando preziosi consigli e ha saputo leggere nelle pieghe di ogni mio personaggio. Un grazie anche alla dottoressa Beatrice Fini con la sua magnifica squadra – Martina, Daniela, Elena, Leonardo e tutti coloro di cui mi scuso di non ricordare i nomi, ma che ringrazio di cuore per il loro lavoro e la loro dedizione – un team di straordinaria umanità. Non posso non ringraziare Alessandra Benabbi, che ha fatto un fantastico lavoro di traduzione, riuscendo a cogliere l'essenza di ogni personaggio, e Consuelo Pecchenino, che con le sue bellissime illustrazioni ha restituito una magnifica visione delle Cronache Magiche. E, naturalmente, il signor Sergio Giunti, per l'appoggio che offre ai nuovi talenti arricchendo il mondo letterario, in cui lascerà un segno indelebile.

Ringrazio infine la musica, fonte di ispirazione inesauribile: musicisti e band senza i quali questo libro non sarebbe mai arrivato alla fine. Sephardica, composta da Emilio Villalba e Sara Marina, Regina Spektor, Imogen Heap, Jeremy Soule, Howard Shore e, come sempre, John Williams. A tutti loro, che sono stati e saranno sempre d'ispirazione in ogni singolo libro delle Cronache Magiche, va tutta la mia riconoscenza.

Indice

Leggi anche il primo libro delle Cronache Magiche

Volume in brossura – 288 pp.

Un'avventura appassionante, in un regno abitato da creature fantastiche e animali parlanti. Un Albero da cui dipende la sorte di un intero mondo, minacciato da forze oscure. La storia di un nonno che custodisce un segreto e di due bambini che dovranno lottare per salvare un regno che hanno imparato ad amare.